as HeRdeiRas

Obras da autora publicadas pela Galera Record:

As herdeiras
As herdeiras quebram as regras
As herdeiras tomam o palco

as Herdeiras

Tomam o palco

Joanna Philbin

Tradução de
SABRINA GARCIA

1ª edição

Rio de Janeiro | 2015

CIP-BRASIL. CATALOGAÇÃO-NA-FONTE
SINDICATO NACIONAL DOS EDITORES DE LIVROS, RJ

P633h
Philbin, Joanna
    As herdeiras tomam o palco / Joanna Philbin; tradução Sabrina Garcia. - 1ª ed.
- Rio de Janeiro: Galera, 2015.
(As herdeiras; 3)

Tradução de: The daughters take the stage
Sequência de: As herdeiras quebram as regras
ISBN 978-85-01-10313-0

    1. Ficção juvenil americana. I. Garcia, Sabrina. II. Título. III. Série.

15-19871
CDD: 028.5
CDU: 087.5

Título original em inglês:
THE DAUGHTERS TAKE THE STAGE

Copyright © 2010 by Joanna Philbin

Publicado mediante acordo com Little, Brown and Company, New York, New York, USA.

Todos os direitos reservados.
Proibida a reprodução, no todo ou
em parte, através de quaisquer meios.

Texto revisado segundo o novo Acordo Ortográfico da Língua Portuguesa.

Design de capa: Marília Bruno

Direitos exclusivos de publicação em língua portuguesa somente para o Brasil
adquiridos pela
EDITORA RECORD LTDA.
Rua Argentina 171 - Rio de Janeiro, RJ - 20921-380 - Tel.: 2585-2000,
que se reserva a propriedade literária desta tradução.

Impresso no Brasil

ISBN 978-85-01-10313-0
Seja um leitor preferencial Record.
Cadastre-se e receba informações sobre nossos
lançamentos e nossas promoções.
Atendimento e venda direta ao leitor
mdireto@record.com.br ou (21) 2585-2002.

EDITORA AFILIADA

Para Ido

capítulo 1

— Você não pode somente cantar a música, Hudson. Cantar a música não é o suficiente. Você tem que *dominá-la* — disse Holla Jones enquanto andava de um lado para o outro na frente de sua filha, Hudson, no palco do Grand Ballroom no Pierre Hotel. — Domine o palco, domine a música e você dominará a multidão. E é assim, minha querida — disse ela, girando para encarar Hudson, que estava escondida atrás de uma cortina — que você se torna uma estrela.

Hudson mordeu o lábio inferior. Ela faria seu primeiro show daqui a algumas horas e sua mãe já estava usando a palavra com "E". Se bem que sua mãe usava muito essa palavra. Na verdade, Holla Jones era muito mais que uma estrela do pop — era uma peça preciosa da cultura pop americana. Nos últimos vinte anos, suas músicas tinham se tornado *hits* instantâneos pelo mundo todo. Os ingressos de seus shows esgotavam-se em minutos. Seus álbuns alcançaram a categoria *platinum*. Seu som pop-rock-chiclete tinha sido copiado por artistas de todos os lugares. E Hudson sabia que ela havia esperado quase quatorze anos para ensinar sua única filha tudo o que sabia.

— Então, você anda em direção ao microfone assim — disse Holla, dando passos curtos e rápidos em suas botas de salto agulha em direção a um microfone imaginário na beirada do palco. — A última coisa que quer fazer é tropeçar na frente da plateia antes de cantar uma nota sequer. — Ela fingiu segurar um microfone. — Você o tira do suporte, depois o segura a apenas alguns centímetros dos lábios e anda um pouquinho para trás — disse, recuando alguns passos. — E aí diz alguma coisa para a multidão — continuou. — Seja espirituosa, mas breve. Depois, querida, comece a cantar — disse, olhando para Hudson por cima do ombro e sorrindo.

Aos 37 anos, sua mãe ainda era bonita, com uma pele caramelo impecável, lábios exuberantes e um cabelo cor de caramelo alisado que caía pelos seus ombros. Sua calça e jaqueta de yoga apertadas mostravam um corpo esculpido ao extremo: bíceps delineados, abdome firme e pernas esbeltas e musculosas. Sua testa, alta e suntuosa, não tinha uma ruga e ela se movia com a graça de uma bailarina — ombros jogados para trás e coluna reta. Hudson tinha herdado essa elegância, juntamente com as deslumbrantes maçãs do rosto e a mandíbula afiada de sua mãe. Mas seus olhos verdes da cor do mar, cabelo ondulado e pele cor de torrada francesa vieram de seu pai — ou, pelo menos, era a imagem que fazia a partir das fotos que tinha visto dele. Michael Kelly tinha sido dançarino de Holla durante sua segunda turnê. Ele era branco e mauricinho, com cabelos grossos e escuros, um rosto cinzelado e olhos emotivos, como um cruzamento de Billy Crudup com Mikhail Baryshnikov. Nas fotos, estava perto de Holla, com a cabeça no ombro dela, sorrindo feito um pateta para a câmera. Mas eles tiveram um relacionamento tumultuado e, quando a turnê acabou, ele terminou com ela, antes de ela descobrir que estava grávida. Não ouviram falar dele nem o viram desde então e Holla, cheia de orgulho, nunca tinha tentado contatá-lo. Às vezes, Hudson imaginava se ele ao menos sabia que tinha uma filha. Holla não falava dele com muito frequência e, na maioria das vezes, era quase como se nunca tivesse existido.

— Mãe, é só o *Silver Snowflake Ball* — disse Hudson. — Não é o Radio City nem nada.

— Não importa — disse Holla. — *Todo* show é importante. Seu produtor e o executivo da sua gravadora estão vindo. Vão querer ver como você vai se virar quando for a hora de sair em turnê. Então venha aqui. Não pode se esconder atrás dessas cortinas o dia todo.

Hudson saiu de trás das cortinas, ainda vestindo a calça jeans rasgada e o suéter preto que tinha usado para fazer a prova final. A partir de hoje, as aulas estavam oficialmente encerradas para as férias de inverno e tudo o que realmente queria fazer agora era ir para casa e tirar uma soneca. Além do mais, ela e sua mãe já tinham passado horas conversando, planejando e ensaiando. Em um milhão de anos, ela nunca teria adivinhado que acabaria cantando na festa épica de Ava Elting. Não tinha nem sequer certeza de que iria. Mas então, Carina Jurgensen, uma das melhores amigas de Hudson e a coordenadora da festa, a ofereceu para ser a atração da noite e ela não tinha outra escolha senão continuar com isso. Desnecessário dizer que Ava esperava por Jonas Brothers, Justin Timberlake ou outra grande estrela que achou que Carina fosse conseguir, graças ao pai bilionário e sua lista VIP de conexões. Mas Ava se contentou com Hudson. E agora ela precisava estar preparada.

E sua mãe estava certa. Em apenas seis meses, seu primeiro álbum seria lançado e ela faria shows o tempo todo, até mesmo em lugares bem mais intimidadores. Ela precisava aprender como fazer isso agora. E, apesar de ter um pressentimento de que não tinha exatamente herdado o gene de *performer* da mãe, pelo menos estava recebendo instruções pelas quais a maioria dos outros iniciantes morreria para ter.

— Tudo bem, vamos começar — disse Holla. — Jason — gritou para as cortinas. — Música, por favor!

Semanas atrás, quando Hudson estava tentando decidir qual música cantaria no baile, "Batida do Coração" tinha parecido a escolha perfeita. A letra que tinha escrito falava de Kevin Hargreaves, quatro anos mais velho, veterano do internato Lawrenceville e basicamente um estranho completo. Mas ele era do signo de Capricórnio, que combinava lindamente com o signo de Peixes de Hudson e tinha profundos e ilimitados olhos cinza, que faziam o coração dela martelar e suas mãos suarem todas as vezes que ela o encontrava. O que aconteceu exatamente duas vezes — a primeira na praia em Montauk e a segunda vez, acidentalmente, na Magnólia Bakery, perto da casa dela. Carina o conhecia e tinha praticamente empurrado Hudson para cima de Kevin ambas as vezes. Ele mal tinha feito contato visual com ela e tinha basicamente dito "Ei!"

enquanto Hudson o encarava, sem fala. Quando ela ouviu que ele estava saindo com Samantha Crain, uma menina do primeiro ano de Lawrenceville, ficou mortificada. Tinha ido direto para o seu piano e duas horas depois terminara essa música — um número em jazz lento com o vocal estilo soul que cantava inclinando-se sobre o piano com sua voz profunda e ligeiramente rouca.

Mas, desde que fora criada, a música tinha passado por uma transformação. Há alguns meses, Holla decidiu que a música inteira de Hudson precisava mudar. Pelo bem das vendas do seu primeiro álbum, precisaria ser maior, mais brilhante e mais o estilo das rádios. Não era suficiente ter um pequeno público — precisava encher estádios. Então, Hudson permitiu que sua mãe trocasse de estúdio. E a deixou remexer em cada música, acrescentando batidas digitais, efeitos e vozes de fundo. Até que a música de Hudson, pouco a pouco, se parecesse exatamente como a dela.

Agora, enquanto a música saía pelos alto-falantes do salão do baile, Hudson lutava contra o impulso de cobrir os ouvidos. Já era ruim o suficiente que a música soasse falsa e manufaturada. Agora Hudson tinha que cantá-la. Ela nunca tinha tentado cantar sem que estivesse em seu piano. Não tinha ideia do que deveria fazer com as mãos, braços e pés. Holla, claro, sabia o que fazer.

— Então, vamos praticar aqueles movimentos de dança, querida — disse Holla, esgueirando-se ao lado dela.

— Primeiro gira, assim — disse Holla, executando uma rotação leve e perfeita, sobre as pontas de suas botas. — Tente você.

— Mãe, te disse, eu realmente não quero dançar — disse Hudson.

— Você tem que fazer *alguma coisa* — insistiu Holla. — Vamos lá. Tente. Você é uma dançarina tão boa.

Hudson atirou-se para a esquerda e mal fez um meio giro.

— Você não está tentando, Hudson — disse Holla. — Vamos lá. Eu sei que você pode fazer melhor que isso.

Hudson olhou para o salão iluminado, cheio de mesas e cadeiras ainda para serem removidas. Pelo menos ninguém estava assistindo às duas ainda. *Essa noite poderia ser muito mais divertida se eu pudesse apenas ir à festa como todo mundo*, pensou. *Apenas curtir com Carina e Lizzie, conferir os vestidos das pessoas e procurar por garotos bonitos no salão.*

— Mãe, eu realmente não consigo fazer isso — disse Hudson depois de tentar imitar o rebolado da mãe. — Preciso dançar? Por que não posso apenas cantar?

— Ah, querida, não seja tão negativa — disse Holla. — O que eu sempre digo sobre a negatividade?

— Pensamentos negativos atraem coisas negativas — recitou Hudson.

— Isso mesmo — disse sua mãe, lançando seu cabelo sobre o ombro. — E você, minha querida, está sendo *extremamente* negativa em relação a isso. Vamos tocar de novo! — falou por sobre o ombro para Jason atrás das cortinas.

Hudson esperou a música começar. *Isso não está certo*, disse uma voz dentro dela. *Caia fora dessa agora. As pessoas vão entender. Mesmo Ava vai ter que entender.*

— Vamos lá, Hudson, aqui vamos nós — disse Holla. — Vamos fazer o giro e depois um rebolado para a direita... é isso.

Era apenas uma noite, Hudson disse a si mesma. Ela iria passar por isso, de alguma forma. Afinal, era filha de dois dançarinos. Tinha que ter herdado alguma coisa do talento deles.

Mas por dentro, não tinha tanta certeza. Sua mãe era a estrela na família. E algo lhe dizia que sempre seria assim.

capítulo 2

Várias horas depois, Hudson foi para trás da mesma cortina, tentando não hiperventilar. Do outro lado, o *Silver Snowflake Ball* estava em pleno andamento. O frio na barriga atacava seu estômago enquanto agarrava o tecido de seda áspera. Pelo menos sabia que estava bonita. Gino, *hairstylist* de sua mãe, tinha alisado seu cabelo e depois o enrolado em ondas suaves. Suzette, maquiadora de sua mãe, tinha espanado seu rosto com pó cintilante e delineado seus olhos com um grosso lápis roxo. Seu vestido preto de seda *vintage* era frio e suave contra a pele. Ela parecia uma estrela. Agora tudo o que tinha que fazer era agir como uma. E não desmaiar.

Mas, primeiro, ajudaria ter um vislumbre de seus amigos. Espiou para fora das cortinas, pronta para acenar para Carina ou sua outra melhor amiga, Lizzie Summers. E lá, bem na frente dela, estava Carina, beijando um cara que Hudson nunca tinha visto antes. Ele era magro, com cabelo preto espetado, usava tênis Stan Smiths e não parecia em nada com o tipo de cara de que Carina normalmente gostava. Tinha que ser Alex, o DJ legal do centro da cidade do qual Carina tinha falado sem parar durante as últimas semanas. Normalmente, teria dado espaço a eles, mas era uma emergência, então Hudson marchou até os dois e bateu no ombro de Carina.

— Desculpa interromper, mas acho que eu deveria começar agora.

— Ai, meu Deus, você está linda! — disse Carina, separando-se do beijo. Com seu cabelo loiro-praiano, olhos castanhos cor de cacau e nariz sardento, Carina geralmente parecia a imagem perfeita da menina surfista. Mas, em seu minivestido verde-esmeralda e saltos dourados, estava deslumbrante.

— Ai, meu Deus, estou tão feliz por ter feito você fazer isso — disse Carina, pulando para cima e para baixo. Então, lembrou-se de que não estavam sozinhas. — Ah, aliás, esse é o Alex.

Hudson virou-se para o rapaz. Ele definitivamente era bonito, com olhos castanhos grandes e claros e maçãs do rosto pronunciadas. — Ei, prazer em te conhecer — disse Hudson. — Ouvi muito a seu respeito.

— Oi — disse Alex, apertando a mão dela. — Hum, desculpe mudar o assunto, — disse ele. — mas aquela lá atrás é Holla Jones? — perguntou ele, apontando para as cortinas.

Hudson mal se virou. Ela sabia que sua mãe estava rondando por perto.

— Holla é a mãe de Hudson — disse Carina a ele.

— Uau — disse ele. — Esse seu colégio, hein?

Enquanto conversavam, Hudson podia ver que Alex estava de quatro por Carina, apesar da aparência fria. Mas ela estava começando a ficar cada vez mais nervosa. O *Silver Snowflake Ball* era a festa de fim de ano mais exclusiva da cidade. Ava fez questão de convidar apenas os alunos mais graduados de todas as escolas privadas de Nova York, e até mesmo alguns de colégios internos. Hudson não conseguia ver a multidão abaixo do palco, mas podia imaginá-los, andando por aí, legais demais para dançar, desinteressados demais para se animarem com qualquer um que se apresentasse. Ela sabia que se não fizesse um bom trabalho hoje à noite seria a chacota de Nova York. Mas também sabia que só precisava acabar logo com isso, então lembrou a Carina e Alex que estava na hora de ela começar.

— Tudo bem, boa sorte — disse Carina a ela.

Ao se virar para ir para os bastidores, Hudson viu sua mãe vindo em sua direção. Holla tinha trocado de roupa e agora usava um top preto apertado e calças de couro.

— Você está pronta? — perguntou Holla, tocando nos cachos de Hudson. — Ai, meu Deus, o que o Gino fez com o seu cabelo? Está tão... rebelde.

— Mãe...

— Você vai ser capaz de dançar com esse vestido? — perguntou Holla, olhando de cima a baixo com uma careta de desaprovação. — Não parece que seus quadris podem se mover nele. Eu pensei que você fosse usar o vestido azul com lycra.

— Mãe — disse Hudson, sentindo sua frequência cardíaca começar a subir. — Está tudo bem.

— Agora se lembre, quando você chegar lá, tem essa coisa chamada quarta parede — disse Holla, colocando as mãos em seus quadris esguios. — É como se fosse uma barreira invisível entre você e o público. Mas você tem que quebrá-la, de novo e de novo. Tem que alcançar o público e deixar que saibam que você está lá...

Hudson começou a ignorar sua mãe à medida que o frio na barriga se tornava uma tempestade.

— E certifique-se, seja lá o que for fazer, de que projetará sua voz, mesmo com o microfone, e lembre-se... — Ela fez uma pausa para o efeito dramático — Richard está aqui pela Swerve Records. Chris está aqui. Todo mundo está observando você esta noite. Isso tem que ser bom.

Hudson assentiu. Pelo canto do olho, viu Ava Elting aproximando-se.

— Tudo bem, eu tenho que ir — disse ela, fugindo do olhar da mãe, assim que Ava inseriu-se autoritariamente na frente dela.

— Então, está pronta? — perguntou Ava. Ela usava os cachos ruivos empilhados em cima da cabeça e um vestido roxo elétrico com uma fenda lateral muito, *muito* alto na perna.

— Claro — disse Hudson, porque sabia da maneira como Ava estava olhando para ela que não tinha escolha. — Vamos lá.

— Lembre-se, é apenas uma música — enfatizou Ava. — Nós não temos tempo para mais nada.

— Não se preocupe — disse Hudson. — Eu não estava planejando fazer um show completo.

Ava estava alheia ao sarcasmo de Hudson.

— Boa sorte! — gritou. Em seguida, caminhou em direção ao palco diretamente para o microfone, agarrando-o como uma profissional. — Obrigada a todos por terem vindo — gritou. — E agora eu gostaria de apresentar a vocês a próxima grande sensação da música pop, em sua apresentação de estreia, a filha da minha querida amiga Holla Jones: Hudson Jones!

Minha querida amiga Holla Jones? Hudson pensou enquanto os aplausos rugiam do salão de baile. Ava nem sequer tinha conhecido sua mãe.

Mas, então, os aplausos começaram a morrer, e Hudson sabia que era hora de ir para o palco. Seu coração acelerou. Ela deu seus primeiros passos, hesitantes. *Aqui vamos nós*, ela pensou. *Você pode fazer isso. Você pode realmente fazer isso.*

Com os olhos no pedestal do microfone, deu os passos mais curtos que conseguia em seus saltos de 8 centímetros. *A última coisa que quer fazer é tropeçar na frente de uma plateia antes de cantar uma nota sequer,* sua mãe tinha dito.

Hudson olhou para a plateia e piscou. Ela esperava ver os rostos sorridentes de Lizzie e Carina no meio da multidão, mas graças à luz ofuscante, havia apenas escuridão. Não conseguia ver nada nem ninguém. Sentiu a garganta apertar, ainda assim tirou o microfone da base e deu alguns passos para trás. Não tinha ideia do que dizer.

— Olá pessoal. É ótimo vê-los todos aí. —meio que sussurrou, segurando o microfone a pouco mais de 2 centímetros dos lábios. O coração batia tão forte que pensou que poderia voar de sua garganta para o palco. — Essa é uma música do meu primeiro disco. Chama-se "Batida do Coração".

Ela começou a se virar, instintivamente indo em direção ao seu piano. Então se lembrou de que ele não estava lá. Ela estava sozinha. Inclinou a cabeça, segurando o microfone com a mão suada. E quando a música finalmente explodiu para fora dos alto-falantes, Hudson levantou a cabeça para o público — apenas para perceber que não conseguia se lembrar da primeira frase da música.

A música — a música horrível e brega — continuou explodindo pelos alto-falantes. Ela olhou para a escuridão. Se virasse a cabeça e olhasse para fora do palco, sabia que veria sua mãe pulando para cima e para baixo, tentando induzi-la a fazer alguns dos movimentos de dança que tinha passado tantas horas tentando ensiná-la. E ela não podia lidar com isso agora.

Finalmente, as palavras vieram, em tempo para a sua deixa. Ela trouxe o microfone para os lábios e abriu a boca. As palavras estavam lá, graças a Deus, prontas para serem cantadas. Ela respirou...

Você não pode somente cantar a música, Hudson. Você tem que dominá-la.

...E nada saiu. Ela não conseguia cantar. Era como se tivesse correndo para a ponta do trampolim, preparando o corpo para um mergulho perfeito, e então parasse.

Ela abriu a boca, pronta para tentar novamente, pronta para dominar aquele palco, apesar de estar começando a tremer, suar e ter certeza de que provavelmente nunca dominaria um palco enquanto vivesse...

Nada. Ela não tinha voz.

A música rolou. Ela olhou para a escuridão. Isso realmente não podia estar acontecendo, podia? Por um segundo, flutuou para fora do corpo e se viu ali de pé, muda e suando. Ela não podia ver ninguém, mas eles definitivamente estavam lá, vendo isso acontecer com ela, observando-a congelar completamente. E ela já sabia o que estavam pensando. Praticamente podia sentir.

Suas mãos tremiam. Todo o corpo tremia.

Por favor, Deus, isso não está acontecendo, ela pensou. *Isso realmente não pode estar acontecendo.*

Finalmente o microfone caiu de suas mãos escorregadias e atingiu o palco. BOOM! Fez o som através dos alto-falantes. Isso a acordou. Em algum lugar dentro dela, uma voz falou. E desta vez não era a voz de Holla. Era totalmente a voz de Hudson.

Saia daqui... AGORA!

Então, ela se virou e correu.

capítulo 3

Sozinha no banheiro do hotel, Hudson tentou recuperar o fôlego. Olhou para o espelho acima da pia. As ondas perfeitas que Gino tinha passado uma hora fazendo com um modelador agora estavam grudadas, sem volume, ao seu pescoço suado. Seu delineador tinha escorrido em círculos roxos sob os olhos de um jeito gótico. Um de seus brincos dourados tinha desaparecido misteriosamente. E o que era aquele cheiro? Cheirou debaixo do braço. Eca.

Ela abriu a torneira de água e molhou o rosto. *Eu realmente tive que correr para fora do palco?* Perguntou-se, bombeando um pouco de sabão líquido nas mãos. *Não poderia ter apenas andado graciosamente para trás das cortinas? Ou pelo menos apenas cantarolado junto?* Ela sabia o que as pessoas no andar de cima estavam pensando. E o que estavam escrevendo nas mensagens de texto. E postando no Facebook neste exato minuto. A única coisa que ela nunca tinha esperado que as pessoas dissessem sobre ela:

Meu Deus!! A filha de Holla Jones não consegue CANTAR!

Ela enxugou o rosto com uma toalha, tentando não estremecer. Talvez não tenha sido tão ruim assim. Talvez as pessoas realmente não ligassem. Talvez ela tivesse apenas aparentado esquecer alguma coisa ou precisar ir ao banheiro. Precisar *muito* ir ao banheiro.

Ela olhou para o rosto limpo e confuso no espelho e sacudiu a cabeça. Ela tinha pisado na bola totalmente. Tinha estragado tudo completamente e de forma inesquecível. Mas tinha sido tudo culpa dela? Holla a tinha transformado num caco. Por dias, sua mãe tinha visto falhas em sua voz, seu corpo, sua dança, até mesmo seu cabelo — principalmente seu cabelo. E quem tinha dito à filha quando esta estava indo ao palco para cantar pela primeira vez que "Isso tem que ser bom"?

Ela ouviu a porta do banheiro feminino ranger.

— Hudson? — disse uma voz abafada, familiar. — Você está aqui?

Hudson afastou-se da pia para ver Carina e Lizzie entrando hesitantemente no lavabo. As duas meninas pareciam quase tão preocupadas e sem fôlego quanto Hudson. Os olhos castanhos de Lizzie pareciam ainda maiores do que o habitual, ou talvez fosse porque seus cachos vermelhos tinham sido torcidos em um nó, longe de seu rosto. O vestido tomara que caia azul enfumaçado deixava à mostra seus ombros pálidos. Suas duas amigas estavam lindas.

— Ei aí, meninas — disse Hudson com humildade.

— Caraca — disse Carina correndo e jogando os braços em torno da amiga. — O que aconteceu lá em cima? Você está doente ou algo assim?

Hudson abraçou Carina e sentiu o nó no estômago se afrouxar lentamente.

— Quem dera — disse ela. Ela ficou na ponta dos pés para abraçar Lizzie. — Desculpe, estou um pouco suada.

— Está tudo bem — disse Lizzie, soltando-a, mas segurando-a pelos braços. — Mas você *está* bem?

O rosto de Hudson queimava. Ela mal conseguia olhar para Lizzie. Das três, Hudson deveria ser a artista, a profissional. Ela deu um passo para trás e deu de ombros.

— Simplesmente deu branco, meninas. Eu congelei.

Lizzie e Carina trocaram um olhar, seus rostos tensos de preocupação.

Hudson olhou para o tapete verde-musgo.

— Fui pro palco e não consegui fazer nada. Todas as coisas que minha mãe vem me dizendo nas últimas semanas, que eu estou cantando de maneira errada, que estou dançando de forma errada, que meus braços estão muito duros, que não estou "vendendo" a música o suficiente... Eu não conseguia tirar isso da minha cabeça. — Ela olhou para as amigas. — Foi muito ruim? O que as pessoas estão dizendo lá em cima?

— Nada — disse Carina, um pouco rápido demais.

— Alex já está tocando algumas músicas. — Lizzie afastou algumas mechas vermelhas do rosto. — As pessoas já se esqueceram.

— Sim, eu tenho certeza que sim — disse Hudson amargamente.

— Olha, Hudson, você não pode ouvir a sua mãe — declarou Carina. — Ela deixa qualquer um louco. Ela *me* deixa louca.

— Você estava apenas nervosa, foi isso — disse Lizzie. — Eu teria tido um ataque cardíaco lá em cima.

— A culpa é minha — exclamou Carina, tirando seus sapatos dourados e esticando os dedos dos pés no tapete. — *Eu* a fiz fazer isso. *Eu* a deixei numa situação difícil com Ava. Eu sabia que você não queria fazer isso. A culpa é minha. Eu deveria ser presa pela polícia da amizade ou algo assim.

— Não, não é sua culpa — disse Hudson sobriamente. — É minha culpa.

— Como isso pode ser culpa *sua*? — perguntou Lizzie.

— Porque eu não deveria nem estar tentando ser uma cantora — disse Hudson. — Por que eu deveria tentar?

— Porque você é incrivelmente talentosa — respondeu Lizzie com firmeza.

— Mas o que adianta se eu não posso cantar em um palco? — disse Hudson. *E se minha mãe for sempre me obrigar a fazer as coisas iguais a ela?* Pensou, mas não disse.

— Se isso faz você se sentir melhor — disse Carina. — Alex te achou muito legal.

Hudson sorriu.

— Ele é fofo. Meu palpite é que ele é de Aquário. O que seria perfeito para você. — Hudson amava verificar se suas amigas eram compatíveis com os caras de que gostavam.

— E o que você vai dizer a sua mãe? — perguntou Lizzie, trazendo-as de volta ao tópico.

— Eu não sei — admitiu Hudson. — Se alguém tiver alguma ideia, agora seria um bom momento para compartilhar.

— Você deveria voltar para a festa — ofereceu Carina. — Simplesmente divirta-se o resto da noite. Quem se importa com o que aconteceu no palco?

— Eu me importo — disse Hudson, caminhando até o espelho e dando uma última sacudida para tirar seus cachos úmidos dos ombros. Ela tentou se imaginar andando de volta para o salão no andar de cima, passando por todas as pessoas que tinham acabado de vê-la fugir. Talvez Carina pudesse fazer isso, mas Hudson não.

Lizzie colocou o braço em volta dos ombros da amiga.

— Você vai ficar bem. Eu prometo.

— Obrigado, Lizbutt — disse Hudson. — Onde está Todd hoje à noite?

Lizzie abriu a bolsa.

— Eu vou mandar uma mensagem para ele agora — disse ela. — Ele quis ficar em casa com o pai esta noite. Acho que o pai dele está realmente deprimido.

O pai de Todd, Jack Piedmont, tinha sido libertado sob fiança após ser preso por supostamente roubar dinheiro da empresa que dirigia. Apesar de Todd estar atravessando o pior momento de sua vida, ele e Lizzie ainda pareciam muito próximos. Eles até tinham falado "eu te amo" um para o outro umas duas semanas atrás.

Carina abriu a porta.

— Você será muito bem-vinda a se juntar a nós lá em cima — disse ela, oscilando um pouco sobre os calcanhares. — Se quiser adiar a explosão de Holla um pouco mais.

— Você está brincando? — disse Hudson enquanto saíam para o *foyer* pequeno e deserto. — Ela me encontraria em cinco minutos.

Nesse momento, Hudson ouviu o som inconfundível de saltos agulha apressados pelo chão de mármore.

— *Aí* está você! — gritou uma voz e Hudson virou.

Era sua mãe, correndo na direção dela com os braços estendidos e seu sedoso cabelo com luzes saltando suavemente contra os ombros.

— Ah, querida, venha *aqui* — gritou ela, jogando os braços em torno de Hudson e pressionando-a firmemente contra a coleção de colares que descansavam em seu peito.

O pingente de coruja com ametistas incrustadas de Holla cravou na bochecha de Hudson.

— Graças a *Deus* — disse ela, apertando Hudson tão forte que ela não conseguia respirar. — Estive procurando por todo este lugar.

Hudson se arrancou do abraço de sua mãe.

— Eu só fui ao banheiro por um minuto. Estou bem.

O Pequeno Jimmy, o guarda-costas do tamanho de um *linebacker* de Holla, as alcançou, bufando levemente. Atrás dele estava Sophie, a nova assistente eternamente atrasada de sua mãe com seu Bluetooth ainda preso ao ouvido. Hudson deu a ambos um sorriso envergonhado. Eles sorriram de volta, antes de olharem educadamente para o chão de mármore cinza.

— Ah, querida, olhe para você — disse Holla carinhosamente, tocando o cabelo e o rosto de Hudson. Você está toda desarrumada — Holla tirou o cabelo da filha dos ombros. — O que aconteceu com o outro brinco? Você sabia que está faltando um brinco?

— Sim — disse Hudson.

— Você quer me contar o que aconteceu lá em cima? — perguntou Holla com a voz um pouco mais doce. — Pode pelo menos me dizer isso?

Hudson olhou para sua mãe.

Você realmente não sabe? Ela queria dizer. *Você me deixou louca.*

— Eu não tenho certeza — disse ela finalmente. — Acho que foi apenas medo do palco. — Ela não podia contar a verdade. Não com tantas pessoas ao redor delas.

Holla cruzou os braços e sua expressão mudou de preocupada a controlada.

— Volte lá para cima e diga a todos que foi uma intoxicação alimentar — disse ela secamente para Sophie.

— Intoxicação *alimentar*? — perguntou Hudson.

— Ela comeu um sushi estragado — acrescentou Holla, ignorando a pergunta de Hudson. — E todos nós realmente sentimos muito pela inconveniência.

— Eu digo que tipo de sushi era? — perguntou Sophie, remexendo dentro da bolsa à procura de caneta e bloco de notas.

— Não importa — disse Holla com uma voz entrecortada. — Apenas vá.

Sophie virou-se e correu pelo corredor em direção ao salão do baile. Hudson olhou para Lizzie e Carina. Elas já tinham presenciado a magia musical de Holla, mas pareciam fascinadas.

— Mãe, você tem certeza? — perguntou Hudson.

Holla colocou seu braço ao redor do ombro de Hudson e a abraçou novamente.

— Não se preocupe com nada — disse firmemente. — Deixe-me cuidar disso.

Antes que Hudson conseguisse responder, ouviu Chris Brompton chamar.

— Aí estão vocês! Ficamos um pouco perdidos.

Ela se virou para ver Chris aproximando-se da outra ponta do corredor, seguido por Richard Wu, o executivo da sua gravadora. Com todo esse caos, tinha esquecido completamente deles. Ela teria dado qualquer coisa para que estes homens não a tivessem visto correr do palco. Agora, estavam indo confortá-la. Ai.

— Hudson, você está bem? — perguntou Chris, ficando do seu lado e olhando para o rosto dela com seus olhos azuis brilhantes. Ele estava vestindo sua calça jeans Levi's de costume e uma blusa de botão preta, em vez de um de suas camisetas *vintages* de show.

Ele se arrumou por minha causa, pensou Hudson.

— Tem alguma coisa que eu possa fazer? — perguntou ele.

Só de tê-lo ao seu lado, fazia com que ela se sentisse tonta.

— Não, eu estou bem — conseguiu dizer. — Só um pouco... — ela olhou para sua mãe — ...enjoada por causa de algo que comi — disse ela, encolhendo-se por causa da mentira.

— Sério? — disse Chris, tocando suas costas. — Você precisa de alguma coisa?

Seu toque lhe enviou um raio pela espinha. Ela queria apenas olhar nos olhos dele e pedir que a abraçasse, mas se conteve.

— Acho que não.

Richard Wu abriu seu telefone celular. Hudson nunca o tinha visto sem o aparelho.

— Eu tenho um médico que posso chamar — disse ele, já procurando no telefone. — Acho que ele é clínico.

— Ela está bem, Richard — declarou Holla. — Foi somente um pouco de atum estragado.

As sobrancelhas de Richard se levantaram.

— Sério? — perguntou ele, olhando para Hudson.

Ela deu de ombros e concordou.

— Tudo bem. — Ele guardou o telefone, mas não parecia convencido.

— Acho que devo levar Hudson para casa agora — disse Holla. — Garotas, vocês deveriam voltar para a festa. Até porque estão lindas.

— Obrigada, Holla — murmuraram visivelmente desconfortáveis.

— Tem certeza, Holla? — perguntou Richard, examinando Hudson como se fosse um quebra-cabeça que não conseguia resolver. — Ficamos felizes em ajudar.

— Acho que só preciso cuidar da minha menininha — disse Holla docemente, fechando a mão ao redor do braço de Hudson. — Mas eu dou notícias de como ela está.

— Combinado — disse Richard. — Melhoras, Hudson.

— Obrigada — disse ela, incapaz de olhá-lo nos olhos. — Eu ficarei bem.

Chris acenou.

— Vou te mandar um e-mail. Tenha um ótimo feriado.

Hudson acenou de volta. *Com certeza não terei*, pensou. Holla a guiou em direção ao lobby.

— Diga a Fernald que estamos saindo agora — disse Holla para o Pequeno Jimmy, que puxou um celular.

— Tchau, H — disse Carina. — Mandamos uma mensagem mais tarde.

— Alguém tem que voltar para o seu amado — brincou Lizzie.

Carina revirou os olhos.

— Divirtam-se, meninas — disse Hudson enquanto elas se afastavam no corredor. Perguntou-se o que achavam dela, cooperando com uma mentira tão descarada. Mas elas sabiam como funcionava: ninguém dizia não a Holla Jones. Só esperava que não sentissem pena dela.

Ela acompanhou sua mãe enquanto trotavam por um curto lance de escadas em direção ao lobby. Atrás delas, o Pequeno Jimmy arrastava-se pesadamente, ainda bufando. Durante todos os anos que tiveram guarda-costas, Hudson nunca tinha visto Holla realmente seguir um.

— Eu quero que você olhe para o lado positivo — disse Holla, inclinando-se para falar no ouvido de Hudson. — Pelo menos isso aconteceu aqui. E não em algum lugar importante.

— Mas eu pensei que aqui *era* um lugar importante — disse Hudson. — Não foi por isso que você disse que eu não poderia cometer um único erro? Não foi por isso que disse "tem que ser bom"?

Holla fixou os olhos amendoados em sua filha.

— Querida, sobre o que você está falando? — disse ela, claramente confusa.

O Pequeno Jimmy correu para o lado delas.

— Parece que enfrentaremos uma multidão — disse ele, apontando para as portas do lobby.

Lá fora, através do vidro, puderam ver que uma massa de pessoas havia se formado na rua. Aparentemente um boato foi espalhado de que Holla Jones estava no Pierre. Sempre se espalhavam boatos de que ela estava em algum lugar. Bastava um telefonema para uma das agências de paparazzi que costumavam pagar generosamente pela dica.

Holla girou na ponta dos pés para lançar ao Pequeno Jimmy um olhar inflexível, e então ele correu à frente.

— Mãe? Podemos falar sobre isso? — disse a menina.

— Mais tarde — disse Holla com firmeza. Ela parou por um momento do lado de dentro. Hudson assistiu à sua mãe formar A Cara; o exterior legal, determinado e misterioso que sempre mostrava aos fãs. Holla tirou um par de óculos escuros de sua bolsa e os colocou para completar o figurino. Hudson sabia que a briga delas já era passado.

Hudson deixou sua mãe passar pelas portas giratórias primeiro. Quando Holla surgiu na rua, a multidão explodiu.

— HOL-LA! — gritavam as pessoas. — HOL-LA!

Hudson empurrou as portas e logo estava bem atrás de sua mãe. Vários seguranças do hotel correram para a multidão, mantendo-a afastada.

— HOL-LA! — gritou alguém. — EU TE AMO!

Holla fez um leve aceno à multidão, que gritou ainda mais forte. Hudson correu para o outro lado da calçada, perto do hotel. Multidões sempre a assustavam um pouco. E ela ainda estava furiosa. Como pode a mãe dela dizer que isso não era importante? Trezentas pessoas não viram o momento mais humilhante de sua vida? Como poderia esquecer isso sabendo que eles nunca esqueceriam?

Ela avistou o SUV na rua 61 e começou a correr em direção a ele, ansiosa para escapar dos gritos. Mas Holla não teve pressa, demorando-se perto da multidão, deliberadamente incitando as pessoas com sua indiferença *cool*. Holla nunca quis dar autógrafos ou apertar mãos, mas também não gostava de passar correndo por seus fãs. Era um joguinho que fazia com eles, sem querer sair, mas também sem querer fazer realmente alguma coisa com eles.

De repente, a voz de uma menina levantou-se no meio da multidão:

— Eu quero SER VOCÊ, HOLLA!

Não, você não quer, pensou Hudson, quando chegou ao carro. *Eu tentei hoje à noite, e isso realmente não dá certo.*

capítulo 4

O SUV serpenteava pelas ruas estreitas e apertadas do West Village, indo cada vez mais para o oeste, na direção do rio. Hudson encostou-se à janela escura ouvindo Nina Simone cantar "Here Comes the Sun" em seu iPod. A discussão com sua mãe ainda pairava no ar, mas não tinham dito uma palavra desde que entraram no carro. Em vez disso, sentaram-se em silêncio, Hudson com seu iPod, Holla com suas agulhas de tricô. Tricô era o novo passatempo de sua mãe. Ela gostava de fazer longos cachecóis que nem ela nem Hudson jamais iriam vestir. Holla dizia que o hobby a relaxava, mas a julgar por quão rápido as mãos estavam trabalhando, Holla parecia qualquer coisa, menos relaxada.

Fernald, motorista de Holla, passou zumbindo pela entrada da frente da mansão delas e virou a esquina na rua Perry. A mansão, com quatro andares de tijolos vemelhos em estilo georgiano, tinha mais de 175 anos de idade, e, supostamente, Edgar Allan Poe tinha morado ali alguma vez na vida. Mas Hudson tinha certeza de que ele não a reconheceria agora. Holla tinha destruído o interior, deixando apenas a escadaria, as lareiras e as sancas. Acrescentou um estúdio de yoga, uma academia, um estacionamento subterrâneo, uma sala de projeção e, no telhado, uma piscina. A *Architectural Digest* a havia chamado de "O Palácio dos Sonhos da Rainha do Pop". A única parte da casa que não mostraram na revista foram as grades de ferro preto que a cercava. Holla gostava que as coisas fossem seguras, o que era bom, porque todos os fotógrafos do mundo pareciam saber que ela morava lá.

Enquanto paravam em frente à porta da garagem e a esperavam subir, vários fotógrafos saltaram para fora das sombras e apontaram suas lentes para o carro. Eles estavam sempre lá, acampados na rua, sempre atentos a uma chegada ou partida. Hudson acenou para eles. Achava que era a coisa mais educada a fazer. Holla não desviou os olhos do tricô. Apenas suspirou enquanto passavam.

— O que eles pensam que vão conseguir? — perguntou.
— As janelas são escuras.

Fernald dirigiu o carro delas pela rampa curvada chegando à garagem e parando ao lado do Mercedes prata e do Lexus preto de Holla. Ela possuía três carros e não dirigia nenhum deles, não porque não sabia, mas porque não podia estacionar e sair. A última vez que tentou andar na rua tinha sido assediada em menos de cinco minutos.

— Obrigado, Fernald — disse Holla quando estacionaram.
— Seja bem-vinda, senhorita Jones — disse ele.
— E como está sua esposa? — perguntou. — Ela gostou do elíptico?
— Ela adorou — disse Fernald alegremente, virando-se.
— Acho que já perdemos uns dois quilos cada.

— Ótimo! — disse Holla, dando um tapinha no ombro de Fernald. — Continuem assim! — Holla gostava de dar presentes generosos para sua equipe, mesmo que sempre parecessem ser equipamentos de autoaperfeiçoamento; equipamentos de exercício, um corte de cabelo, uma sessão gratuita de clareamento dental. Fernald nem estava acima do peso. Ele só tinha um pouco de barriga, mas isso não importava para Holla.

Hudson seguiu sua mãe para fora do carro e andou atrás dela no caminho para o elevador. Ela estremeceu no espaço sem aquecimento, puxando o casaco desabotoado para mais perto ao redor de seus ombros nus.

— Querida, vista isso — disse Holla, virando-se. — Você vai pegar um resfriado.

— Eu estou bem — disse ela rigidamente.

No elevador, Mickey, um dos seguranças de Holla, que parecia ter uma mandíbula de ferro, segurou a porta para elas.

— Boa noite, senhorita Jones — disse ele.

— Boa noite, Mickey — murmurou em resposta. Hudson e Holla se espremeram contra a parede para dar espaço para o Pequeno Jimmy, que correu em direção ao elevador, ofegante. As portas começaram a se fechar antes que ele chegasse, mas Holla colocou uma perna para fora e forçou as portas a abrirem com um estrondo. Ele correu para dentro.

— Obrigada, senhorita Jones — disse ele enquanto as portas fechavam.

— Sabe, Jimmy — disse Holla. — Você é bem-vindo para se juntar a mim em qualquer uma das minhas aulas de ginástica. Vou pedir para Raquel marcar uma hora para você.

— Obrigado, senhorita Jones — disse Pequeno Jimmy. Hudson podia ouvir o constrangimento em sua voz.

Desde que tinha 12 anos, esperava-se que Hudson participasse de, pelo menos, duas aulas de ginástica por semana, o que poderia ser qualquer coisa desde yoga a aula de bambolê. Agora o pobre Pequeno Jimmy seria laçado junto com o resto do pessoal. Ela só esperava que ele não fosse pego comendo carne ou queijo na frente de Holla, o que seria suficiente para que fosse demitido. Holla era obcecada por ser "saudável" há anos. Havia casos de diabetes e doenças cardíacas na família Jones, então ela havia cortado carne, trigo, farinha branca e açúcar de sua dieta. Restando peixe, legumes, frutas, cereais integrais e todos os tipos de tofu. Naturalmente, esperava-se que todos ao redor de Holla — incluindo Hudson — comessem desta forma também. Apesar de Hudson, tecnicamente, poder comer o que quisesse quando não estivesse em casa, mantinha-se fiel principalmente aos alimentos que eram aprovados por Holla. Comer qualquer coisa doce — mesmo *frozen yogurt* — parecia um pouco perigoso.

O elevador abriu e eles entraram na cozinha profissional toda branca e espaçosa. Ela era composta por aparelhos cromados reluzentes e armários de vidro, todos em dobro: duas máquinas de lavar louça, duas geladeiras e dois fogões de seis bocas. Sua cozinha poderia alimentar pelo menos uma centena de pessoas, não que já tivessem tentado — Holla não costuma dar festa. A cozinha também servia de sede para seus empregados. Quando eles entraram, Lorraine, a *chef* loira e muito magra, estava enrolando massa livre de lactose na mesa de madeira; Mariana, a empregada brasileira cheia de curvas, passava rapidamente com braçadas de toalhas brancas macias, e Raquel, a governanta de rosto doce, e que era assustadoramente competente, polia um monte de prata. Havia mais gente, é claro, um relações públicas, vários instrutores de yoga e ginástica, um gerente de negócios, um passeador de cães, mas Lorraine, Mariana e Raquel eram a base da tripulação. Havia também Sophie, que, de alguma forma, tinha chegado antes deles do Pierre e agora estava sentada na frente de um grande monitor de computador no canto, lendo e-mails. Vendo Sophie, Hudson perguntou-se se Ava tinha acreditado na desculpa de intoxicação alimentar. Ela caminhou até a ilha de mármore no centro da cozinha e pegou um punhado de fatias de vegetais crus. Talvez mastigar aliviasse um pouco seu estresse.

— Então? — perguntou Raquel, olhando para cima, desviando o olhar da concha de prata que estava polindo. — Como foi? — Ela sempre fazia uma trança em seus longos cabelos negros e grossos, até o mês passado, quando Holla tinha decidido que ela precisava de uma mudança. Mandou Raquel para um salão no SoHo, onde tinham lhe dado um cabelo curtinho com camadas. Ainda não parecia certo nela.

— Não foi tão bom — disse Hudson.

— Ela teve pânico de palco — disse Holla sem rodeios, tirando seu casaco de couro e pendurando-o numa cadeira.

— Oh — disse Raquel, com o rosto enrugando. — Eu sinto muito.

— Está tudo bem — disse Hudson, repentinamente mortificada. — Não foi tão ruim.

— Gostaria de um pouco de chá? — perguntou Lorraine gentilmente, colocando a chaleira no fogo.

— Tudo bem — murmurou Hudson.

— Eu quero — disse Holla, alisando uma cortina perfeita de cabelo sobre o ombro. — E Sophie? O que disse para as pessoas?

— Que era intoxicação alimentar — piou Sophie, evitando contato visual com Hudson. — Por causa do atum.

— Bom — respondeu Holla.

Hudson sentiu os olhos da equipe inteira nela. A mentira era de Holla, mas sentia-se como uma mentirosa também.

— E onde estamos com a turnê? — perguntou Holla.

— Wembley em Londres, Madison Square Garden, Slane Castle em Dublin, e Staples Center em Los Angeles, todos esgotados — Sophie leu a tela do computador. — Tóquio começa a vender amanhã. Sidney ainda é um ponto de interrogação.

— Hummm — disse Holla. Em maio, Holla iria lançar seu décimo álbum. Este verão seria sua quinta turnê mundial.

— E onde estamos com o *Saturday Night Live*?

— Você está marcada. Sete de março.

— Maravilha! — Holla apertou as mãos e se virou para Hudson. — Espere, acabei de ter uma ideia.

— Qual? — Hudson perguntou com cautela. Ela não gostou da forma como sua mãe a estava olhando.

— E se você fizesse o *Saturday Night Live* comigo? — perguntou Holla. — Um dueto mãe e filha. — Ela olhou para Sophie e Raquel. — Vocês não concordam? Seria divertido!

— Você está... você está falando sério? — gaguejou Hudson.

— Não se preocupe, você vai ser profissional nisso até lá — disse Holla, aceitando uma caneca de chá de gengibre de Lorraine. — Oh, Sophie, pode ligar de volta para eles? Ligue de volta e diga a eles que...

— Posso falar com você lá em cima? — perguntou Hudson.

— Claro, querida — disse Holla, tomando um gole de chá. — Vai na frente. Eu a encontro no seu quarto.

Hudson pegou o casaco e caminhou em direção à escada, pisando com tanta raiva que mal conseguia disfarçar. Há quarenta e cinco minutos, tinha congelado no palco e fugido de terror e agora a mãe dela queria que ela repetisse a coisa toda ao vivo na televisão? Ela não viu o que acabou de acontecer? Como de costume, a mãe dela estava em completa negação da realidade, apenas porque queria alguma coisa. Hudson teria que ser honesta com ela sobre o verdadeiro motivo de ter corrido do palco, teria de lhe dizer *exatamente* quanta pressão tinha colocado sobre ela. E isso provavelmente significava ter uma briga terrível de fazer a terra tremer.

Quando chegou ao terceiro andar, ouviu o som do tilintar de metal e patas correndo quando Matilda, seu buldogue francês listrado, correu para cumprimentá-la.

— Olá! — disse Hudson, pegando-a em seus braços. — Como está a minha menina?

Matilda deu uma boa lambida no queixo de Hudson, que depois esfregou sua cabeça atarracada.

— Mamãe estragou tudo — disse Hudson.

Matilda deu um bufo incerto.

— Não, é verdade — disse e a colocou de volta no chão. Às vezes, desejava ser Matilda e não ter que se preocupar com nada que não fosse encontrar um lugar aconchegante para se deitar e dormir.

Hudson entrou em seu cômodo, que era tecnicamente uma suíte. O primeiro cômodo era onde ela fazia a lição de casa e praticava piano e o segundo era o quarto e o closet. Sorte que ela tinha dois cômodos, porque cada centímetro quadrado deles era entulhado. Hudson amava colecionar roupas, móveis, álbuns, Barbies — qualquer coisa, na verdade. Viajar com sua mãe em turnê ao longo dos anos fez com que ela tivesse sido capaz de encontrar itens do mundo inteiro. Na sala de estar estavam um tapete de pele de carneiro da Dinamarca, uma penteadeira espelhada de uma loja de antiguidades de Paris, e uma poltrona de couro surrada de um mercado de pulgas do SoHo. Em seu quarto havia um espelho de corpo inteiro com pés de garra, uma cômoda envelhecida caiada de branco e um sofá-cama de ferro forjado *vintage* de Londres, que por sua vez foi coberto com almofadas de seda da Índia. Ela poderia passar horas em um mercado de pulgas, vasculhando o que as outras pessoas pensavam ser lixo. E mesmo que amasse tudo de moda, o design *vintage* era o seu favorito. Gostava de pensar que voltaria no tempo sempre que escorregasse em roupas de outra época.

— Por que você quer ter móveis de outras pessoas? — perguntava Holla, um pouco espantada, sempre que Hudson arrastava para casa um banquinho legal ou tapete. A filha simplesmente dava de ombros e sorria. Esse era o objetivo: marcas de outras pessoas em suas roupas e móveis sempre os fizeram parecer mais reais.

Enquanto Hudson andava sobre o tapete de pele de carneiro, tentou não olhar para o seu item de segunda mão mais importante, de pé no canto: um piano de cauda Steinway. Tinha sido de sua avó Helene. Foi o primeiro piano que Hudson tocou, aos 5 anos. Tinha escalado o banco e começado a fazer os acordes sozinha enquanto sua avó a observava, espantada. A avó Helene podia tocar qualquer coisa de ouvido e tinha tentado ensinar suas duas filhas, Holla e Jenny, desde que eram pequenas. Nenhuma delas ligou muito para ele. Hudson, porém, foi diferente. Ela herdou todo o talento da avó e mais um pouco. Helene tornou-se sua primeira professora e Hudson era uma aprendiz rápida. Aos 7 anos, aprendeu "Sonata ao Luar" de Beethoven. Aos 8 anos, conseguia tocar a "Valsa do Minuto" de Chopin. Aos 9, começou a escrever suas próprias canções. A avó deu a ela o piano pouco antes de ficar doente demais para tocar mais. Quando faleceu, Hudson trouxe o piano para casa e colocou no seu quarto, onde cobriu as paredes e o chão com espuma acústica especial. Ela tocava todas as noites antes de ir dormir, imaginando que sua avó ainda a ouvia.

— Lizzie escreve histórias, eu surfo, e você toca piano — dizia Carina, e era verdade. Se não tocasse por uns dois dias, Hudson começava a ficar ansiosa, se debatia e virava na cama à noite, pensando em coisas assustadoras. Mas assim que se sentasse ao piano e tocasse, tudo isso iria embora. Escrever música a acalmava e a ajudava a enfrentar a situação.

Mas agora, quando entrou em seu quarto, ignorou o belo Steinway. Foi o piano que a colocou nessa confusão, em primeiro lugar. Não iria nem olhar para ele, muito menos tocá-lo.

Hudson soltou as tiras do salto em seus calcanhares, tirou o vestido e, em seguida, vestiu um pijama de flanela. Mesmo com as reformas caras de sua mãe, o sistema de aquecimento na antiga casa era um pouco ruim.

— Querida? — chamou Holla do outro cômodo. — Eu trouxe um pouco de chá. — Ela entrou no quarto de Hudson e colocou a caneca sobre a mesinha de canto.

— Eu não tive uma intoxicação alimentar — disse Hudson.

— Eu sei — disse Holla, brincando com as cordas dos seus colares. — Mas teve uma noite difícil. — A mãe se inclinou e ajeitou alguns porta-retratos na mesinha de cabeceira de Hudson.

— E me pedir para participar do *Saturday Night Live* vai me fazer sentir melhor? — perguntou Hudson, sentando-se na cama e pegando uma de suas almofadas revestidas de seda.

Holla olhou para ela.

— Se você vai fazer disso a sua carreira, querida, você tem que aprender a deixar algumas coisas pra lá.

— Certo. Como quando sua turma inteira assiste você esquecer a música — disse Hudson. — Aquelas eram pessoas que eu *conheço*. Pessoas que frequentam a escola comigo. Não era um público aleatório. E eles não vão deixar pra lá.

— Você não pode se importar com o que as pessoas pensam — disse Holla mais energeticamente. — Isso é que significa ser um artista. Você acha que eu alguma vez me preocupei com o que as pessoas pensavam?

— Então a solução para mim é fazer televisão ao vivo — disse Hudson.

— Você só ficou com medo lá — declarou Holla. — Quando apresentar o programa, já terá superado isso.

— E se não tiver? — perguntou Hudson.

— Por que você sempre tem que ver o lado negativo de tudo?

— E por que você sempre tem que me deixar nervosa em relação a tudo? — perguntou Hudson.

— O quê? Como eu te deixo nervosa?

— Ao me criticar. Ao dizer que estou fazendo tudo errado, o tempo todo.

— Eu estava te dando conselhos — disse Holla categoricamente. — Não posso fazer isso?

— Mas desde que comecei este álbum, é como se eu não conseguisse fazer nada direito. Você quer que eu faça as coisas exatamente como você.

Holla franziu as sobrancelhas, do jeito que fazia quando Hudson dizia algo que achava ridículo.

— Você mudou tudo no meu álbum — continuou Hudson. — Modificou cada música.

— Porque eu queria que seu álbum vendesse — respondeu Holla.

— Mas eram minhas músicas!

— Então você *não* quer ser um sucesso? — disse Holla, deixando sua voz ficar alta. — Você *não* quer lotar estádios, estar nas rádios e ter meninas gritando seu nome quando anda na rua?

Hudson apertou o travesseiro. *Aqui vamos nós*, ela pensou. *As perguntas irrespondíveis.*

— Eu só não quero que me digam repetidas vezes que estou fazendo algo errado.

— É isso que você acha? — Holla cruzou os braços. — Querida, você vai ter que ter uma casca mais grossa. Esse é o cerne desse negócio, sabe. Ser criticado. Para cada pessoa que te ama lá fora, há alguém que pensa que você é horrível. Mas não era isso o que eu estava fazendo. Só estou tentando ajudá-la. Quem acredita em você mais do que eu? Quem tem sido a sua maior defensora durante toda a sua vida? Quem conseguiu para você o melhor professor de piano da cidade? Quem te colocou nas aulas de dança quando tinha 5 anos porque você queria?

Hudson puxou um fio solto na colcha, esperando sua mãe terminar.

— Eu gostaria que alguém tivesse acreditado em *mim* o suficiente para me encorajar — continuou Holla. — Tive que implorar à minha mãe para me dar aulas de dança. Tive que implorar a ela para me levar para concursos de talentos em Chicago. Tive que fazer tudo sozinha. Minha mãe não se importava. É por isso que sua tia Jenny ainda não sabe o que fazer com sua vida. Correndo pelo mundo, fingindo que é uma espécie de designer de moda...

— Designer de joias — corrigiu Hudson.

— Designer de joias, seja lá o que for. — Holla bufou. — Ela poderia ter dançado "O Lago dos Cisnes" no Lincoln Center e agora está se debatendo, indo a lugar nenhum. Deus sabe que tentei, mas não havia muito que eu pudesse fazer, depois de tudo. — Ela balançou a cabeça, como se a lembrança de sua irmã mais nova fosse demais. — Então, ouvi-la queixar-se sobre meu interesse em sua carreira... soa um pouco ingrato. E hoje não foi minha culpa. Você não pode jogar isso em mim. Sinto muito que tenha medo, mas não foi minha culpa.

Hudson sabia que sua mãe estava certa. Estava tentando culpar Holla, quando o verdadeiro problema era que ela simplesmente não tinha o que era preciso. *Pensou* que tivesse. Pensou que pudesse ser uma artista. Mas estava errada. Como pôde sequer pensar que seria capaz de fazer isso? Quando mal podia falar em sala de aula?

—Não acho que eu consiga fazer isso — disse ela. — Quero desistir.

— Era *você* que queria fazer isso — disse Holla. — Foi você que me disse que estava pronta.

— Eu sei — disse Hudson calmamente. — Mudei de ideia. — Apenas dizer isso já era um alívio.

— Querida — disse Holla aproximando-se de Hudson e lhe tomando a mão. — Você está chateada. Não diga coisas que não quer dizer.

— Eu quero dizer — disse Hudson, olhando a mãe nos olhos. — Eu nunca falei tão sério. Eu não quero isso — disse Hudson. — Não sou como você. Nós duas sabemos disso.

O rosto de Holla ficou sério. Ela se levantou da cama.

— Você está cometendo um grande erro. Um do qual vai se arrepender pelo resto da vida.

— Eu tenho 14 anos — disse Hudson. — Vou ter outra chance.

— Não assim — disse Holla. — Eu não serei capaz de sempre ajudá-la dessa forma. Você está jogando fora uma grande oportunidade, uma oportunidade que outras garotas matariam para ter.

Mas eu não sou como as outras meninas, Hudson queria dizer.

— E o que é que vamos dizer à sua gravadora? — perguntou Holla, levantando a voz novamente. — Que você quer simplesmente jogar fora tudo isso? Depois de termos feito todas essas mudanças?

— Diga a eles que eu sinto muito. Diga a eles que eu tenho medo do palco. Eu não sei. Diga-lhes qualquer coisa.

Holla bateu o pé no chão de madeira.

— Sorte sua que você é minha filha. Caso contrário eles iriam processá-la por quebra de contrato.

— Eu sei que sou sua filha. — Hudson suspirou. — Acredite em mim.

Holla olhou para ela por mais alguns segundos.

— Eu nunca pensei que você seria o tipo de pessoa que desiste.

Por um segundo, Hudson sentiu uma pontada de tristeza, misturada com medo — um sentimento de arrependimento antes de ter realmente se tornado arrependimento.

— Bem, acho que sou assim — disse ela, e se deitou em sua cama, de frente para a parede.

Por um momento, houve silêncio, e então Holla saiu do quarto. Hudson ouviu quando a porta se fechou com os olhos ainda na parede. Estava acabado.

Ela ficou ali, incapaz e sem vontade de se mexer. Do lado de fora um alarme de carro disparou um lamento. Fechou os olhos e se perguntou se poderia ficar nesta posição para o resto de sua vida. *Então é isso*, pensou. O álbum. Sua música. Seu sonho. Tudo. Estava tudo acabado. Ela sabia que tinha feito a coisa certa, mas não se sentia bem. Sentiu-se ainda pior agora do que tinha se sentido no banheiro do Pierre. Mas quando pensava sobre isso percebia que, realmente, não teve escolha. Esta noite havia mostrado isso a ela.

Depois de alguns minutos, Hudson se levantou e caminhou para o cômodo seguinte. Matilda olhou para ela de sua cama de cachorro, inclinando a cabeça atarracada como se dissesse "Não deu muito certo, né?"

Hudson pegou seu laptop. Em tempos de crise, ela precisava fazer duas coisas sempre: mandar uma mensagem de texto para Carina e/ou Lizzie e checar seu horóscopo do dia seguinte. Primeiro se conectou ao signsnscopes. com e leu o que dizia sobre Peixes para o dia seguinte, 21 de dezembro.

Parabéns! Com Urano, o planeta da surpresa, movendo-se em sua décima casa, a casa da carreira, espere uma grande revelação no trabalho que a fará sorrir!

Hudson fechou o laptop. Ela odiava quando fazia alguma coisa para contradizer seu horóscopo. Mas talvez a astrologia fosse apenas um monte de bobagens, de qualquer forma. De acordo com o mapa — um que a tia Jenny tinha lhe dado em seu último aniversário —, ela deveria ser extremamente bem-sucedida. Famosa, mesmo.

— Quase tão famosa quanto sua mãe — sussurrara Jenny, com uma piscadela.

Hudson voltou para a mesa e abriu o mapa. Ele estava coberto por uma dessas folhas de plástico utilizadas em pastas. O mapa era um grande círculo, cortado em fatias e coberto de hieróglifos estranhos e ondas, cortado por linhas retas que irradiavam em todas as direções. Ela não sabia o suficiente para realmente ler mapas ainda, mas se lembrou do local no círculo onde sua carreira ficava. Era uma confusão de linhas onduladas e formas.

— Tanto faz — pensou e o colocou de volta na gaveta, empurrando-o o suficiente para que não fosse capaz de olhar para ele de novo sem fazer uma faxina completa.

Nesse momento, o celular, que ainda estava em sua bolsa no chão, apitou com uma mensagem de texto. Ela estendeu a mão e o puxou.

Era de Lizzie.

Por que me deixou c/ isso?? :)

Logo abaixo da mensagem veio uma foto de Carina e Alex, com os braços em torno um do outro no baile, sorrindo e trocando um olhar bobo.

Hudson escreveu de volta:

Pq tive uma intoxicação alimentar, lembra??

Espero que tenha vomitado por horas ☺, escreveu Lizzie.

Vc sabe que sim.

Pelo menos ela ainda tinha suas amigas, pensou mais tarde enquanto subia na cama. E não importava o que acontecesse, isso nunca iria mudar.

capítulo 5

Hudson pulou de volta em outra *chaturanga* e seus cotovelos dobraram-se enquanto se abaixava, estilo flexão, a 1 centímetro do chão.

— Agora enrole os dedos dos pés na postura do cachorro olhando para cima e respire profundamente para curar — disse Niva, a instrutora de yoga de Holla, que andava calmamente na frente delas. — Aponte seu peito para a frente da sala.

Hudson se moveu lentamente para a posição do cachorro olhando para cima, equilibrando seu peso nas mãos, mas quanto a apontar o peito para qualquer lugar, isso era uma tarefa difícil. Era manhã de Natal, estava nevando e ela queria ficar deitada na cama, sentindo o cheiro pudim de chocolate *vegan* da Lorraine, enquanto assava no forno. Ou passear com Matilda pelas ruas sujas de neve do West Village. Ou trocar presentes com Lizzie e Carina. (Elas tentaram fazer um "amigo oculto" uma vez, mas a parte "oculta" só tinha durado alguns minutos.) Em vez disso estava em um colchão, suando, a apenas poucos centímetros da sua mãe, que, muitos dias depois da briga delas no quarto de Hudson, ainda parecia estar zangada.

— Agora enrole seus dedos do pé na posição de cachorro olhando para baixo — falou Niva com sua etérea voz de yoga.

Hudson grunhiu um pouco enquanto se movia de volta para a posição. O Natal era sempre um pouco delicado na casa de Holla. Era o único dia do ano quando todas as pessoas que normalmente giravam em torno delas — o relações públicas, o executivo da gravadora e o empresário, para citar alguns — iam para casa dar atenção às suas próprias vidas e famílias e a casa ficava excepcionalmente silenciosa. Às vezes Holla recebia sua professora de yoga ou sua maquiadora para a ceia de Natal, mas hoje seria somente Jenny, sua irmã. E Hudson sabia que essa era a verdadeira razão para ela estar se sentindo um pouco impaciente.

— Sintam seus membros ficarem pesados — disse Niva enquanto deitavam na posição de descanso ao final da aula. — Sintam seus braços afundarem no chão.

Hudson fechou os olhos. Pensou em Lizzie e Carina, que estavam sendo tão doces em relação à sua noite desastrosa no baile. No dia seguinte, as duas a tinham levado para a Pinkberry para uma rápida conversa animadora e checar a situação real dos fatos.

— Ninguém nem falou sobre isso a noite toda, eu juro — tinha dito Carina às voltas com um bocado de iogurte coberto de Cap'n Crunch.

— Ah, isso porque você estava no Planeta Alex a noite toda — brincara Lizzie, cutucando Carina com o cotovelo.

Agora Lizzie estava na casa dos avós no norte da Flórida e Carina estava com seu pai em Aspen. A cidade parecia vazia sem elas, mesmo que estivessem enviando mensagens umas às outras durante a semana toda.

— Inspirem pelo nariz — disse Niva com a voz cada vez mais espiritual. — Deixem sair todas as preocupações terrenas...

Parece bom, Hudson pensou, quase dormindo, na hora em que a porta do estúdio de yoga abriu fazendo barulho. Passos pesados sacudiram o chão de bambu.

— Feliz Natal! — disse uma voz aguda.

Hudson abriu os olhos e esticou a cabeça. Sua tia Jenny estava no meio da sala, segurando algumas sacolas de compras vermelhas. Estava maravilhosa, como sempre, vestindo um casaco cinturado com o que parecia ser pelo de coelho tingido de lavanda, uma echarpe de cashmira grossa roxa e brincos que na verdade eram alfinetes de segurança com correntes douradas. Seu cabelo curto realçava o rosto oval bonito, que estava, como sempre, sem maquiagem. Suas botas eram meio estilo vovó, meio estilo sexy, com a frente pontuda e saltos *stiletto* e sua cor de esmalte de unha combinava com o preto escuro da bolsa de vinil. Foi Jenny quem levou Hudson ao seu primeiro mercado das pulgas e quem deu a ela sua primeira bolsa de mão: uma *clutch* de jacaré vermelho Ferragamo dos anos 1960. Hudson ainda a tinha, mas nunca saíra de casa com ela, por medo de perdê-la.

— Oh — disse Jenny, deixando as sacolas de compras caírem no chão. — Achei que já teriam terminado a essa hora. Me desculpem!

Ela possuía fama de chegar muito cedo ou muito atrasada, e hoje, sua chegada tinha caído na extremidade "muito cedo" da escala. Elas não a esperavam antes do almoço.

— Tudo bem — disse Holla. Ela se sentou lentamente. — Estávamos acabando.

Hudson se sentou.

— Oi, Jenny!

— Oi, Hudcap! Você está linda! Maravilhosa essa sua faixa de cabelo!

— Obrigada! — irradiou Hudson enquanto ficava de pé. Ela amava sua faixa de elástico, coberta com pedras que pareciam diamantes.

— Querida, o chão — disse Holla.

Husdson olhou para baixo, mas então percebeu que Holla estava falando com Jenny. Os saltos espetados de Jenny tinham deixado marcas no chão.

— Ah, opa, me desculpe — disse Jenny, examinando os saltos das botas com um sorriso envergonhado.

— Apenas as tire — disse Holla, sorrindo tensamente. — Por favor. Não pode entrar com sapatos aqui.

Jenny abriu o zíper de suas botas e as puxou.

— Mais uma vez, me desculpem — disse ela.

— Sem problemas — disse Holla calorosamente uma vez que as botas tinham sido tiradas. Ela andou em direção à Jenny, e as duas irmãs trocaram um abraço morno. — Como você está?

— Sentindo os efeitos do fuso-horário — disse Jenny. — Desde que cheguei em casa, tenho me levantado com o dia raiando.

— Você está mais alta — disse Jenny para Hudson. — Quando foi a última vez que eu a vi?

— Acho que foi logo antes de você se mudar — disse Hudson. Ela segurou a mão da tia. — Como foi em Paris?

— *Incroyable* — disse Jenny, com um sorriso.

— Quero ir visitá-la! — exclamou Hudson. — Quem sabe nas férias de primavera?

O sorriso de Jenny se fechou, mas somente um pouco.

— Claro.

— Está com fome? — perguntou Holla.

— Na verdade, seria ótimo tomar café — admitiu Jenny.

— Eu te levo — respondeu Hudson. Ela levou sua tia para a cozinha, no andar de cima, e Holla as deixou para tomar um banho e se trocar.

Hudson fez para si uma tigela de flocos de aveia enquanto Jenny devorava um dos bolinhos sem glúten de Lorraine.

— Então, meu estúdio de joias em Paris era maravilhoso — disse Jenny ao arrancar outro pedaço de bolinho. — Eu o dividia com três garotas francesas. Elas eram realmente más no início, mas depois descobri como falar com elas. As francesas certamente fazem você ralar para conquistá-las, mas quando se abrem, são muito legais. Vou sentir falta delas.

— Então... como era aquele cara? — perguntou Hudson, tentando não soar muito intrometida.

— Que cara? — perguntou Jenny, limpando os dedos com um guardanapo.

— O cara que fez você se mudar para lá — disse Hudson. — Aquele que você disse que era O Cara.

— Ah — disse Jenny, fazendo uma careta de leve. — Jean-Paul. — Ela deu de ombros. — Não deu muito certo. Ele era de Capricórnio. Muito errado para mim. — Ela agitou a mão. — Eu realmente preciso de um sagitariano. Ou um libriano. E Paris é diferente do que eu esperava. Não sei. É um pouco fria. Senti falta de Nova York.

Hudson assentiu incerta.

— Então você não ficará lá?

— Não — disse Jenny, sacudindo a cabeça. — É melhor partir.

Hudson comeu outra colherada de aveia e tentou não se preocupar. Uma coisa era certa: sua mãe não iria gostar de ouvir nada disso. Jenny tinha morado em mais lugares em menos tempo do que qualquer um de quem Hudson tivesse ouvido falar. E cada vez que se mudava, Holla ficava mais frustrada.

— Então se mudou de volta para cá? — perguntou Hudson.

— Bem, mais ou menos — disse Jenny. — Eu ainda tenho que voltar a Paris e pegar as minhas coisas. Mas não vamos falar sobre isso, tudo bem? Quero saber tudo o que está acontecendo com *você*. Como estão Carina e Lizzie? Elas vêm?

— Não, mas estão bem — disse ela. — As duas têm namorados agora.

— Sério? — Os olhos de Jenny se iluminaram. — Então agora temos que arranjar um para *você*.

Hudson deu de ombros.

— Você me conhece. Eu não curto muito garotos do ensino médio.

— Esperta. Sempre prefira os mais velhos — disse Jenny. — São os que sabem como te tratar. Por outro lado, Jean-Paul tinha 50 anos e isso não quis dizer nada. — Ela largou o que tinha sobrado de seu bolinho. — E como estão as coisas com sua mãe? — perguntou com uma voz mais séria.

Hudson hesitou. Ela tinha aprendido a não contar a Jenny muito sobre Holla.

— As coisas estão bem — mentiu ela, raspando o lado de sua tigela com a colher.

— Ela te deixa fazer alguma coisa? — perguntou Jenny.
— Posso notar que ela não te deixa *comer* nada — disse ela, olhando para o mingau de aveia. — Mas deixa ir para qualquer lugar? Ou você ainda tem que ser levada naquele carro?

— Ela é rigorosa — disse simplesmente Hudson, esperando escapar do tópico.

— E como está indo seu álbum?

Hudson se levantou rapidamente.

— Você sabe, acho que eu deveria entrar no chuveiro — disse ela. — Não gosto ficar com roupa de ginástica molhada. É nojento.

Jenny olhou para Hudson.

— Eu não quis me intrometer, Hudcap. Só estou interessada em você.

— Eu sei, mas, sério, está tudo bem — disse ela. — Já volto.

No chuveiro, Hudson ensaboou o cabelo, sentindo-se culpada por sua saída grosseira. Mas tinha alguma coisa em Jenny que a deixava nervosa. Falar com ela era como andar em uma corda bamba — se Hudson dissesse muita coisa, ou dissesse a coisa errada, iria cair e não sabia onde poderia aterrissar.

Depois de tomar banho, vestiu uma túnica de manga comprida prateada que sempre a fazia pensar em ouropel, vestiu sua calça jeans *skinny* roxa e empurrou seus pés em uma bota UGG alta. Enquanto descia as escadas, descobriu que Holla e Jenny tinham se mudado para a sala de estar toda branca e serena e estavam encolhidas no sofá longo e baixo. Uma pintura gigantesca, constituída exclusivamente por uma pincelada de cor-de-rosa e roxo, ficava pendurada em uma parede. Velas tremeluziam sobre o piano branco no canto e um fogo crepitava na lareira. Holla fez de tudo para tornar essa casa aconchegante, mas era sempre um pouco grande demais, fria demais e branca demais para Hudson realmente ficar confortável.

— Ei! Chegaram bem na hora da venda exclusiva! — brincou Jenny. — Sente-se e escolha alguma coisa.

Vários suportes diferentes de brincos e pulseiras foram colocados na mesinha de centro de vidro ao lado de um estojo de veludo aberto. As sacolas de compras que Jenny tinha levado para o estúdio de yoga estavam aos seus pés.

Hudson se sentou ao lado da tia.

— Esses são legais — disse ela, apontando para um par de brincos de prata com forma de serpentes e granadas nos olhos.

— Experimente — disse Jenny, tirando-os do suporte e entregando-os a Hudson.

Hudson os deslizou em suas orelhas. Jenny não desenhava joias fazia muito tempo, mas já sabia o que estava fazendo. Hudson segurou o espelho de mão na mesa e olhou para si mesma.

— Uau — disse, virando sua cabeça para um lado e para o outro, vendo as pedras vermelhas capturarem a luz.

— Todos seus — disse Jenny.

— Espero que a citação da *InStyle* ajude — disse Holla encostando-se contra uma pilha de almofadas. Ela parecia relaxada e confortável bebendo de uma caneca fumegante de chá tchai com um cobertor branco enorme sobre as pernas, mas Hudson conseguia detectar uma leve aspereza em sua voz.

— Sim, foi ótimo, obrigada — disse Jenny, passando a mão pelo cabelo. — Claro, eu não estava realmente pronta para atender a pedidos ainda, mas sempre ajuda ter seu nome por aí. Então, Hudson, — disse, virando-se de volta para sua sobrinha. — você quer estes ou vai experimentar outros?

— Definitivamente quero estes — disse Hudson, abaixando o espelho. — Obrigada.

— Então... vai se mudar de volta para cá? — perguntou Holla, tomando outro gole de chá.

Jenny se voltou para a irmã.

— Sim. Provavelmente logo após as férias. Mas eu aproveitei bem o tempo em Paris e fiz mais uma tonelada de peças, e existem algumas lojas no SoHo agora que eu acho que seriam perfeitas para as minhas coisas. Então, estou bem animada.

Holla assentiu lentamente.

— E o cara... simplesmente não deu certo?

— Não — respondeu Jenny. — Não muito.

— Bem, nesse caso — disse Holla delicadamente —, gostaria de propor uma coisa.

— O quê? — perguntou Jenny, sem se mexer.

— Você se lembra de Kierce, meu *stylist*? — perguntou Holla.

— Aham — disse Jenny cuidadosamente.

— Bem, você sabe que eu sempre amei o seu estilo e, obviamente, Hudson ama também. — Holla riu. — E andei pensando que antes de começar a me preparar para a turnê no próximo verão, eu deveria tentar alguém novo.

Jenny olhou para Holla.

— Você quer que eu *trabalhe* para você? — perguntou ela, perplexa.

— Só até você se restabelecer — disse Holla.

Jenny ficou olhando para a irmã.

— Acho que seria divertido — continuou Holla. — E, honestamente, que outras perspectivas você tem agora? Que outras ofertas incríveis? Você ficou desenhando essas joias por dois anos e elas não estão *exatamente* conquistando o mundo...

Os ombros de Jenny cederam um pouco.

— E eu só a vejo andando em círculos, querida. Sei o quão talentosa você é e em vez de ficar apenas correndo de uma cidade para outra...

— Pare, tudo bem? — interrompeu Jenny repentinamente. — Por favor? Pare.

— O que foi? — perguntou Holla, soando genuinamente confusa.

— Essa é, possivelmente, a pior ideia do mundo — disse Jenny. — Deus, Holla. Às vezes eu não sei em que planeta você vive.

— Em que planeta *eu* vivo? — perguntou Holla. — Enquanto você foge para Paris para morar com um cara que acabou de conhecer? Fingindo que é designer de joias? Ou fotógrafa? Ou designer de bolsas? Eu já me perdi.

Jenny começou a tirar os brincos das prateleiras e colocá-los na caixa forrada de veludo.

— Certo — resmungou. — Eu esqueci. Você tem todas as respostas.

— Eu não tenho — disse Holla. — Só quero que você seja feliz.

— Eu *sou* feliz — atirou de volta Jenny. — Gosto da minha vida. É excitante, está bem? Eu *gosto* do jeito que é.

— Aham — disse Holla. — Como não gostar? Você passeia por Buenos Aires, volta e eu pago sua conta de cartão de crédito.

— Isso aconteceu *uma vez* — disse Jenny, saltando. Ela começou a reunir suas coisas.

— Onde você está indo? — perguntou Holla.

— Para fora daqui — disse Jenny, agarrando as sacolas de compras.

— Não vá — disse Holla. — É Natal. Vamos esquecer isso e recomeçar.

— Tarde demais — disse Jenny amargamente. Ela olhou ao redor da sala. — Onde colocaram meu casaco?

Holla apontou para a cozinha.

— Lá atrás — disse ela com um ar de derrota.

Jenny se inclinou e deu um abraço em Hudson.

— Feliz Natal, Hudcap.

Hudson abraçou sua tia de volta.

— Obrigada pelos brincos — sussurrou, impotente.

— Ah, aqui — disse Jenny, apontando para uma das sacolas de compras. — Isso é para vocês. Ela se abaixou e tirou vários presentes embrulhados em papel cor de bronze brilhante e amarrados com laços de veludo vermelho. Ela empilhou cuidadosamente sobre a mesa de centro. — Apenas algumas coisas de Paris.

Holla olhou os presentes, mas não se moveu para pegá-los. Hudson sabia o que eram: fotos deliberadamente sem foco que Jenny tinha tirado e enquadrado cuidadosamente. Ela sempre lhes dava fotografias das cidades onde estava morando de Natal.

— Eles te acompanham até a entrada dos fundos; a porta da frente está trancada — disse Holla.

— Claro que está — disse Jenny, andando em direção à cozinha.

Elas escutaram Jenny pedir a Raquel seu casaco e depois, sair pela porta de serviço. Holla olhava tristemente para o fogo crepitante. Vários longos minutos pareceram passar. As mãos de Holla batucavam um ritmo silencioso na parte de cima do sofá, enquanto Hudson sentava ao lado de sua mãe em silêncio. Ela não sabia o que fazer. Nunca sabia em momentos como este.

— Mãe? — disse finalmente.

Holla girou seus pés no chão e se levantou, escovando sua calça *legging* com as mãos.

— Querida, você está deixando aquele cachorro pular no sofá? Estou coberta de pelos.

O momento de reflexão de Holla tinha claramente acabado.

— Ela nem vem para esta sala — disse Hudson.

— Bom, garanta que não — falou. — Vou checar o almoço. — Ela saiu caminhando na direção da cozinha, deixando Hudson sozinha.

Hudson abraçou seus joelhos junto ao peito e olhou para o fogo. Esse tipo de briga já tinha acontecido antes, mas por alguma razão tinha achado que o Natal desarmaria a tensão normal. Ela estava triste pela mãe. Sabia o quanto Holla amava Jenny e queria que sua vida se resolvesse. Não era justo Jenny sempre rejeitá-la. Mas também sabia que ser a *stylist* de Holla não era exatamente o trabalho dos sonhos.

E talvez tenha sido melhor que tia Jenny tivesse ido embora. Tê-la por perto só deixava as coisas mais confusas. E hoje, isso tinha deixado Hudson com medo. Sua tia virara as costas para seu talento para a dança e tinha se tornado, de acordo com Holla, uma fracassada de primeira classe. E agora, enquanto se sentava em frente à lareira esfriando, Hudson se sentia como se estivesse direcionada para o mesmo destino.

Capítulo 6

— Sou só eu que acho ou esse corredor ficou maior depois do feriado? — sussurrou Hudson, dando o seu melhor para não fazer contato visual com o grupo de garotas perto da porta do banheiro. Sabia que estavam olhando para ela. E cochichando. E isso estava deixando a caminhada até a escada um pouco torturante, mesmo imprensada por suas duas melhores amigas.

— Não se preocupe — disse Lizzie. — Vamos ignorá-las.

— Não, não vamos — sussurrou Carina e então, olhou na direção das garotas. — Algum problema? — perguntou, mandando as meninas correndo para o banheiro.

— Você está piorando as coisas, C — lamentou Hudson.

— Bem, temos que fazer algo — disse Carina. — Elas não podem simplesmente pensar que está *tudo bem*.

Hudson deslocou sua mochila para cima do ombro e foi em direção às escadas. O primeiro dia de volta à escola tinha sido pior do que imaginava. Depois do Natal, Hudson passou o resto do feriado enfurnada no quarto lendo uma pilha de revistas de moda e livros que tinha da seção de Espiritualidade/Autoajuda, com títulos como "Desmoronando", "Erguendo-se" e "Quando coisas ruins acontecem". Ela se convenceu de que ninguém se lembraria do *Snowflake Ball* quando voltassem para a escola. Na noite anterior ao início das aulas, tinha até checado o horóscopo só para estar preparada. Tinha lido:

Terça-feira, 6 de janeiro — Peixes
Com Plutão firmemente em sua décima sétima casa, prepare-se para ser o centro das atenções! Estará na boca de todo mundo — goste ou não!

— Ah, Deus — sussurrou e desligou antes de terminar de ler. Isso não era bom. Mas ainda assim. Quais eram as chances de, quase três semanas depois, as pessoas ainda se importarem?

Ela teve sua resposta assim que pisou no chão da Upper School. Ken Chapman e Eli Blackman estavam encostados na parede sob o quadro de avisos. Seus rostos se acenderam quando a avistaram.

— Ei, Hudson! — chamaram. — Comeu algum sushi no café da manhã?

Hudson correu pelo corredor em direção ao seu armário, com suas orelhas pegando fogo. No caminho, passou por Sophie Duncan e Jill Rau, que agarraram uma à outra, explodindo em gargalhadas, e continuou andando.

Eles se lembram, Hudson pensou. *E ninguém, ninguém acredita que foi intoxicação alimentar.*

Nem mesmo ver suas amigas pela primeira vez em semanas foi um alívio.

— Meninas, todo mundo se lembra — sussurrou a elas, assim que Ava Elting entrou e lançou um olhar fulminante para ela do outro lado da sala de aula.

— Não, não se lembra — disse Carina. Então percebeu o olhar de Ava. — Ah, sim — disse ela. — Lembram com certeza.

— Carina — queixou-se Lizzie.

Todd deu somente um sorriso solidário para Hudson.

Enquanto Madame Dupuis fazia a chamada, Hudson focou num coração que estava desenhando, várias vezes, numa folha de papel solta. Quando seu nome foi chamado, mais sussurros e risadas se elevaram do fundo da sala.

— Aqui — disse Hudson mansamente.

Na escola, ela sempre tinha sido um objeto de vaga curiosidade, uma garota que outras pessoas notavam quando levantava a mão na aula ou quando usou seu cocar de penas no baile da escola. Ela estava acostumada a uma certa dose de atenção por causa de sua mãe e por causa de suas roupas. Mas era atenção positiva. Isso era diferente. Agora se sentia uma aberração.

Quando chegou a hora do primeiro intervalo do dia, Hudson não conseguiu descer para a biblioteca rápido o suficiente.

— A pior parte é que não posso nem contar a verdade para as pessoas — disse Hudson, ainda entre Lizzie e Carina enquanto desciam as escadas para a biblioteca. — Agora todo mundo pensa que não sei cantar e que inventei uma desculpa para acobertar isso.

— Mas intoxicação alimentar é, tipo, totalmente possível — disse Carina.

— A questão é que eu devia ter dito para todo mundo que fiquei com pânico do palco.

— De alguma forma, não acho que teria sido melhor — disse Lizzie.

— E eu não conseguiria ter vibrações de ódio mais fortes de Ava — disse Hudson. — Ela deve muito querer me matar.

Elas entraram na biblioteca e Hudson parou de repente. Logo do lado de dentro das portas estava uma mesa vazia, coberta com bolsas. E, no meio da mesa, chamando atenção como sua própria dona, estava uma bolsa Hervé Chapelier preta e vermelha familiar. A bolsa de Ava.

— Tem certeza de que Ava não disse nada para você? — perguntou Hudson para Carina. — Tipo, que eu arruinei a festa dela ou algo assim?

— Nada — disse Carina.

Sabendo como Ava às vezes distorcia a realidade — ela realmente tinha dito que Todd a havia traído para proteger sua reputação quando ele terminou com ela —, Hudson tinha certeza de que a garota estava falando dela pelas costas. Principalmente depois daquele olhar furioso que tinha atirado para ela na sala de aula.

— Meninas, vamos sentar lá atrás — disse Hudson. Ela apontou para uma mesa vazia no canto, a mais distante da de Ava. Era o mínimo que podia fazer.

— Todd vem? — perguntou Hudson.

— Ele vem um pouco depois — disse Lizzie. Hudson imaginou por um tempo se estava tudo bem entre eles. — Você ainda vai abandonar o álbum?

— Sim — disse Hudson com determinação. — Os associados da gravadora não ficaram muito felizes, mas acho que minha mãe os convenceu.

— Que pena — disse Lizzie.

— O que quer dizer? — perguntou Hudson.

— Que não irá terminá-lo — disse Lizzie, abrindo seu livro de história.

— Bem, vocês viram o que minha mãe fez com ele. Como ela assumiu o controle totalmente. Nem era mais meu. Descartá-lo foi a coisa certa a ser feita. — Hudson pegou seu livro de geometria. — Acho que tenho que esquecer a música.

— Esquecer a música? — disse Lizzie. — Está falando sério?

— É a única coisa que você realmente ama — protestou Carina.

— Eu amo outras coisas — disse Hudson. — Como moda. Astrologia. — Ela sabia que não tinha sido convincente. — Não importa, estou dando um tempo. Acreditem em mim, é a melhor coisa para a minha sanidade.

— Falando em sanidade — sussurrou Carina, inclinando a cabeça —, sua maior fã parece estar desequilibrada, como sempre.

Hudson olhou. Do outro lado da sala, debruçado sobre o que parecia ser as palavras cruzadas do *New York Times*, marcando suas respostas com uma caneta-tinteiro, estava Hillary Crumple. Para Lizzie e Carina, Hillary era basicamente uma perseguidora, flagrantemente obcecada por Hudson e sua mãe. Elas até pensavam que Hillary tinha dado o número do celular de Hudson para um dos tabloides. Mas Hudson duvidava disso. Por um lado, a garota não parecia saber o bastante para esse tipo de coisa. Só parecia um pouco... diferente. Ela usava seu cabelo castanho preso atrás em um rabo de cavalo, mas a maior parte dos fios ficavam soltos e flutuando, com estática, ao redor da cabeça, apesar de algumas presilhas de plástico. Ela usava um suéter de gola alta laranja com ondas azuis costuradas na parte da frente e um golfinho de lantejoulas pulava por elas. Sua kilt Chadwick ia até os joelhos. Enquanto Hillary preenchia outra caixa, sem saber que estava sendo observada, fez um pequeno gesto de vitória com sua mão livre.

— Uau — disse Hudson, genuinamente impressionada.
— Ela nem está fazendo a lápis.
— Eu não sei — disse Carina, olhando para ela. — Eu ainda acho que foi ela quem deu seu telefone para o tabloide.

Elas observaram quando Hillary soltou sua caneta, se levantou e saiu da biblioteca.

— Você acha que ela nos ouviu? — perguntou Carina.
Lizzie sacudiu a cabeça.
— O que eles queriam? — perguntou Lizzie para Hudson.
— O tabloide. Você nunca nos disse.
— Ah, algum boato sobre minha mãe estar saindo com John Mayer ou algo assim. — Hudson deu de ombros. — O de sempre.

Neste momento, Ava entrou na biblioteca. Seu gorro com chifres de diabo e seu casaco prateado estavam polvilhados com neve e, enquanto dava pequenos goles em sua caneca da Starbucks, fixou os olhos em Hudson e se aproximou da mesa.

Ah, ótimo, Hudson pensou, olhando para baixo.
— Que foi? — cochichou Lizzie.
— Ava — disse Hudson. — Chegando.
— Oi, Hudson — disse Ava, ficando ao lado de sua cadeira.
— Ei, Ava — disse Hudson, praticamente incapaz de olhá-la no olho.

— Ei, Ava — disse Carina.

— Ei, Ava — murmurou Lizzie.

— Então, como foi o feriado de vocês, meninas? — perguntou Ava, tirando a tampa do seu cappuccino. — Foram a algum lugar legal? — Hudson já podia sentir o cheiro do perfume Daisy da menina.

— Vail — disse Carina.

— Flórida — disse Lizzie.

— Eu fiquei aqui — disse Hudson.

— Eu fui de novo para Mustique — disse Ava, suspirando grandiosamente. — É que é tãããão bonito lá.

Bom saber, Hudson pensou. *Agora, por favor, vá embora.*

— Então, o que aconteceu no baile? — disse Ava, virando-se para Hudson. — Tinha certeza de que teria notícias suas depois... Quero dizer, considerando sua saída dramática.

Hudson brincou com a espiral solta do seu caderno enquanto sentia um calor atingir seu rosto.

— Eu não estava me sentindo muito bem — disse, porque não conseguiu pensar em nada mais.

— Ah, ceeerto — disse Ava, prolongando a palavra. — Esqueci. O que foi mesmo? Atum estragado?

Hudson olhou para Carina.

— *Você* já comeu atum estragado alguma vez? — perguntou Carina a Ava.

— Não, mas tenho certeza de que é terrível — disse Ava, estreitando seus grandes olhos castanhos. — Quase tão terrível quanto não ser capaz de cantar.

— Tenho que ir ao banheiro — disse Hudson, levantando-se.

— Mais intoxicação alimentar? — perguntou Ava com falsa simpatia.

Hudson passou por ela em direção à porta, para o corredor. *Odeio Ava Elting*, pensou, correndo para o banheiro. *Sei que não é certo odiar as pessoas, mas ela é com certeza a pessoa mais perversa da Terra.*

Dentro do banheiro, ela se trancou numa cabine e olhou para o relógio. Dez e vinte e cinco. Seria o dia mais longo de sua vida. Ela só precisava visualizar a si mesma passando por isso como tinha lido durante o feriado em um de seus livros espirituais. Se você visualizasse o que queria, dizia o livro, na maioria das vezes conseguia fazer com que acontecesse. Ela fechou os olhos e se imaginou andando orgulhosamente pelos corredores da escola, com a cabeça erguida, imune aos olhares e cochichos... e então cantando quando as pessoas menos esperassem...

E a porta do banheiro feminino se abriu.

— Quero dizer, uma coisa é não ser capaz de cantar — disse uma garota, com um sotaque familiar de quem tem o maxilar travado. — Mas dizer para todo mundo que teve uma intoxicação alimentar? Sinto vergonha por ela.

Era Ilona Peterson, a principal subordinada de Ava Elting e facilmente a garota mais má da turma do primeiro ano.

— Ai, meu Deus, totalmente — disse Cici Marcus, com sua voz áspera e frágil. — Ela realmente achou que as pessoas iam engolir essa? *Por favor.*

— Acho ótimo — interrompeu Kate Pinsky. — Quero dizer, ela tinha esse ego enorme desde o quarto ano e agora todo mundo pode ver que ela é somente uma grande farsa.

Hudson sentiu seu estômago encolher numa pedra de gelo. Ava tinha enviado as Nojentas lá para dentro para falar dela de propósito. E agora não podia fazer nada a não ser ficar ali escutando aquilo.

Uma descarga foi disparada a algumas cabines de distância, abafando a conversa. Alguém mais estava no banheiro ouvindo aquilo, também, Hudson percebeu. Isso realmente estava ficando pior.

— Quero dizer, você pode até dizer que foi para chamar a atenção de forma negativa — continuou Ilona, sem ligar para a pessoa desconhecida na cabine ainda fechada. — Mas acho que se você é filha de Holla Jones isso é tudo que você conhece, de qualquer forma

— A música dela é tãããão cafona — acrescentou Cici.

A porta da cabine se abriu com um barulho agudo.

— Será que vocês poderiam ser *ainda mais* invejosas e patéticas? — disse uma voz baixa e esganiçada. — Quero dizer, escutem a si mesmas. Eu quase caí da privada.

Hudson esticou a cabeça para espiar pela fresta da porta, mas a pessoa que estava falando estava fora de seu campo de visão.

— Hum, ninguém está falando com você — disse Ilona friamente. — E ninguém pediu para você escutar atrás das portas, também.

— É — disse Cici.

— Bem. *Eu* estou falando com *vocês* — disse a voz —, e se vão fazer fofoca sobre alguém que nem conhecem, *não* façam de alguém que tem mais talento e estilo do que vocês três terão nas suas vidas *inteiras.*

A boca de Hudson caiu. *Ninguém* falava assim com as Nojentas. Quem era essa pessoa?

— E para sua informação — acrescentou a estranha — ela não é egocêntrica.

— Como você sabe? — disse Ilona sem muita articulação.

— Hudson Jones nem *fala* com você.

— É — repetiu Cici sem emoção

— Como se ligássemos para o que você pensa — disse Kate. — Aliás, bonito suéter.

Hudson as ouviu andando até a porta.

— Espero que *vocês* tenham intoxicação alimentar! — gritou a estranha enquanto elas iam embora.

Hudson destravou a porta com os dedos trêmulos. Quem quer que fosse essa garota, mal podia esperar para lhe agradecer. E prometer sua amizade eterna e, possivelmente, seu primogênito.

Ela abriu a porta e lá, sobre as pontas dos pés em frente à pia, passando *gloss* brilhante nos lábios, estava Hillary Crumple.

— Hillary?

Hillary se virou.

— Ah: Oi — disse ela, como se soubesse que Hudson estava lá no banheiro esse tempo todo. — Como foram suas férias?

— Hã... foram bem — gaguejou Hudson, olhando para a saída.

— As minhas também — disse Hillary casualmente. Ela se voltou para o espelho e espalhou mais *gloss* nos lábios. — Ficamos aqui, foi meio tedioso. O que você fez? Viajaram? Gostei muito do seu suéter. Onde comprou?

— Hum, não lembro — disse Hudson tentando seguir a fila de perguntas de Hillary. — O seu é bonito também.

— É? — Hillary se voltou para Hudson e olhou para o seu próprio suéter com orgulho. — Obrigada. Ganhei de Natal. A orientadora pessoal da minha mãe diz que laranja te deixa mais produtivo. E azul acalma. Qual sua cor favorita?

Hudson olhou para a porta novamente.

— Hum... prata?

— Prata — divagou Hillary, tampando o *gloss* labial. — Vou ter que checar com a orientadora sobre essa.

— Então, Hillary, obrigada pelo que disse — disse Hudson. — Mas você não tem que me defender nem nada. Tudo bem. Não é sua função.

— Eu sei — disse Hillary, enfiando o *gloss* num bolso lateral da mochila quadrada azul e rosa aos seus pés. — Mas você é minha amiga. E amigas se apoiam.

Somos amigas?

— Ok — disse Hudson incerta.

— E não é como se eu estivesse mentindo para elas ou algo assim — disse Hillary, tirando uma presilha de plástico da sua mochila. — A *US Weekly* disse que você tem uma voz maravilhosa. Eles não entrevistaram seu produtor ou algo assim?

— Não tenho certeza — disse Hudson, passando suas mãos por seu cabelo preto ondulado. — Mas obrigada novamente, Hillary. E se precisar de qualquer coisa, sempre, é só avisar.

— Então vamos fazer compras — disse Hillary, virando-se para o espelho e prendendo um pouco do cabelo flutuante com a fivela. — Não íamos fazer isso juntas? Há uns dois meses? — Hillary fechou a presilha com um estalo e se virou novamente. — Você se lembra de que falamos disso?

— Sim — disse Hudson, sentindo-se presa. Ela se lembrava de Hillary a chamando para fazer compras no baile do Chadwick no outono. — Qual o melhor dia para você?

— Que tal sábado? — perguntou Hillary. — Posso encontrá-la no centro. Tipo, em algum lugar em NoLIta. Qual sua loja favorita?

Hudson tentou se imaginar saindo com Hillary na vizinhança chique de NoLIta e deu branco em sua mente.

— Tem a Ressurrection — disse Hudson. — Mas é um pouco cara...

— Legal — disse Hillary. — Vamos nos encontrar ao meio-dia. Dessa forma podemos almoçar também.

— Almoçar — disse Hudson, tentando não soar surpresa. — Ótimo.

— Ótimo — repetiu Hillary, içando sua mochila para os ombros. — A gente se vê. — Um segundo depois ela estava do lado de fora do banheiro, com o *New York Times* dobrado saindo para fora da mochila.

Hudson lavou as mãos na pia, tentando processar o que tinha acabado de acontecer. Lizzie e Carina iriam, provavelmente, surtar — elas estavam convencidas de que Hillary era perigosa. Mas a menina tinha acabado de repreender as Nojentas por ela. Quem mais no Chadwick teria feito isso? Nem mesmo Lizzie ou Carina teriam sido tão ousadas. Um encontro para fazer compras de duas horas era um preço pequeno a pagar por esse tipo de lealdade. Mesmo que a lealdade de Hillary pareça não merecer muito.

Ela molhou a ponta de uma toalha de papel e a apertou contra suas pálpebras fechadas. *Por favor Deus*, pensou. *Não deixe que me conheçam como a garota com ego enorme e sem talento.* Se pelo menos não tivesse corrido do palco. Se pelo menos não tivesse deixado sua mãe inventar uma desculpa tão esfarrapada. Desejou poder culpar sua mãe,

Carina ou até mesmo Ava Elting, mas não podia. Não tinha ninguém para culpar além de si mesma e, francamente, isso era um saco.

Eu prometo a mim mesma, Hudson Jones, que nunca mais subirei num palco novamente, pensou enquanto empurrava a porta do banheiro feminino. *Nunca mais.*

capítulo 7

— Bem aqui está bom, Fernald — Hudson indicou enquanto o SUV oscilava sobre o meio-fio na rua Houston. Ressurrection, a loja *vintage* que ela e Hillary tinham escolhido para fazer compras ficava na esquina com a rua Mott. Mas Hudson sempre preferia saltar do carro, no mínimo, a uma quadra de onde ia. Tinha vergonha que as pessoas a vissem sendo deixada pelo SUV.

— É só chamar quando tiver terminado — disse Fernald sobre o ombro.

— Tá — disse ela energicamente, batendo a porta atrás de si. Ela podia ter andado até NoLIta ou, pelo menos, tomado o metrô na Sétima Avenida e depois ido de ônibus pela Houston, mas Holla não gostava que Hudson usasse transporte público quando estava sozinha.

— Você acha que serei sequestrada ou algo assim? — tinha perguntado a Holla na mesa de café da manhã, depois de mais uma aula de power-yoga. — Não preciso que Fernald me leve à rua Mott.

— Você deveria ver alguns e-mails que recebo — dissera Holla, dando um gole em seu copo de suco de couve. Ela estava fazendo um de seus jejuns de suco mensais; ela os fazia religiosamente para se livrar das toxinas. — Então, quero que esteja em casa às quatro horas. E duas horas de dever de casa essa tarde. Certo?

— Mãe — protestou Hudson, colocando a colher em seu mingau de aveia.

— Você quer acumular tudo para amanhã à noite? — perguntou Holla, espremendo uma rodela de limão na sua bebida. — Você tem que começar a aprender sobre gerenciamento do tempo, querida. É a chave para uma vida bem-sucedida.

— Tudo bem — disse Hudson.

— E nesse semestre temos que subir sua nota de matemática — disse Holla. — A Brown não gosta de "C"s.

— Eu não tirei C este semestre — disse Hudson, carregando sua tigela para a pia. — Tirei B menos.

Holla jogou a rodela de limão em seu copo e fez uma careta.

— É a mesma coisa — observou.

Depois de se despedir de Fernald acenando, Hudson virou em direção ao sul na rua Mott. Ela estava vestida com seu modelito Espiã Russa/Punk Britânica — *leggins* de lã pretas, botas até o joelho pretas, chapéu russo preto e vestido xadrez com rasgos estrategicamente colocados no tecido. Seu casaco era um sobretudo preto com uma faixa vermelha brilhante — um achado de uma das feiras de rua de Roma.

— Só não a deixe roubar uma mecha do seu cabelo — tinha dito Carina quando Hudson contara a ela e a Lizzie sobre seu encontro com Hillary para fazer compras.

— Ou um dos seus botões — acrescentou Lizzie. — Bonecas de vudu sempre têm botões.

— Vocês realmente acham que Hillary Crumple tem uma boneca de vudu minha? — perguntou Hudson. — Isso nem faz sentido.

Bem mais abaixo na rua, depois das lojas e cafeterias alojadas nos térreos de prédios antigos, Hudson podia ver uma figura minúscula com um gorro cor-de-rosa brilhante, um cachecol e um sobretudo fofo gigante que roçava no chão. Tinha que ser Hillary. Hudson levantou uma das mãos e acelerou sua caminhada. Esperava que aquele encontro não fosse demorar muito.

— Ei! — gritou Hillary enquanto Hudson se aproximava. — Adorei seu chapéu. Onde comprou? Em Moscou?

— Não. Em algum lugar aqui por perto.

— Eu amo esse bairro — disse Hillary, olhando ao redor. — Todos os lugares aqui são legais. Sabe? Nada de Duane Reades ou Gristedes. Apenas lugares realmente legais. Para pessoas legais.

Hudson assentiu.

— É, é isso aí — disse ela, porque não sabia mais o que falar.

— Quero morar aqui algum dia. Está na minha lista de coisas que preciso fazer antes de completar 30 anos. Porque é quando você tem que casar, e depois disso, sua vida não é mais divertida. Até você se divorciar e ter que recomeçar e ser solteira novamente — disse Hillary, pensativa. — Ou pelo menos é isso o que a orientadora pessoal da minha mãe diz. Então, está pronta para entrar?

Hudson olhou através da vitrine da Resurrection. Passando os manequins de alumínio brilhante enfeitados com vestidos curtos dos anos 1960, Hudson podia ver uma vendedora com cabelo loiro quase branco. Ela já estava olhando para Hillary com desgosto.

— Claro — disse Hudson hesitantemente antes de tocar a campainha.

A porta fez um zumbido e elas entraram na butique silenciosa e pouco iluminada. Prateleiras de roupas *vintages* cobriam as paredes vermelhas enquanto mesas grandes com lenços, bolsas e óculos escuros preenchiam o espaço interior. Hudson permaneceu muito quieta e respirou o cheiro de couro velho e de seda cuidadosamente preservada. Jenny a trouxe aqui pela primeira vez e via o lugar mais como um museu do que como uma loja.

— Não que eu possa bancar alguma coisa daqui — tinha dito Jenny com bom humor enquanto entravam. — Mas uso esse lugar como inspiração. — Hudson sabia exatamente o que ela queria dizer.

— Então, preciso de algo para usar no bar mitzvah do meu primo — disse alto Hillary, abrindo o zíper do casaco fofo e revelando uma camisa roxa com uma gola rolê grossa. — Será em Westchester num hotel muito chique. Então preciso estar bem-vestida. — Ela se lançou sobre a prateleira e tirou um vestido estampado Pucci. — Que tal esse?

A estampa em espirais azul-piscina e amarela fez Hudson apertar os olhos.

— Talvez seja um pouco demais — disse gentilmente. — Você realmente gosta de cor, hein?

— Eu não sei. — Hillary deu de ombros enquanto colocava o vestido de volta no lugar. — Quero dizer, eu devo me destacar na multidão.

— Que tal algo discreto como este? — disse Hudson, tirando um vestido de seda marfim com um cinto preto do cabide.

Hillary enrugou o nariz.

— Eeeh. Sem graça. Então, o que aconteceu no *Silver Snowflake Ball*? — perguntou Hillary, movendo-se de volta para as prateleiras. — Me conte a verdade.

Assustada, Hudson pendurou o vestido de volta no cabide.

— A verdade?

— Acho que você pode me contar a história real — disse Hillary, vasculhando alguns conjuntos Bill Blass. — Depois de tudo o que falei para aquelas garotas no banheiro.

Hudson pegou uma bolsa de mão de cetim amarela.

— Não foi intoxicação alimentar. Foi pânico do palco — admitiu.

— Mas como? — perguntou Hillary.

— O que você quer dizer com "como"? — perguntou Hudson, colocando a bolsa no lugar.

— Como pode alguém como *você* ter pânico do palco? Isso não faz sentido.

— Eu não sei — disse Hudson, examinando um porta-batom de strass. — Isso acontece com as pessoas.

— Mas você não faz parte de "as pessoas" — disse Hillary inspecionando um cinto fino de jacaré que tinha tirado da mesa.

— O que quer dizer?

Hillary devolveu o cinto para o lugar e apontou para a janela.

— Olha.

Hudson olhou. Três fotógrafos estavam do outro lado da rua, meio escondidos atrás de um Datsun estacionado. Estavam tirando fotos da loja com suas lentes com zoom.

— Eles estão tirando fotos suas, certo? — perguntou Hillary.

— Ai, Deus — sussurrou Hudson.

— Você quer que eu vá lá fora? — perguntou a vendedora.

— Não, tudo bem — disse Hudson. — Pode deixar.

— Ela ia deixar que tirassem algumas fotos e talvez eles fossem embora. Sua mãe não ficaria muito entusiasmada, mas Holla sabia que isso acontecia com Hudson de vez em quando.

Ela andou em direção à janela e fingiu olhar uma echarpe de seda por quase dez segundos, dando a eles um monte de oportunidades para tirarem fotos. Era sempre um pouco constrangedor ver imagens suas nos tabloides. Mesmo quando elogiavam seu senso de moda classificando-o como "pioneiro" e de "vanguarda". Uma vez, um deles tinha escrito "Saia do caminho, Kate Moss! Hudson Jones é o verdadeiro ícone da moda das adolescentes." Quando leu isso, Hudson ficou lisonjeada, mas também ansiosa. Ser um "ícone da moda" era muita pressão para qualquer um, principalmente para ela.

Depois que tinha dado aos paparazzi pelo menos algumas várias boas fotos, abriu a porta da loja.

— Tudo bem, gente, muito obrigada — gritou. — Não quero que a loja surte ou algo assim.

— Hudson! — gritaram, ainda tirando fotos. — Venha para fora!

— Vocês sabem o que minha mãe acha disso — disse Hudson. — Não me façam ligar para ela agora.

Com isso, eles abaixaram as câmeras e se afastaram pela rua.

Quando voltou para a loja, Hillary estava esperando com um sorriso no rosto e com uma mão no quadril.

— Acho que podemos parar de fingir que você é como todo mundo agora — disse ela.

— Eu só estava dizendo que é claro que fico nervosa quando estou no palco — disse Hudson. — Qualquer um ficaria.

— Então por que você disse que foi intoxicação alimentar? — perguntou Hillary.

Hudson brincou com o cinto do seu casaco.

— Foi ideia da minha mãe.

— E você a deixou fazer isso?

— Bem... ela só estava tentando ajudar.

— Você acha que ajudou? — perguntou.

Hudson olhou irritada para Hillary.

— Vamos na outra loja aqui da rua? Acho que tem coisas melhores para o que você precisa.

— Claro. — Hillary puxou o zíper do seu casaco para cima e elas saíram. Hudson tentou pensar num jeito de mudar o assunto permanentemente. Todo esse papo sobre pânico de palco e sua mãe estava começando a ficar constrangedor.

Repentinamente o SUV oscilou pelo meio-fio.

— Para onde? — gritou Fernald pela janela abaixada do passageiro. Ele estava esperando que elas emergissem da loja.

— Quem é esse? — perguntou Hillary.

— Hum, meu motorista — disse Hudson, corando de novo. — Tudo bem, Fernald! — gritou ela. — Vamos a pé. Estamos indo logo ali. — Ela gesticulou na direção da rua. — Eu te ligo, tudo bem?

Fernald levantou o polegar e então dirigiu pela rua, misericordiamente deixando-as sozinhas.

— Uau — disse Hillary enquanto assistiam ao veículo pesado ir embora. — Agora entendo. Não me admira que tenha entrado em pânico lá em cima.

— O que quer dizer? — perguntou Hudson.

— Você é tão... vigiada.

Hudson pensou sobre isso enquanto passavam por uma mulher que empurrava um carrinho de bebê envolto em plástico para afastar o frio.

— Bem, é como as coisas são — explicou ela. — Não posso fazer nada em relação a isso. Minha mãe tem muito medo de sequestros e coisas desse tipo.

— Mas parece que ela está em todo lugar.

— Ela não está em *todo* lugar — argumentou Hudson.

Elas entraram em outra loja, um lugar grande e arejado, pintado com um branco industrial e com espelhos de corpo inteiro pendurados. Pelo aparelho de som saía uma música pulsante familiar. Um dos primeiros sucessos de Holla.

— Ah, certo — disse Hillary apontando para os alto-falantes.

— Olha, não posso fazer nada se a música da minha mãe está em todo lugar.

— Não tem nada a ver com isso — disse Hillary, desenrolando sua echarpe do pescoço. — Só acho que sua mãe meio que rege a sua vida.

As palavras de Hillary a fisgaram.

— É um pouco mais complicado que isso — disse Hudson.

— Minha mãe é solteira — disse Hillary. — Então eu entendo. O que ela vai abrir no Natal, sabe? Com quem ela vai sair sábado à noite?

— Minha mãe não precisa de mim para sair sábado à noite — disse Hudson.

— Só estou dizendo que ter apenas um dos pais por perto é difícil — disse Hillary. — Mas é sua vida também. E você precisa que alguém intervenha e te mostre como deixar sua vida melhor.

— Quem é você? A Oprah? — perguntou Hudson. — Essa é a minha vida. Não há nada que posso fazer a respeito. E até agora, você achava que ela era legal.

— Eu *ainda* acho que é legal — disse Hillary, seguindo Hudson para o fundo da loja. — Eu *te* acho legal. Mas você não *se* acha legal. Eu sei que é uma cantora incrível. Dá para ver. Então por que você deixaria uma noite idiota arruinar tudo?

Hudson olhou para Hillary. Era uma boa pergunta.

— Eu li que você abandonou o seu álbum no PopSugar. É uma péssima ideia, aliás. Só para você saber. — Hillary tirou um vestido tomara que caia preto com uma saia tule de uma arara. — O que você acha desse?

— Hum, não. E vamos, por favor, parar com a sessão de autoajuda, tudo bem? — Hudson puxou um vestido de veludo preto simples com mangas. — Experimente este.

Hillary examinou o vestido.

— Sério?

— Olha, se tem alguma coisa sobre mim em que eu realmente acredito, é no meu gosto para roupas — disse Hudson, tentando não soar muito sarcástica. — Acredite em mim. Experimente.

— Tudo bem — disse Hillary, arrastando-se para uma cabine.

Hudson ficou ali, aliviada por ficar sozinha por um tempo. Ela ouviu a música de Holla tocando pelos alto-falantes, quase acabando. Tinha sido um enorme sucesso quando Hudson tinha acabado de nascer. Como com a maioria das músicas da mãe, ela nunca tinha prestado muita atenção à letra. Mas agora as palavras saltaram para ela.

Oh, querido, você sabe o quanto dói deixá-lo partir
Mas um dia, eu juro, você saberá
Que o amarei até o fim dos tempos

Ela nunca tinha pensado que não ter um pai por perto fosse esquisito — muitos garotos e garotas que conhecia tinham pais divorciados e moravam com as mães. Mas talvez ela e Holla fossem um pouco próximas demais. Talvez *realmente* precisasse desgrudar-se um pouco. Nunca tinha notado quanto espaço a mãe ocupava em sua vida, mesmo quando não estavam juntas.

Hillary saiu da cabine.

— O que acha? — perguntou ela, rodopiando com o vestido. Vestiu perfeitamente nela. Hillary quase parecia a Audrey Hepburn.

— Eu amei — disse Hudson.

Hillary parou de rodopiar e sorriu.

— Que bom. Vou levá-lo. Mas, antes, tenho algo a dizer.

— Ai, Deus — disse Hudson com um sorriso. — Tem?

— Acho que você precisa de uma orientadora pessoal.

— *O quê?* — soltou Hudson.

— Minha mãe tem uma e realmente tem ajudado — disse Hillary. — Ela ficou totalmente perdida depois que se divorciou do meu pai. Sentada no sofá comendo doces de Rice Krispies o tempo todo, assistindo Animal Planet...

— Eu não preciso de uma orientadora pessoal, Hillary — interrompeu Hudson.

— Não, mas acho que você precisa de alguma ajuda. Acho que precisa aprender como ser Hudson. Não a filha de Holla Jones. Apenas Hudson. E eu ficaria feliz em fazer isso.

— Hillary? — disse Hudson firmemente. — Não.

Hillary levantou sua mão minúscula.

— Tudo bem, tudo bem. Não surte. Foi somente uma sugestão. Ela voltou para a cabine, deixando Hudson um pouco abalada. *Orientação pessoal?* Ela olhou ao redor da loja, perguntando-se se alguém as tinha escutado. Elas, definitivamente, não iriam almoçar.

Ela esperou enquanto Hillary pagava o vestido e então voltaram para o lado de fora.

— Eu amei — disse Hillary, quase tonta. — Obrigada.

— De nada — disse Hudson quando pararam na esquina da rua Prince. — Bem, hum, acho que tenho que ir fazer algumas tarefas agora.

— Tudo bem. — Hillary fixou o olhar nela. — Você ficou ofendida pelo que eu falei?

— Nem um pouco — disse Hudson, quase sincera.

— Tá certo. — Hillary virou para um lado e depois para o outro. — Para que lado fica Uptown?

— Naquela direção — disse Hudson, apontando para a Houston.

— Entendi — disse Hillary e depois andou pela rua. Hudson observou o chapéu cor-de-rosa dela desaparecer no quarteirão. Hillary talvez tivesse boas intenções, mas ela foi, definitivamente, rude. Hudson ainda não conseguia acreditar em algumas das coisas que ela tinha dito. Coisas que nem queria contar a Lizzie e Carina. *Sua mãe meio que rege a sua vida. Você precisa aprender como ser Hudson.* Quem dizia coisas desse tipo?

Nesse momento, ela viu o SUV deslizar pela rua Mott. Era Fernald, circulando o quarteirão, esperando para pegá-la. Por um momento, pensou em virar para o outro lado e descer a rua Prince. De repente, não se sentiu como se estivesse sob o olho vigilante da equipe de Holla. Mas então, o sentimento passou, ela pisou na rua e sinalizou para ele, como deveria ser.

Capítulo 8

Ao final da tarde começou a chover. Hudson observou as pessoas correrem pela rua sob guarda-chuvas oscilando, enquanto dirigiam pela rua Washington com o som dos pneus do SUV rolando no asfalto molhado. Eram praticamente quatro horas, então não tinha que se preocupar em se atrasar. Fernald a tinha levado até o apartamento de Carina, onde ela passou o resto do dia assistindo a "Across the Universe". Ela não tinha contado a Carina nenhum detalhe sobre seu passeio com Hillary, apenas que nada havia sido roubado para fazer um boneco de vudu.

Eles finalmente chegaram à esquina de sua casa. A chuva tinha desocupado tudo, com exceção dos fotógrafos mais insistentes que estavam do outro lado da rua parecendo tristes com suas jaquetas com capuz. Ela acenou levemente para eles quando viraram na garagem.

— Alôuuu? Tem alguém aqui? — gritou Hudson enquanto andava na cozinha iluminada. — Onde está todo mundo?

— Estão na sala de oração — disse Lorraine, mexendo algo lamacento e verde numa tigela. — Sua mãe e seu produtor.
— *Meu* produtor? — perguntou Hudson.
Lorraine assentiu.
— Aquele com uns olhos azuis deslumbrantes — disse ela, piscando.
Hudson largou a bolsa na mesa da cozinha. Chris Brompton estava ali. Ela não tinha falado com ele desde aquela noite horrível no Pierre, a não ser por um e-mail depois do Natal, no qual dera a ele uma desculpa levemente patética para parar de trabalhar no álbum. Alguma coisa como precisar de férias, para ter tempo de ser jovem. Ela se perguntou se ele ao menos tinha acreditado nela. Ele tinha escrito de volta, dizendo que estava desapontado, mas que entendia completamente. O tipo de resposta boa e completamente misteriosa. Mas ele estava lá, na casa dela, naquele segundo. Talvez Chris quisesse que ela reconsiderasse. Ou talvez só quisesse vê-la de novo.

Ela escalou dois degraus de uma vez. No terceiro andar, guardados em vários nichos ao longo da parede e protegidos por vidros com alarme, estavam os inúmeros prêmios de Holla: Artista do Ano da Billboard, Grammy pelo álbum do ano, People's Choice Awards, o NAACP Image Award de artista feminina ilustre. Na parede oposta estavam pendurados os discos de ouro e platina emoldurados. Quando era mais nova, Hudson amava olhar para essas estátuas, placas e discos ou até mesmo perguntar à sua mãe se ela podia segurá-los de vez em quando. Agora sentia a necessidade de simplesmente passar por eles o mais rápido possível.

Lá atrás, quando comprou a casa, Holla era uma praticante budista que precisava de um quarto para recitar e meditar. Mas depois Holla tinha abandonado o Budismo por algo que chamou de "espiritualidade inespecífica" e agora a sala de oração era apenas outro escritório. Hudson empurrou a porta.

— Você está *brincando* comigo? — dizia sua mãe. Holla estava sentada na beirada de um divã vestindo um confortável traje esportivo fúcsia, tão absorta no que estava dizendo, ou em para quem ela estava dizendo, que nem notou a entrada de Hudson. Sentado a apenas alguns centímetros de distância, na escrivaninha, sorrindo para sua mãe de uma forma que fez seu coração parar, estava Chris Brompton. Ele estava exatamente o mesmo daqueles dias que tinham passado juntos no estúdio: cabelos loiros avermelhados desgrenhados, olhos gentis, mas sexy, uma Levi's gasta e camiseta de manga curta. Nenhum deles a notou por um tempo, até que Chris olhou para a porta.

— Ei, Hudson — disse Chris, levantando-se da cadeira com seu jeito fácil e descontraído. — Como está indo? Feliz Ano-Novo!

— Oi Chris — disse Hudson. Seu coração batia rapidamente quando se abraçaram. Atrás dele, na tela do computador, Hudson vislumbrou uma lista de músicas. Mas não conseguiu ver de quem eram. — O que está fazendo aqui?

— Chris vai trabalhar no meu álbum — anunciou Holla. Seus olhos ainda estavam grudados no rosto de Chris e ela não tinha se movido de seu lugar no sofá. — Fiquei tão impressionada com o trabalho que ele fez no seu álbum, querida, que pedi a ele que cuidasse dos toques finais do meu.

Hudson ficou completamente imóvel. Ela olhou para Holla e depois para Chris e depois de volta para Holla. Por um momento, não conseguiu falar. Era como se uma bola de golfe coberta por pregos tivesse, de repente, se alojado na sua garganta.

— Do seu? — perguntou ela.

— Bem, já que decidiu adiar o *seu* e ele é tão bom — disse Holla, estendendo a mão para dar um soco brincalhão no braço de Chris, enquanto ele se sentava de volta. — Não consegui me segurar.

— Não conseguiu? — perguntou Chris, rindo. — Estou lisonjeado.

Hudson os observou rindo um para o outro, tentando assimilar isso. Chris Brompton tinha acreditado *nela*. Ele fora o *seu* produtor. Agora, num piscar de olhos, ele tinha ido embora. A injustiça disso a dilacerou. Sua mãe tinha milhares de fãs. Realmente precisava de mais um?

— Então, Chris acabou de ter uma ideia brilhante — disse Holla para Hudson. — Quer contar a ela?

Chris se virou para o computador.

— Tudo bem, escute isso. — Ele clicou em uma das músicas.

Desde a primeira batida acelerada e bastante sintetizada, Hudson soube exatamente o que era: sua música "Batida do Coração". A música que ela tinha tentado cantar no *Silver Snowflake Ball*.

— O que é que tem? — perguntou ela, repelindo uma sensação de pânico.

Chris parou a música e girou de volta.

— É realmente uma boa música, Hudson. Sempre achei que era a melhor das suas. E, bem — ele olhou para Holla —, achei que seria perfeita para sua mãe.

Hudson piscou.

— Mas só se você concordar, claro — disse Holla, ainda sorrindo para Chris. Ela caminhou até a mesa. — Não quero que se sinta estranha com isso.

— Mas... você já não tem músicas? — perguntou Hudson.

— Chris não acha que eu tenha um single. *Acha*? — perguntou a ele, com uma seriedade simulada.

— Não como essa — confessou Chris, passando uma mão pelo cabelo. — Claro que — disse ele, virando-se para Hudson —, se você não concordar, não é um problema.

Hudson não conseguia se mover. *Claro* que ela não concordava com isso. Ele ainda tinha que perguntar? Por que ele já não sabia disso? Era a música dela. Uma das suas favoritas. Mesmo que sua mãe a tivesse arruinado. E agora ele queria dá-la a alguém que nunca gostou dela?

— Achei que você não gostava da minha música — conseguiu dizer Hudson.

Holla ergueu uma sobrancelha.

— Querida, eu *amo* a sua música — disse ela. — É por isso que eu acho que ela — com algumas mexidas, claro — seria perfeita para mim.

— Mas é *minha* música — argumentou Hudson.

Holla se levantou e cambaleou sobre seus pés como se tivesse perdido o equilíbrio, então segurou as costas da cadeira de Chris.

— Você está bem? — perguntou Chris, ficando de pé num salto e pegando o braço dela.

— Sim, sim, acho que sim — disse Holla, tocando a testa. — É só essa dieta do suco. Sempre me deixa um pouco tonta.

Chris conduziu Holla até o assento perto da janela e afagou cuidadosamente o braço dela como se ela fosse algo delicado que pudesse quebrar.

— Assim está melhor? — perguntou ele. — Precisa de um pouco de água?

— Seria ótimo — disse ela.

— É para já — disse Chris.

Assim que ele partiu, Holla olhou para Hudson.

— Então, o que você estava dizendo?

Hudson se recompôs.

— Só estava dizendo que é minha música — disse ela.

— E daí? — disse Holla. — Está me dizendo que mudou de ideia a respeito do álbum?

— Não.

— Então você simplesmente não quer que ela seja minha — incitou Holla.

— Eu... eu não disse isso — gaguejou Hudson.

— Então você quer que ela vá para o lixo — disse Holla.

— Não, mas...

— Querida, qual o problema? Você receberá todos os *royalties*. Pensei que você ficaria entusiasmada em ter uma das suas músicas por aí afora em vez de numa prateleira juntando poeira.

Como sempre, sua mãe tinha achado o único ponto com o qual Hudson não podia discutir. Ela olhou para a capa da *Vanity Fair* emoldurada na parede, uma para a qual sua mãe tinha posado anos atrás. A PRINCESA DO POP, dizia. Sua mãe estava numa praia com um vestido de baile e usando uma tiara. E em seus braços, nua e se contorcendo, estava Hudson, com apenas um ano. Sua mãe parecia tão bonita, tão feliz. Radiante com sua nova garotinha. A garotinha que agora estava sendo mesquinha, superficial e irremediavelmente teimosa.

— Tudo bem — disse ela. — Pode ficar.

Chris voltou para a sala com um copo de água.

— Sério? — perguntou Holla, repentinamente arrependida. — Tem certeza? — Ela pegou o copo de Chris e deu um gole.

— Sim — disse Hudson. — Por que não?

— Obrigada, querida — disse Holla. Ela se levantou e deu um abraço esmagador em Hudson. — Farei por merecer. Prometo. Agora você tem dever de casa para fazer, certo?

— Aham — disse Hudson.

— Obrigado, Hudson — disse Chris. — Você pode ter acabado de dar o novo sucesso de sua mãe.

— Maravilha — disse ela enquanto saía da sala. Ela agarrou o corrimão enquanto descia as escadas, tentando manter os pés em movimento, um na frente do outro.

Isso tinha que ser uma piada. Tudo o que sua mãe tinha feito até agora era dizer como sua música era invendável e agora queria gravar uma delas porque precisava de um single? Ela devia ter simplesmente dito não. Carina e Lizzie teriam dito não. Era apenas uma sílaba idiota. Mas, como sempre, alguma coisa dentro dela tinha se fechado. Sempre que ficava com raiva ou magoada, não conseguia falar, não conseguia lutar contra. Era como se estivesse presa numa tempestade de areia que apagava palavras, visão e pensamento. E a única forma de sair disso tudo fosse simplesmente dizer "Tudo bem".

Quando chegou ao quarto, pegou seu iPhone. Ela precisava enviar uma mensagem para Lizzie e Carina. Elas ficariam do seu lado. Elas entenderiam. Sempre entendiam. Mas ela parou com seu dedo pousado sobre a tela. Suas amigas lhe perguntariam por que não a tinha desafiado. Carina falaria sem parar sobre a vadia interior de Hudson. Lizzie diria simplesmente *Porque você não disse não?* E Hudson não teria uma resposta. *Por que não senti que seria capaz? Porque é minha mãe e ela consegue tudo o que quer?* Não eram respostas suficientemente boas.

Ela se jogou na cama e enterrou seu rosto numa almofada. Carina estava certa: ela precisava encontrar sua vadia interior, o mais rápido possível. Mas não tinha ideia como. Ela era assim. Sensível. Doce. Boa. Preferia ficar em casa sozinha no seu piano a estar entre a multidão. Exatamente o oposto de sua mãe, impetuosa, vocal, com medo de nada e de ninguém. Ela nunca seria diferente e não podia esperar se tornar. Como as pessoas mudam quem são?

Ela se sentou

Talvez uma pessoa *pudesse* mudar quem ela era.

Se tivesse uma orientadora pessoal.

Capítulo 9

— Sua mãe quer sua música? — perguntou Carina, incrédula, enquanto andavam pela rua em direção à escola. — Mas ela disse que suas músicas eram uma droga. Naquele dia no estúdio. Eu estava lá!

— Eu sei — disse Hudson simplesmente quando alcançaram o portão da escola.

— Não entendo — disse Lizzie. — Depois de tudo que ela falou?

— Ela é de Leão com ascendente em Áries — disse Hudson.

— O que isso quer dizer? — perguntou Lizzie.

— Que não é assim tão surpreendente — disse Hudson, empurrando o portão.

— Mas você não tinha que dizer sim — afirmou Lizzie enquanto entravam no lobby da escola. Ela tirou o gorro e sacudiu seus cachos vermelhos.

— E a sua vadia interior? — gritou Carina, soprando em seus dedos frios. Carina estava sempre perdendo suas luvas.

— O que aconteceu com ela?

— Talvez Hudson não tenha uma vadia interior — respondeu Lizzie para Carina.

— Se você não começar a dizer *não* para sua mãe, tipo, *agora*, então as coisas só ficarão piores — disse Carina.

— Meninas, eu *sei* — falou Hudson enquanto passavam pela biblioteca. — É por isso que decidi ter uma orientadora pessoal.

— Uma orientadora pessoal? — perguntou Carina, enrugando seus olhos castanhos. — Está brincando?

— Muitas pessoas têm — assinalou Hudson. — É como um terapeuta que realmente faz coisas.

— Quem você contratou? — perguntou Carina. — Por favor, diz pra mim que não é uma astróloga excêntrica.

— Eeeeeeeeei, meninas! — gritou uma voz melodiosa atrás delas nas escadas. — Esperem!

Elas se viraram lentamente para ver Ava Elting subindo os degraus com as Nojentas. A garota tinha trocado seu chapéu com chifres de diabo por um gorro com linhas laranjas e vermelhas ziguezagueando ao redor dele, como as de um aparelho de eletrocardiograma. Suas unhas tinham sido pintadas de um azul-celeste intenso e usava uma echarpe fina cor de lavanda que mal cobria seu pescoço comprido.

— Tiveram um bom final de semana? — perguntou Ava. — Eu me diverti *muito*. Subi para Vermont para fazer *snowboarding*. Até ganhei uma aula particular de um cara que era do time olímpico.

— Legal — disse Lizzie indicando que não dava a mínima.

— Então, Hudson, vi que você adiou o seu álbum — disse Ava, esgueirando-se em direção a ela nas escadas. — Deve ter sido uma decisão difícil para você.

Ilona e Cici riram silenciosamente. Kate fez seu olhar mortal.

— Não foi assim tão difícil — disse Hudson tentando alcançar o topo das escadas o mais rápido possível. — Estou muito ocupada com a escola agora.

— Foi por causa do que aconteceu no baile? — pressionou Ava. — Espero que não. Considerando que foi apenas uma intoxicação alimentar e tudo o mais.

Hudson franziu os lábios.

— Não. Não teve nada a ver com isso.

— Eu só acho que é uma pena que as coisas não estejam funcionando — replicou Ava. — Quero dizer, é muita coisa para você dar conta. *Eu* cederia sob pressão.

Logo quando Hudson começava a ficar com raiva, ela se virou e viu Hillary subindo as escadas atrás delas. Ela ostentava seu rabo de cavalo bagunçado de sempre e mechas de cabelo castanho caíam em sua testa. Sua mochila quadriculada azul e rosa estava amarrada às suas costas e hoje seu suéter era de um tom de amarelo de bola de tênis ofuscante.

— Meninas, vão indo — disse Hudson. — Vejo vocês na sala de aula.

Ava alcançou a porta para a Upper School, sorrindo triunfantemente.

— Vejo você mais tarde, Hudson — disse, dando uma risadinha, e abriu a porta. As Nojentas a seguiram, cada uma delas dando uma risadinha também.

— Onde vai? — perguntou Carina, mas Hudson já estava descendo as escadas em direção à Hillary, ansiosa para deixar seu encontro com Ava para trás.

— Ei, Hillary! — chamou. — Posso falar com você por um segundo?

Hillary tirou um pouco de cabelo dos olhos.

— Claro — disse com sua vozinha. — Muito fofos esses brincos.

— Obrigada. — Hudson pisou no degrau ao lado dela nas escadas. — Eu estava pensando sobre o que você disse outro dia. Sobre o negócio de orientação pessoal. Acho que preciso fazer. Acho que *tenho* que fazer. Então... ainda pode ser minha orientadora pessoal?

Hillary parou de subir as escadas. Suas pernas finas estavam nuas apesar do tempo congelante e sua kilt pendia de forma desigual abaixo dos joelhos, como se tivesse se esquecido de abotoar algum botão.

— Se eu fizer isso por você — perguntou com uma voz baixa e solene —, posso pedir uma coisa?

— Claro, o quê? — disse Hudson.

Hillary cruzou os braços.

— Você iria comigo ao bar mitzvah do meu primo no sábado?

Hudson parou. Isso era inesperado.

— Mas... mas eu nem conheço o seu primo.

— Eu sei — disse Hillary, imperturbável. — Só quero que você vá comigo. Minha amiga Zoe ia, mas agora tem que ir para Nova Jersey para o aniversário da avó ou algo assim. Então, você pode ir? Por favor?

— Mas... mas por que eu tenho que ir com você? — perguntou Hudson.

Hillary hesitou.

— Porque vai ter esse garoto lá que eu gosto.

— Ah — disse Hudson, surpresa. Ela não tinha nem pensado que Hillary já ligava para garotos.

— E eu preciso de alguém que fique comigo enquanto eu falo com ele — continuou Hillary — e me diga se acha que ele também gosta de mim. Ele é amigo do meu primo, meu primo mais velho, Ben. E ele é do segundo ano...

— Do *segundo ano*? — perguntou Hudson.

— E eles estão montando essa banda, e ele toca saxofone, e está no time de xadrez agora, bem, eu acho que ele gosta de mim, mas preciso muito de uma segunda opinião.

— Ah, tudo bem. — Hudson tentou imaginar um garoto do segundo ano gostando realmente de Hillary, mas achou um pouco difícil de engolir. — Eu vou.

— Só não conte a ninguém, tudo bem? — perguntou Hillary, sua voz aumentando com o pânico. — Porque todo mundo vai achar que é somente uma atração idiota. Promete?

— Prometo — disse Hudson. — Mas... você ainda pode ser minha orientadora pessoal?

— Ah, claro — disse Hillary. Ela começou a subir os degraus dois de cada vez. — Mas primeiro temos que descobrir um objetivo de vida. Você tem que ter sempre um objetivo de vida quando está sendo orientada. Então, o que quer mudar na sua vida?

Elas chegaram ao quarto piso e entraram no corredor lotado da Middle School. Havia apenas um ano desde que Hudson tinha mudado de escola, mas já parecia um milhão de anos. Várias garotas do oitavo ano olharam para ela com uma adoração indisfarçável.

— Bem, é como você disse — disse Hudson a ela —, preciso ser eu mesma. E eu não quero mais dizer "tudo bem".

— Como assim? — perguntou Hillary.

— É que estou sempre dizendo "tudo bem", quando tudo o que quero dizer é qualquer coisa, *menos* "tudo bem". Sabe o que quero dizer?

Hillary assentiu. Se ela achou que Hudson não estava fazendo sentido nenhum, não disse.

— Tudo bem. Primeiro passo, então: quero que escreva tudo do que você tem medo. Todos os seus medos. — Ela colocou a mão na sua mochila quadrada e tirou um lápis com uma borracha de coração enfiada na ponta. — Aqui — disse ela, tirando um pedaço de uma folha solta de papel e rabiscando alguma coisa nele. — Tome isto. — Ela o entregou a Hudson. No topo da folha tinha escrito OS MEDOS DE HUDSON.

— Espere — disse Hudson. — Medos? Tipo de terremoto?

— Apenas escreva tudo o que pensar.

— Mas por que eu tenho que escrevê-los?

— A orientadora da minha mãe diz que uma vez escrevendo seus medos, eles perdem seus poderes sobre você — disse Hillary, enfiando seu lápis de volta na mochila.

Hudson não conseguiu evitar se sentir um pouco decepcionada. Isso era orientação pessoal? Ela tinha presumido que Hillary iria recitar mais dos seus *insights* francos e depois oferecer algo mais concreto, soluções práticas. Escrever seus medos aleatórios não iria mudar nada. Mas ela não queria se atrasar para a aula e, mais importante, não queria ser rude.

— Tudo bem — disse, colocando o pedaço de papel na mochila. — Eu te conto o que surgir.

Quando deslizou no seu assento perto de Carina e Lizzie na sala de aula, bem antes do segundo sinal, Carina desviou o olhar de seu dever de espanhol que terminava freneticamente. Espanhol era a matéria que Carina menos gostava.

— O que foi aquilo? — perguntou Carina.

— Só fui ver minha orientadora pessoal — disse Hudson.

— Hillary? — gritou Carina. — Sua *perseguidora* é sua orientadora pessoal?

— Ela não é minha perseguidora — disse Hudson.

Lizzie desviou o olhar de sua cópia de *Este lado do paraíso*.

— Bem, é uma escolha esquisita, tem que admitir — disse ela.

Mais tarde, durante seu tempo de estudo, Hudson tirou seu caderno de matemática e tirou a tampa de sua caneta Bic de gel líquido. Leu as palavras OS MEDOS DE HUDSON várias vezes. Nunca tinha pensado em si mesma como uma pessoa que tinha um monte de medos. Então, pensou naquele momento: *Do que eu tenho medo?* E começou a escrever.

Tirar um C em geometria
Tirar um B em qualquer outra coisa
Não passar para a Brown, ou melhor, nenhum lugar
Alguma coisa ruim acontecer a Lizzie e Carina
Baratas, insetos de água e cobras (ugh...)
Turbulência de avião ☹
Não gostarem de mim
Aviões pequenos (com exceção do avião do pai da Carina, que não é tão pequeno, mas mesmo assim conta)
Caras mais velhos bonitos que são realmente inteligentes e gostam de música boa e que viram meus amigos
Todos os caras bonitos
Apresentações em sala de aula
Eclipses lunares (principalmente em Virgem)
Ser pega comendo besteira na frente da minha mãe
Rirem de mim (tarde demais ☹*)*

Mais tarde, enquanto esperavam a aula de biologia começar, pegou a folha e escreveu mais. E depois acrescentou mais alguns medos durante o almoço. Antes que notasse, tinha quatro folhas de papel, todas cobertas de medos. Estava chocada. Não tinha ideia de que tinha medo de tanta coisa. Era incrível ter chegado ao nono ano.

Ela dobrou as folhas e as guardou no fundo bem no meio do caderno de geometria. Ela nem queria mostrar a Carina e Lizzie. Tinha certeza que nenhuma delas tinha medo nem da metade das coisas que ela tinha.

Ao final do dia, Hillary a abordou no lobby quando estava indo embora.

— Então, fez sua lista? — perguntou, olhando para a bolsa de Hudson.

— Você não tem que vê-los, tem?

— Não — disse Hillary. — Só me fale de um deles.

Hudson tentou se lembrar de um que não era totalmente vergonhoso.

— Acho que disse que tenho medo de comer besteira na frente da minha mãe.

— Ótimo! — disse Hillary, quase saltando para fora de suas botas de couro. — Tudo bem. Quero que vá para casa hoje à noite e coma pizza no jantar.

— O quê? — perguntou Hudson, estupefata. — Não posso fazer isso.

— Por que não?

— Porque tem laticínio. E farinha branca. E possivelmente nitratos.

Hillary sacudiu a cabeça.

— Mas você *gosta* de pizza?

Hudson assentiu.

— Sim. Eu amo.

— Ótimo. Então coma hoje à noite. Só hoje à noite.

— Espere — disse Hudson, deslocando sua mochila para o outro ombro. Como é que comer pizza irá me ajudar a ser eu mesma?

Hillary cruzou os braços e inclinou a cabeça.

— Sei o que estou fazendo, Hudson — disse ela autoritariamente. — Confie em mim.

Hudson saiu do lobby e alcançou Lizzie e Carina, que estavam conversando na esquina. — Querem ir lá em casa jantar hoje à noite? — perguntou a elas.

— O que vai ter? — perguntou Lizzie.

— Vocês farão tacos de linhaça de novo? — perguntou Carina, enrugando a ponta do nariz.

— Não, vou comer pizza — respondeu ela. — E preciso que vocês me ajudem.

capítulo 10

Lizzie, Carina, Todd e Hudson sentaram em círculo no tapete de pele de carneiro, encarando atentamente o telefone sem fio preto na mão de Hudson.

— Se você vai fazer isso, precisa fazer agora — exortou Lizzie, esticando suas longas pernas no tapete. — São 18h45. Você disse que o jantar era às sete, certo?

— Em ponto — disse Hudson. Ela apertou o botão de ligar no telefone e eles puderam ouvir o zumbido baixo da linha e depois o apertou novamente para desligá-lo. Era a quarta vez que quase tinha discado. Na sua cama de cachorro no canto, Matilda ergueu sua cabeça e olhou para Hudson como se ela estivesse claramente maluca.

— Tudo bem — disse Carina, assumindo o controle. — Qual a pior coisa que pode acontecer? É *pizza*. Sua mãe não vai te expulsar de casa. Certo?

Hudson não disse nada.

— Certo? — perguntou Carina com menos confiança.

— Carina está certa — disse Todd. — Pizza é mais saudável do que muitas outras coisas que você podia estar comendo. Tinha um cara na minha turma em Londres que só comia Curly Wurlys e barras de Aero em todas as refeições.

— O que é um Curly Wurly? — perguntou Carina, dando uma risadinha.

— Vamos voltar ao pedido da pizza — interrompeu Lizzie, torcendo seu cabelo em um coque no topo da cabeça. — Faça. Nada de ruim vai acontecer. E, para constar, comer pizza mais frequentemente não iria te matar.

— O que quer dizer? — perguntou Hudson.

— Só que você está sempre comendo coisas tão saudáveis — disse Lizzie gentilmente. — É como se estivesse sempre tentando comer a coisa *certa*.

— É, por exemplo, se tiver que escolher entre um hambúrguer e uma salada, você sempre vai comer a salada — acrescentou Carina. — Porque é a coisa certa.

Hudson olhou para Todd.

— Eu realmente não sei — disse Todd, dando de ombros. — Mas acredito nelas.

— Bem... — argumentou Hudson. — Não é assim que deveria ser?

— Não devemos ser perfeitos, H — disse Carina. — Essa é a pior coisa que você pode ser. Perfeita.

Hudson sabia que Carina estava certa.

— Tudo bem. Lá vamos nós. — Ela apertou o botão de ligar de novo. Desta vez, discou o número que tinha escrito num pedaço de papel.

Um homem atendeu.

— Ray's! — gritou na orelha dela.

— Oi, gostaria de pedir uma pizza grande simples, por favor — disse Hudson cuidadosamente, como se estivesse falando outra língua. — Ou seria com queijo? Com queijo é com queijo extra ou apenas simples?

— O quê? — disse o homem.

— Nada — disse Hudson. — Quero apenas a pizza simples. Para entregar. Rua Washington número 750.

— Grande simples... Você tem porteiro ou é interfone? — gritou ele.

— Interfone — disse ela.

— Tudo bem. Em vinte minutos.

Clique.

Hudson desligou o telefone.

— Muito bom — disse Lizzie, pegando no braço de Hudson. — Estou orgulhosa de você.

— Eu ainda não sei por que Hillary quer que eu faça isso — disse Hudson.

— Eu sei — disse Lizzie. — Como você vai começar a viver sua própria vida se nem sequer come o que tem vontade?

— É — disse Carina. — Talvez a Esquisita Amarrotada saiba de alguma coisa.

— Hora do jantar! — gritou Lorraine pelo interfone do quarto de Hudson.

— Não se preocupe, H — disse Todd, ajudando a levantá-la. — Acho que se sairá esplendidamente com essa história de comer besteira.

— Obrigada, Todd — disse Hudson. Ele era tão adoravelmente inglês às vezes.

Os três desceram as escadas em direção à cozinha enquanto Hudson pensava no conselho de seus amigos. Ela não podia fazer nada se estava acostumada a comer de maneira saudável. Era a coisa certa a se fazer, afinal de contas. Mas a coisa certa para quem? Era difícil saber às vezes. Sua mãe sempre se orgulhava de ser a pessoa mais saudável que conhecia. Talvez até mesmo a pessoa mais saudável da América. Mas talvez ser a pessoa mais saudável da América não fosse tão saudável, percebeu Hudson. Talvez o objetivo fosse ser saudável sem deixar que isso governasse sua vida.

Hudson fez seu caminho em direção à cozinha e todos tomaram seus lugares na mesa vazia.

— Lembre-se — disse Carina, bebericando no copo de água triplamente purificada. — Não importa o que acontecer, é apenas pizza.

Atrás deles, Hudson ouviu a porta do elevador se abrir com um estrondo, e em pouco tempo Holla entrou na cozinha com um casaco prateado e brilhante, seguida de perto por Sophie.

— Vou encontrar com ele hoje à noite no Rose Bar — disse Holla, falando no celular. — Conto pra você o que ele vai dizer. — Ela desligou. — Sophie? Consiga para a gente aquele sofá perto da lareira. E avise ao Sr. Schnabel que estaremos lá caso ele queira se juntar a nós.

Holla desabotoou seu casaco. Em vez do seu uniforme de estúdio usual de roupa esportiva e rabo de cavalo, estava vestindo um suéter preto com uma gola V profunda e calça jeans por dentro das botas de couro até o joelho. Seu cabelo estava solto nos ombros e enrolado nas pontas. Era o visual favorito de Hudson para sua mãe — inteligente e elegante, mas casual.

— Oi a todos — disse ela, sorrindo para os amigos de sua filha. — Não sabia que Hudson ia receber gente hoje à noite. — Embora Holla gostasse de ter privacidade, nunca parecia se importar quando a filha trazia amigos.

— Foi de última hora — disse Hudson. — Mãe, esse é Todd.

— É um prazer, Srta. Jones — disse Todd, levantando-se e oferecendo sua mão.

— Pode me chamar de Holla — disse sua mãe, apertando a mão de Todd. Hudson pôde notar que ela achou Todd fofo. — Prazer em te conhecer. Oi, meninas — disse ela, inclinando-se e dando um beijo e um abraço em Carina e Lizzie.

— Oi, Holla — disse Lizzie.

— Oi — murmurou Carina.

— Ah, é bom estar em casa — disse Holla, jogando seu casaco no encosto de um dos bancos de bar do balcão central.

— Outro longo dia de mixagem.

— Então... como está? — perguntou Hudson. Ela nunca soube exatamente como falar com sua mãe na frente dos amigos. Lizzie e Carina sempre ficavam um pouco desconfortáveis perto dela, o que deixava Hudson desconfortável também.

— Já fizemos bastante coisa e graças a Deus Chris está junto nessa — disse Holla enquanto se sentava rapidamente a mesa ao lado de Hudson. — Vejo agora que deveria tê-lo tido comigo esse tempo todo. — Ela olhou para Hudson e franziu as sobrancelhas. — E se você fizesse uma franja? Acho que ficaria uma graça em você. Vocês não acham? — perguntou a Lizzie, Carina e Todd.

— Então, Todd é escritor — disse Hudson, mudando de assunto antes que pudessem responder. — Assim como Lizzie.

— Oh! — exclamou Holla enquanto Lorraine trazia para ela um copo alto de água gelada com limão.

— A história dele está concorrendo a melhor conto de toda a escola — disse Hudson.

— Sério? — disse Holla, sorrindo ao dar um gole de água.

— Isso é maravilhoso. Sobre o que é?

Todd corou.

— Não é nada demais — disse ele, acenando com a mão.

— É sobre Lizzie — disse Carina, sorrindo.

Hudson estava aliviada em ver seus amigos relaxando na frente de sua mãe.

— Sério? Então vocês estão namorando? — perguntou Holla.

— Ah, sim — disse Lizzie timidamente.

— Ohhh, que fofo — disse Holla. — Tem alguém na vida de Hudson? Ela não me conta nada.

Hudson engoliu em seco e olhou para o seu prato.

— Mãe, por favor — disse baixinho. Uma coisa era discutir sobre franjas na frente dos amigos. Outra era sua vida amorosa.

— Está tudo pronto! — chamou Lorraine do balcão. — Venham e sirvam-se!

Hudson se levantou rapidamente do seu assento e andou em direção ao balcão da cozinha, onde Lorraine tinha arrumado um bufê.

— Tofu cozido e salada de verduras do mar — disse Lorraine, apontando para um prato amontoado com o que parecia algas pretas pegajosas. — E mais: brócolis com gergelim e arroz selvagem com chutney de beterraba.

— Onde está a pizza? — sussurrou Carina desesperadamente.

— Coma um pouco — sussurrou de volta Hudson, colocando porções gigantes de arroz selvagem no seu prato e até um pouco da salada de vegetais do mar. — É *hijiki*.

— Hi o quê? — sussurrou Carina em resposta.

— Não é ruim. — Hudson retornou ao seu lugar e educadamente começou a mexer em sua comida.

— Hudson contou a vocês que vou cantar uma de suas músicas? — perguntou Holla entre garfadas minúsculas de arroz selvagem.

Seus amigos assentiram enquanto fingiam comer.

— H é muito talentosa — disse Carina.

— Eu sei — disse Holla. — E, pelo menos agora, o mundo terá a chance de ver isso.

Hudson agarrou o garfo com mais força enquanto girava a comida pelo prato. Ela sabia que sua mãe tinha pretendido fazer um elogio, mas por dentro se sentia encolher.

— Querida? — perguntou Holla. — O que há de errado? Você ama *hijiki*.

— Só não estou com vontade de comer isso esta noite — disse Hudson.

— Bem, tem alguma outra coisa que prefere comer? — perguntou Holla. — Que tal um sanduíche de *seitan* crocante?

Soou um zumbido na porta dos fundos. Hudson, Lizzie e Carina se endireitaram nas cadeiras. A pizza tinha chegado.

— Estão esperando alguma coisa? — perguntou Raquel a Holla, enquanto saía da cozinha em direção à porta dos fundos.

Holla balançou a cabeça.

— Não, acho que não.

Raquel foi ao elevador enquanto Lizzie, Carina, Hudson e Todd trocavam olhares urgentes. *É isso*, Hudson pensou. *A hora da verdade.*

Raquel voltou, carregando a caixa da pizza.

— Alguém pediu *pizza*? — perguntou, enrugando seu rosto em terror.

O cheiro de queijo derretido e orégano encheu a sala respondendo à pergunta.

— Eu pedi — disse Hudson, pulando de sua cadeira. Ela correu para a porta dos fundos para pagar o entregador. Quando voltou, sua mãe estava encarando a caixa da pizza com uma fúria indisfarçável. Carina, Lizzie e Todd olharam para baixo, examinando seus pratos. Até Lorraine parecia aterrorizada. Mas a sala estava com um cheiro delicioso.

— Hudson, você está sendo rude com Lorraine — disse Holla calmamente.

— Eu sei — começou Hudson. — Mas senti vontade de comer pizza essa noite.

— Jogue isso fora — disse Holla para Raquel. — Sente-se e termine seu jantar — ordenou a Hudson. — Não sei o que está tentando provar, mas isso é ridículo.

Carina olhou do seu prato para Hudson e levantou a sobrancelha significativamente. Hudson entendeu. Não podia recuar. Com seu coração pulsando, ela abriu a caixa da pizza e pegou uma fatia fina e gordurosa.

— Hudson — disse Holla. Ela soou como se estivesse lutando para se manter calma. — O que você está fazendo?

Hudson de uma mordida bem grudenta e cheia de queijo.

— Hum — Não conseguiu deixar de dizer. Não conseguia se lembrar da última vez que tinha comido algo tão gostoso.

— Você sabe como isso faz mal para você? — perguntou Holla.

Hudson engoliu.

— Isso é muito bom. — Ela se virou para seus amigos. — Querem?

Carina, Lizzie e Todd assentiram avidamente.

— Vão em frente, pessoal — disse ela. — Sirvam-se. — Ela levou a pizza até a mesa e ofereceu.

Carina rapidamente pegou uma fatia. Depois Lizzie. Depois Todd. Agora os quatro estavam comendo pizza e lambendo os dedos.

Holla os observou por um tempo com seus olhos castanhos brilhando de raiva. Finalmente, pegou o garfo e a faca e fatiou o tofu. Lorraine e Raquel voltaram a se mover silenciosamente pela cozinha.

Hudson não conseguia acreditar no que estava fazendo. Estava comendo três dos grupos de alimentos mais odiados de sua mãe — laticínio, trigo e gordura — bem na frente dela. E Holla não a estava impedindo. Assim que terminou a primeira fatia, estendeu a mão para pegar outra com seus dedos gordurosos e cheios de queijo. Assim como Carina, Lizzie e até mesmo Todd. Pouco tempo depois, tinham comido a pizza inteira. A caixa vazia manchada de gordura ficou aberta no balcão da cozinha. Hudson ainda se encontrava de pé perto dela. Estava com muito medo para se sentar perto de sua mãe. Temia que Holla talvez arrancasse a fatia de suas mãos.

— Podemos nos retirar? — perguntou Hudson finalmente ousando olhar para sua mãe.

Holla mastigou sua comida e olhou para o prato.

— Sim — disse ela calmamente. — E, por favor, livre-se disso.

Sem dizer uma palavra, Hudson levou a caixa da pizza para o corredor perto do elevador e a jogou em uma das cestas de lixo reciclável. Quando fechou a tampa da lixeira, uma excitação percorreu por ela. *Eu consegui!* Pensou. Talvez seu "ponto" fosse ridículo, mas definitivamente tinha marcado um.

Ela saiu do corredor, onde seus amigos a estavam esperando.

— Ai, meu Deus, sua mãe estava nos apunhalando com os olhos — sussurrou Carina enquanto subiam as escadas.

— Você está bem? — perguntou Lizzie.

— Estou ótima — disse Hudson, sorrindo. Para Holla, comida era um negócio importante. Comida era controle. E Hudson tinha acabado de assumir o controle na casa de Holla, pela primeira vez.

capítulo 11

Na manhã seguinte, Hudson desceu as escadas bem silenciosamente. Ela não tinha visto Holla desde o confronto da pizza na noite anterior e não tinha certeza do que esperar. Hudson sabia que estava em território desconhecido.

Ela colocou sua mochila numa cadeira no corredor e entrou na cozinha para pegar algo para comer, preparando-se para uma confrontação. Mas, em vez de Holla à mesa da cozinha, Chris Brompton estava sentado lá, lendo o *New York Post* e bebendo um cappuccino de soja, como se sempre tivesse tomado café da manhã na casa de Hudson.

— Ah, oi, Hudson — disse ele, apoiando seu café. — Bom dia. — Ele se levantou parcialmente de seu assento e ficou lá desajeitadamente. Em vez de calça jeans, estava vestindo bermuda de banho xadrez e uma camiseta vinho que dizia BONDI BEACH.

— O que está fazendo aqui? — perguntou Hudson. Ela olhou para o relógio da cozinha. Eram 7h45.

— Ah, sua mãe quis que eu viesse participar de uma de suas aulas de yoga — disse ele com um sorriso envergonhado.

— Só estou recarregando com um pouco de cafeína. — Ele levantou sua xícara e tomou outro gole, deixando leite de soja espumado por todo o seu lábio superior.

Lorraine entrou na cozinha.

— Posso preparar algo para você, Hudson? — perguntou ela.

— Só comerei isso — disse Hudson, abrindo a geladeira e pegando uma laranja.

Lorraine se retirou para a copa, deixando-os sozinhos novamente.

— Yoga, hein? — disse Hudson, começando a descascar a laranja. — É melhor ter cuidado. Não é para iniciantes.

— Consigo encarar — disse Chris, sentando-se de volta. — E espero que não se sinta desconfortável com nada disso. Você sabe, pelo fato de eu estar trabalhando com sua mãe.

— Não, acho ótimo — mentiu, arrancando um pedaço de casca de laranja. Embora ainda estivesse irritada com ela, ficar assim tão perto dele, sozinha, trouxe de volta aquele sentimento de alegria e tonteira que tinha quando trabalhava com ele no estúdio. Ou costumava ter, antes de sua mãe se meter na história. Ele a tinha feito se sentir tão talentosa, tão especial, tão notada.

— Só para você saber, fiquei realmente surpreso quando me escreveu aquele e-mail — disse ele, olhando diretamente para ela. — Sobre desistir do álbum. Você tem um talento incrível, Hudson. Espero que saiba disso.

— Então por que você concordou em mudar tudo? — A pergunta tinha escapado.

— O que quer dizer? — O sorriso descontraído de Chris se dissolveu num rosto franzido.

— Quando minha mãe entrou e mudou cada música, você parecia concordar totalmente com isso. — Ela olhou bem nos olhos dele. — Por quê? Se achava que eu era tão talentosa?

Chris parecia surpreso. Ele olhou para o seu cappuccino, depois o mexeu com sua colher.

— Só porque respeito o talento e a opinião da sua mãe, não significa que não acredito em você — disse ele. — E acho que sua mãe estava certa.

Então ele não tinha uma resposta verdadeira, Hudson pensou. Apenas uma desculpa para sua mãe. Chris tinha ido completamente para o lado negro.

— Bem, acho melhor ir — disse ela assim que sua mãe entrou na cozinha.

— Bem, bom dia — disse Holla, olhando primeiro para Chris e depois para Hudson. Seu top amarelo-canário de yoga estava lindo em contrate com a pela morena e seu tamanho curto revelava o abdômen definido. — E você realmente veio — disse para Chris.

— Eu sei — disse Chris, endireitando-se. — Meus amigos nunca acreditarão.

— Oi, mãe — disse Hudson.

— Oi, querida — respondeu Holla calorosamente. — Dormiu bem?

— Muito bem — disse Hudson. Sua mãe não parecia nem um pouco brava. Ou talvez simplesmente não quisesse demonstrar isso na frente de Chris.

Holla fixou seu olhar nos pés de Hudson.

— Eles deixam você usar essas botas na escola? — perguntou, apontando para as botas até os joelhos de Espiã Russa/Punk Britânica de Hudson. — E aquela botinha no tornozelo? Os saltos são bem mais baixos...

— Tenho que ir... — disse Hudson, saindo da cozinha.
— Até mais tarde.
— Tchau, Hudson — disse Chris, acenando.
— Tchau, Chris — disse Hudson num tom inexpressivo.
— Prepare-se para ser humilhado. — Ela ouviu Holla implicar com Chris ao chegar no hall, pegar sua mochila e apertar o botão do elevador com um enjoo no estômago.

Eles estão a fim um do outro, pensou. Ela já tinha visto aquele olhar no rosto da sua mãe uma vez e ouvido a forma como a voz de Holla subia uma oitava quando estava perto de alguém de quem gostava. E Chris era bem o tipo dela: jovem, bonitão e com um jeito fofo de menino. Assim como o pai de Hudson.

Mas, em vez de se sentir com raiva, sentia-se estranhamente tranquila com tudo isso. Sua atração por Chris Brompton estava oficialmente acabada. Ela tinha perguntado diretamente a ele porque cedera tão rapidamente aos pedidos de sua mãe e, em vez de ser honesto, em vez de simplesmente dizer que gostava de Holla, que queria namorá-la, tinha falado que "respeitava sua opinião". *Tanto faz*, Hudson pensou enquanto entrava no elevador. Ela tinha feito a coisa certa, desistindo daquele álbum. Só que ela queria aquele sentimento de volta — de ser talentosa, especial por mérito próprio. E agora parecia que nunca sentiria isso de novo.

*

Algumas horas depois, ela, Lizzie e Carina foram em direção à biblioteca no intervalo.
— Você não tem nenhuma prova — disse Lizzie definitivamente, brincando com a pulseira do seu relógio de pulso. — Tudo o que você sabe é que ele foi fazer a aula de yoga.

— Sim, tipo, seis horas depois que saíram para algum bar na noite anterior — disse Hudson.

— Ele provavelmente está com medo dela — disse Carina. — Achei que ela fosse nos matar ontem à noite. Bom trabalho, aliás. Você arrasou com o lance da pizza.

— Obrigada — disse Hudson. — Mas isso só me deixou triste, sabe? Tipo, eu nunca mais terei isso. Alguém que faça com que eu me sinta do jeito que ele fez. E agora ele será meu padrasto.

— Ele *não* será o seu padrasto — disse Lizzie.

— Você pensa isso toda vez que sua mãe se envolve com alguém — disse Carina. — E, bem, você sabe o que normalmente acontece.

Hudson *sabia*. Os relacionamentos de sua mãe nunca duravam muito. Os homens que Holla escolhia sempre pareciam muito apaixonados por ela. Até que alguma coisa mudava. Às vezes ela descobria que ainda eram casados, por exemplo. E, às vezes, os caras começavam a recuar, como se algumas semanas constantemente juntos fosse tudo o que pudessem oferecer. E, toda vez, sua mãe ficava desolada. Seu último namorado tinha 26 anos e era engenheiro de som, e mesmo Holla tendo terminado com ele, e não o contrário, ela havia ido ao quarto de Hudson toda noite, chorando, durante uma semana.

— Você só precisa se concentrar na escola agora — disse Lizzie, enquanto se sentavam em uma das mesas da biblioteca. — Todas nós precisamos.

Lizzie estava certa; a Srta. Evanevski tinha acabado de alertá-las sobre um teste na próxima aula de geometria. No entanto, assim que Hudson pegou seu caderno, ela vislumbrou Hillary do outro lado da sala, sentada numa mesa, sozinha, e usando um suéter de malha grosso com borboletas de lantejoulas azuis e roxas. Ela estava fazendo as palavras cruzadas no *New York Times* novamente.

— Já volto — disse Hudson, levantando-se.

— Diga à sua orientadora pessoal que você comeu *duas* fatias — disse Carina com um sorriso orgulhoso no rosto.

Hudson andou em direção à mesa de Hillary e deslizou no assento do outro lado.

— Adivinha? Eu fiz. Pedi pizza.

— Mas você realmente comeu? — perguntou Hillary com sua caneta pairada no ar.

— Sim! Duas fatias inteiras!

— Ótimo — disse Hillary, tampando a caneta. — Estava boa? — Hudson percebeu as presilhas de plástico magenta firmemente presas em cada lado da cabeça e se perguntou se a mãe de Hillary ainda arrumava seu cabelo.

— Estava maravilhosa — sussurrou Hudson. — Claro, minha mãe ficou um pouco irritada, mas valeu a pena.

— Ótimo — disse Hillary. — Passou no primeiro teste. Estou muito orgulhosa de você.

— Então, me mande um e-mail com os detalhes do bar mitzvah — disse Hudson, levantando-se da mesa. — Tenho que estudar para um teste de geometria.

— Ah, ainda não terminamos — disse Hillary. — Sente aí.

Hudson se sentou.

— Tem mais?

— Claro que tem mais — disse Hillary. — Você não achou que fosse só isso, achou? Algumas fatias de pizza e se tornou você mesma? — Ela olhou para Hudson e pressionou os lábios enquanto pensava. — Você disse que tem um teste?

— Sim — disse Hudson, brincando com seus brincos de prata em forma de argolas. — De geometria, mais conhecida como "inferno".

— Ótimo. Não estude.

— O *quê*? — disse Hudson tão alto que a bibliotecária, sentada perto dali, levou seu dedo aos lábios.

— Não estude para o teste — repetiu Hillary.

— Mas não posso não estudar — disse Hudson. — Vou reprovar.

Hillary sacudiu a cabeça.

— Talvez não tire um A, mas não vai reprovar.

— Eu mal vou conseguir um C.

— E isso iria arruinar seu mês, certo? — desafiou Hillary.

— Posso perguntar qual o objetivo disso? — disse Hudson tentando não se irritar.

— O objetivo é descobrir que se você tirar uma nota ruim, pode *sobreviver* a isso — disse Hillary, recolocando uma de suas presilhas de plástico. — Esse é o segundo passo. Parar de ter medo de notas ruins. E posso notar que notas ruins realmente te assustam.

— E isso é uma coisa ruim? — perguntou Hudson. — Quero dizer, não vou arruinar minha vida só porque tenho medo de notas ruins.

— Mas você está vivendo sua vida com *medo* — disse Hillary. — Você precisa mostrar a si mesma que tirar uma nota não tão boa não é o fim do mundo. E você *não* vai estragar seu histórico escolar com um teste.

— Desculpe, Hillary — disse Hudson. — Mas tenho que estudar.

— Então estude apenas por uma hora. Só isso. Não mais.

— Tudo bem — disse Hudson relutantemente enquanto se levantava para ir.

— Acabou de dizer "tudo bem" novamente — apontou Hillary.

— Tanto faz — disse Hudson aborrecida, voltando para suas amigas. Comer pizza na frente da sua mãe era uma coisa. Agora talvez Hillary estivesse indo longe demais.

*

Naquela noite, em sua mesa, Hudson checou seu relógio francês antigo. Estava tentando resolver exemplos de problemas de geometria há 58 minutos e agora seu estômago tinha dado um nó. Geometria costumava fazer isso com ela. Na sala de aula, achar a área de um triângulo e um polígono fazia totalmente sentido, mas quando encarava um problema sozinha, tudo o que sabia se derretia como neve. Ela olhou para as respostas que a Srta. Evanevski tinha dado a eles. Só tinha conseguido resolver um de primeira. Para pioras as coisas, não conseguia parar de visualizar Chris e Holla em algum tipo de situação romântica. Provavelmente tinham saído e estavam juntos neste exato minuto bebendo champagne e brindando como se fossem recém-casados cafonas. Eca.

Ela olhou para o seu piano do outro lado do quarto. Sempre quando estava estressada com algo no passado, sentava-se nele. Talvez só precisasse tocar agora.

Andou até ele e levantou cuidadosamente a tampa pesada das teclas, então se sentou no banco polido. O livro com as noturnas de Chopin ainda estava encostado no apoio de partituras. Ela respirou o cheiro de madeira polida e tocou as teclas aveludadas e macias. Durante anos tinha gastado horas ali toda noite, primeiro praticando os clássicos e depois escrevendo suas próprias músicas. Música era a única coisa na qual ela pensava. Até recentemente. Ela não tocava há quase um mês. Depois que tinha decidido transformar seu amor pela música numa carreira, tudo tinha mudado.

Decidiu jogar um jogo antigo. Fechou os olhos e tentou limpar a mente. Quando uma música apareceu, não a questionou ou tentou pensar em outra. Apenas começou a tocar e cantar as palavras.

Birds flying high you know how I feel
*Sun in the sky you know how I feel**

Ela terminou a canção e ficou sentada silenciosamente no banco, apenas respirando. O nó em seu estômago tinha ido embora e os pulmões não estavam mais apertados. *Obrigada, Nina Simone*, pensou. Sentia-se animada e relaxada, como se tivesse acabado de mergulhar no Atlântico com Carina no meio do verão e pegado "jacaré" por uma hora. Como tinha ficado tanto tempo sem tocar piano? Não era à toa que andava se sentindo tão ansiosa ultimamente.

Ela fechou a tampa e voltou para a escrivaninha. Suas anotações de matemática ainda estavam espalhadas por todo o lugar. Ela tinha feito apenas quatro dos oito exercícios que a Srta. Evanevski tinha dado a ela, mas fechou seu caderno e se preparou para ir dormir. Hillary estava certa: ela conseguiria sobreviver a um teste idiota. Tinha certeza disso.

*

---

*Pássaros voando alto, você sabe como me sinto / O sol no céu, você sabe como me sinto (N. do E.)

— H, você está bem? — perguntou Lizzie do lado dela enquanto pegava seu transferidor e papel quadriculado. — Está com uma cara horrível.

— Sim, estou bem — disse Hudson, tirando seus lápis. Tinha decidido não contar às suas amigas sobre este último movimento de orientação pessoal de Hillary. — Apenas um pouco nervosa.

Ela mal tinha pensado no teste durante as aulas de inglês e história. Mas desde que entrou na aula de geometria, tudo mudou. Ao redor dela, pessoas estavam estudando — freneticamente. Sentavam-se curvados sobre seus livros, resolvendo conjuntos de problemas, apagando e começando de novo. Hudson se sentou com o coração pulando no peito como se estivesse prestes a pular de *bungee jump* sem corda. Ela tinha sido *louca* de não estudar. E agora iria pagar o preço.

— Ei, relaxa — disse Carina, inclinando-se sobre Lizzie. — Você sabe a matéria. Vai se sair bem.

Eu me sairia bem se tivesse estudado ontem à noite, pensou.

A Srta. Evanevski colocou os testes nas carteiras.

— Tudo bem, podem começar — anunciou à sala.

Hudson virou o teste. Eram cinco questões. Ela examinou as imagens de círculos, raios e triângulos sombreados e sua mente ficou inflexivelmente em branco. Ia reprovar neste teste e seria lento e doloroso.

Ela se debruçou sobre o primeiro problema com o lápis deslizando por seus dedos suados. De alguma forma, chegou a uma solução, mas não tinha ideia se estava certo. Passou para o seguinte. Depois o seguinte e depois o outro, permitindo-se apagar e começar de novo apenas uma vez em cada questão.

— Tempo! — gritou a Srta. Evanevski.

Sem fôlego, Hudson olhou para o relógio, certa de que não tinha como 45 minutos terem passado, mas tinham. As pessoas largaram seus lápis e transferidores. Hudson olhou para o seu papel quadriculado. Estava coberto de rabiscos frenéticos. Tinha certeza de que tinha reprovado.

— Muito bem, entreguem — disse a Srta. Evanevski, andando pela sala, recolhendo os testes. Ela sorriu encorajadoramente para Hudson quando gesticulou pedindo seu teste.

Hudson colocou-o nas mãos cuidadosamente feitas da Srta. Evanevski. *Não há volta*, pensou.

— Não foi tão ruim — disse Carina enquanto saíam da sala.

Hudson não disse nada. Ela já podia imaginar o F grande e vermelho no seu exame, mas quando chegou ao armário se sentiu estranhamente bem. O mundo não tinha acabado. Ainda era basicamente ela mesma. E seja qual fosse sua nota no final, sabia que provavelmente iria sobreviver a ela.

Um pequeno bilhete estava preso em uma das saídas de ar do armário dela. Ela o puxou para fora e o abriu.

Arrasou!

HC

— O que é isso? — perguntou Carina.

— Apenas um bilhete da minha orientadora pessoal — disse Hudson, enfiando o bilhete na bolsa.

— Essa coisa está realmente funcionando? — perguntou Lizzie.

Hudson abriu o armário. Sentia-se ansiosa e exausta por causa do teste de geometria. Mas também estava corajosa e isso era algo que não sentia há um tempo.

— Acho que realmente pode estar — disse ela e fechou o armário com um sorriso.

Capítulo 12

No dia seguinte, na aula de geometria, a Srta Evanevski entregou os testes corrigidos.

— No geral, todo mundo foi bem — disse ela, colocando o teste de Hudson virado para baixo na mesa dela. — No entanto, houve algumas surpresas.

Hudson virou o exame. Em marcador vermelho brilhante, no topo, estava sua nota: 7,7. Um C mais.

— Isso! — disse Hudson alto. Ela não tinha reprovado. Era um milagre.

A Srta. Evanevski olhou para ela estranhando do outro lado da sala. Hudson se livrou imediatamente do sorriso.

— Podemos prosseguir? — disse a professora, dando a Hudson um último olhar estranho.

— Tirei um C mais — confidenciou Hudson para Hillary mais tarde naquela manhã, na biblioteca. — Não reprovei!

— Eu te falei — disse Hillary. — Parabéns por completar o segundo passo.

— Então, qual é o terceiro passo? — perguntou Hudson.

Hillary tirou dois batons de sua mochila quadrada.

— Antes de entrarmos nisso, qual dos dois acha que devo usar amanhã? — perguntou ela, tirando a tampa deles. — Este é Fúcsia Vivo e este o Amora Corada.

— Espere. Amanhã? — perguntou Hudson sem entender.

— O bar mitzvah! — disse Hillary, levemente irritada. — Você ainda vai, certo? Você tem que me dizer o que Logan pensa.

— Ah, certo — disse Hudson batucando os dedos na mesa da biblioteca. — Hillary, não me entenda mal, mas minha mãe pode não gostar muito que eu saia da cidade — disse. — Principalmente com pessoas que ela não conhece.

— E o acampamento de verão? — perguntou Hillary? — Nunca esteve no acampamento?

Hudson sacudiu a cabeça.

— Minha mãe diz que tem muita gente louca no mundo. Mas ela me deixa ir para a casa da minha amiga em Montauk. É o mais perto que estive do acampamento.

— Bem, ninguém irá te sequestrar no bar mitzvah do meu primo — argumentou Hillary. — Eu prometo. Apenas pergunte a ela.

— Tentarei, Hillary — disse Hudson. — Mas não posso prometer nada.

— É por isso que está fazendo todas essas coisas — disse Hillary. — Estamos tentando fazer com que você se torne você mesma, lembra?

À noite, quando tinha terminado o dever de casa, Hudson se levantou de sua mesa e se sentou ao piano. Holla ainda estava no estúdio, gravando com Chris. Só de pensar nos dois juntos no estúdio, fazia Hudson se sentir esquisita, quase como se eles estivessem numa festa para a qual ela não foi convidada. Ela precisava se distrair. Fechou os olhos e uma música apareceu em sua cabeça — uma música antiga do Fleetwood Mac que sempre amou. Com hesitação, tocou as teclas e então, começou a cantar.

For you, there'll be no more crying
*For you, the sun will be shining**

Uma batida na porta a fez parar.
— Querida? — chamou Holla, abrindo a porta um pouquinho. — Posso entrar? — Ela entrou no quarto levemente, com uma graça de dançarina. Ela estava incrivelmente elegante e magra, com uma blusa verde fluorescente que deixava ombros à mostra, *leggings* de brim pretas, botas até o tornozelo e o cabelo caía em ondas suaves em seus ombros. — Já jantou?
— Sim — disse Hudson.
— Terminou seu dever de casa?
— Aham.
— Ótimo — Holla foi em direção ao closet de Hudson. — Você se importa se eu pegar algo emprestado?
— Vá em frente — disse Hudson. Ela precisava perguntar a Holla sobre o bar mitzvah, então deixar sua mãe examinar seu guarda-roupa só iria ajudar. — Como foi seu dia?
— Longo. E aquele cara novo da gravadora critica tudo. Como se eu nunca tivesse feito isso antes. — Holla saiu segurando um cabide. — Que tal esse?
Hudson olhou para o vestido tubinho de algodão laranja. Era da coleção que a Tocca tinha lançado no meio dos anos 1990. Mas Hudson o tinha usado apenas duas vezes porque era curto demais.
— Hum, é um vestido de verão — disse ela.

---
* *Por você, não haverá mais choro / Por você, o sol brilhará (N. do E.)*

— Vou usá-lo por dentro — disse Holla casualmente, dobrando-o sobre seu braço. — E como você está, querida? Como está a escola?

— Tudo bem.

— Como está indo em geometria?

Hudson respirou fundo.

— Está bem, mãe. — Ela não queria contar a ela sobre o C mais.

Holla olhou para o piano de Hudson.

— O que está fazendo?

— Apenas tocando um pouco.

— Bem, continue — disse ela, sentando-se no braço da poltrona de couro surrado de Hudson. — Você sabe como eu amo sua voz.

— Deixa para lá — disse Hudson. — Minha voz está meio esquisita esta noite.

— Não, vá em frente — insistiu Holla. — Quero ouvir. Acho ótimo que esteja tocando novamente.

Hudson sabia exatamente o que aconteceria se ela começasse a cantar, mas não parecia ter escapatória.

— Tudo bem.

Ela encontrou os acordes da abertura e começou a tocar.

For you, there'll be no more crying
For you...*

— Querida, mais *completo*. — Holla cortou. — Não se apresse. Preencha a palavra, *Vocêêêê*.

Hudson parou de tocar e girou a tampa, fechando-a sobre as teclas.

---

* *Por você, não haverá mais choro / Por você...* (N. do E.)

— O quê? — perguntou Holla. — O que aconteceu?

— Nada — disse ela.

Holla franziu as sobrancelhas.

— Só quero que tire o melhor do ensaio. E corrigir passagem é muito importante. Por que você tem que ser tão sensível? Não acha que sei um pouco sobre isso?

— Minha amiga quer que eu vá a um bar mitzvah amanhã — disse Hudson mudando de assunto. — Posso ir? Será em Westchester.

— Westchester? — perguntou Holla, enrugando o nariz como se tivesse acabado de sentir um cheiro ruim. — Onde em Westchester?

— Larchmont, acho.

Holla sacudiu a cabeça como se isso fosse ridículo.

— Que amiga?

— O nome dela é Hillary Crumple — disse Hudson. — Eu devo um favor a ela. Fernald pode me levar no carro e estarei de volta às cinco. — *E prometo que ninguém irá me sequestrar,* quis acrescentar.

— Vou pedir para o Pequeno Jimmy ir com você — disse Holla. — Não preciso dele no estúdio.

— Não preciso de um guarda-costas para ir a um bar mitzvah.

Holla andou até a porta e parou com a mão na maçaneta.

— Tudo bem, Hudson — disse ela. — Você pode ir, mas Fernald vai te levar lá e te trazer para casa. E tem algo que quero que faça por mim.

— O quê?

Holla trocou o vestido de posição no braço.

— Quero que veja como está sua tia. Talvez passar o dia com ela no domingo? Sei que finalmente voltou de Paris.

Definitivamente desta vez — acrescentou. — E estou preocupada com ela.

— Então por que você não vai lá simplesmente e a vê? — perguntou Hudson. — Tenho certeza que ela adoraria.

— Não, ela não adoraria — disse Holla, de um jeito que sugeria que tinha refletido muito sobre isso.

— Tenho certeza de que ela sente muito pelo Natal. Você devia simplesmente ligar para ela.

Holla balançou a cabeça.

— Você faria isso para mim, por favor? — Ela andou em direção a Hudson e beijou o topo de sua cabeça. — Você é minha parceira no crime. Você sabe disso.

— Holla? Onde você foi?

A voz vinda do lado de fora da porta do quarto de Hudson era sem dúvida familiar.

— Está aí em cima? Aonde foi?

O pulso de Hudson acelerou. Era Chris.

Holla foi até a porta e abriu uma fresta.

— Desço num segundo — disse ela.

— Chris está aqui? — perguntou Hudson.

— Ah, só estamos indo trabalhar mais um pouco — disse Holla, sem emoção. — Estaremos lá em cima no escritório se precisar de nós.

— Mãe?

— Sim? — Pelo jeito que seu rosto brilhava, Hudson podia notar que sua mãe já estava apaixonada. — O quê, querida? — perguntou ela. — O que foi? Parece tão preocupada.

— Nada — disse Hudson. — Estou bem.

— Obrigada pelo vestido — disse Holla e depois foi embora.

Capítulo 13

— Tudo bem, aí está ele — disse Hillary, alisando a frente do seu vestido de veludo e estalando seus lábios pintados de fúcsia. — Ele está ali, conferindo a mesa de sobremesas.

O olhar de Hudson vagou pelo espaçoso salão de banquete iluminado de azul e cor-de-rosa, pelas mesas vestidas com toalhas verdes, pelas peças centrais imitando roletas e pela banda no palco rangendo um cover de "Hey Ya!". Durante a maior parte da cerimônia, que tinha sido numa sinagoga a 1,5 quilômetro de distância, e depois, durante a maior parte da refeição deliciosa que tinham acabado de comer, Hudson ficou esperando para entrar em ação como cupido da amiga, alerta a qualquer sinal de Logan, o misterioso. Mas Hillary tinha se recusado a apontar para ele. Sempre quando Hudson perguntava, Hillary sussurrava:

— Pode olhar agora. Ele está bem *ali*.

Mas agora Hudson podia ver dois garotos conferindo o bufê de sobremesas. Um era alto e magro, com um tufo de cabelo castanho encaracolado e um terno azul-escuro que parecia um pouco curto nos tornozelos. Ele sacudia uma faca tentando se livrar de uma lasca de cobertura de chocolate, mas não estava tendo muita sorte. O garoto ao lado dele era mais baixo e mais atarracado, com cabelo loiro-esbranquiçado. Estava enchendo seu prato com tudo que havia na mesa: brownies, cookies e fatias de três bolos diferentes. — Qual deles? — perguntou Hudson.

— O bonito! — disse Hillary.

— Eles estão de costas.

— O loiro! — exclamou Hillary. — O outro é o meu primo Ben. Você o conheceu na sinagoga.

— Ah, certo — disse Hudson, lembrando-se vagamente de Ben na escalação da família grande de Hillary.

— Tudo bem, vou lá falar com ele. Como está meu cabelo?

Hudson olhou para Hillary, que ainda estava passando a mão em seu cabelo e em seu vestido. Ela estava bonita. Alguém tinha puxado misericordiamente todo o cabelo de Hillary em um coque único e chique no topo de sua cabeça, e o vestido preto de veludo estava perfeito, mesmo tendo ela escolhido usar um colar com pérolas grandes junto.

— Você está ótima — disse Hudson. — Vá em frente!

— Hum, não vou sozinha — disse Hillary, segurando a mão de Hudson. — Vamos.

Enquanto as duas marchavam em direção ao salão de banquete, Hudson tentou não ficar envergonhada. Ela nunca gostou de chegar nos garotos. Isso era com Carina. Hudson gostava de olhar avidamente para eles, saber deles e procurar seus signos astrológicos. Mas nunca meninos da sua idade. Para ela, era difícil ficar animada com um garoto que fazia dever de casa todas as noites.

Eles se viraram e as viram se aproximar. O garoto alto e magro — primo de Hillary — sorriu e acenou para elas com o garfo. Ele parecia tímido e um pouco desajeitado, como se ainda estivesse se acostumando com seu novo tamanho. Seu amigo atarracado e loiro não sorriu nem acenou para elas. Ele era definitivamente lindo e sabia disso. Tinha olhos estreitos e ardentes e olhou para Hudson sem piscar de um jeito que ela já tinha visto antes. *Oh-ou*, pensou, com seu coração desmoronando. *Ele gosta de mim*.

— Ei, seu nerd — disse Hillary para o garoto magro e alto, ignorando cuidadosamente o amigo dele. — O que estão fazendo?

— Apenas comendo um pouco de bolo — disse Ben, exatamente na hora que um pedaço da massa caiu do seu garfo para o chão.

— Essa é minha amiga Hudson — disse Hillary. — Vocês já se conheceram.

— Oi — disse Hudson.

— Ah, hum, oi — disse Ben, distraído momentaneamente pelo bolo no carpete, mas sorrindo para ela de qualquer forma.

— Então... vai subir lá e tocar o baixo? — disse Hillary, apontando para o palco. — Ben está começando uma banda de jazz — explicou para Hudson. — Ele é muito bom.

— Não muito — disse Ben timidamente, oscilando a mão para o elogio de Hillary

— Essa é minha amiga Hudson — disse Hillary para o outro garoto. — Esse é Logan.

— Ei — disse Logan, dando uma mordida no brownie com uma suavidade estudada.

— Oi — respondeu Hudson, com cuidado para não encontrar o olhar dele por muito tempo.

— Estão procurando por um vocalista? — soltou Hillary

— Ainda nem começamos — disse Ben, olhando para Logan. — Estamos tentando descobrir que tipo de banda de jazz seremos. Talvez seja somente bateria, baixo e saxofone.

— Bem, Hudson canta — disse Hillary. — E toca piano. Ela quase fez seu próprio ál...

Antes que Hillary pudesse dizer "álbum", Hudson apertou sua mão ao redor do braço de Hillary.

— Apenas canto um pouco — disse ela, lançando a Hillary um rápido olhar de aviso.

— É? — perguntou Ben. — Que tipo de coisa você canta?

Hudson sorriu.

— Muita coisa — disse ela. — Na maioria das vezes canções próprias.

— Ela tem uma voz incrível — disse Hillary. — Vocês tinham que fazer uma audição com ela para a banda de vocês. Vocês não querem fazer jazz de cafeteria. Essa coisa é só barulho. Ugh.

Nesse momento, a voz do vocalista soou pelo sistema de som.

— Tudo bem, pessoal! É o momento pelo qual estávamos todos esperando... quando vocês sobem aqui e nos mostram *seus* talentos!

Todos eles olharam para o centro da sala. O restante da banda tinha saído do palco e uma tela estava descendo do teto. Enquanto as luzes diminuíam, Hudson percebeu o que estava acontecendo. Era a hora do karaokê.

— Tudo bem, quem quer vir primeiro? — gritou novamente o vocalista com um sorriso quase diabólico. — Suba aqui e escolha uma melodia! E, então, seja a estrela do seu próprio vídeo musical!

Na pista de dança, garotos circulavam, perguntando-se quem seria o primeiro a ir.

— Hora perfeita — disse Hillary para Hudson. — Suba lá e mostre para todo mundo do que eu estou falando!

— O quê? — perguntou Hudson, apertando ainda mais o braço de Hillary. — Está brincando, né?

— Estou falando muito sério — disse Hillary. — Acabamos de falar sobre sua ótima voz.

— Hum, posso falar com você um segundo? — perguntou Hudson, puxando Hillary de lado.

— Então, o que você acha? Ele está a fim de mim? — perguntou Hillary assim que ficaram sozinhas. — Pude sentir que ele olhava para mim. Sabe, enquanto eu falava.

— Eu realmente não sei — mentiu Hudson. — Precisaria vê-los juntos mais vezes. Mas o que você está fazendo? Por que está tentando me fazer cantar?

— Porque esse é o terceiro passo perfeito — disse Hillary. — Cantar em público. Esse é o seu maior medo. Você pode enfrentá-lo agora!

— Não vou enfrentar nenhum medo hoje — disse Hudson, tentando não estourar. — Eu vim aqui para te ajudar.

— E eu odeio criticar, mas você podia conversar um pouco mais quando estiver perto de Logan — disse Hillary. — Não posso fazer tudo sozinha.

Hudson respirou fundo.

— Bem, eu realmente não quero que você mencione o álbum para as pessoas.

— Tudo bem, mas esses caras não saberiam quem é sua mãe nem se ela caísse em cima deles. São completamente nerds. O único canal de televisão que eles assistem é o Discovery Channel.

— E eu não vou cantar aqui. Sem chance.

— É karaokê! — disse Hillary, alto o suficiente para que Ben olhasse para elas. — Ninguém espera que alguém seja bom.

Hudson encontrou os olhos de Ben e ele, delicadamente, desviou o olhar. O grupo do sétimo ano tinha começado a se aproximar da beirada do palco. O primo de Hillary, Josh, o menino que estava celebrando o bar mitzvah, estava sendo empurrado para a frente da pista de dança. Hillary estava certa: o quão sério isso poderia ser?

— Eu canto se você cantar — desafiou ela.

Hillary bufou.

— *Claro* que eu vou cantar — disse ela. — Observe.

Com isso, ela libertou o braço e correu pela multidão.

— Eu vou! — gritou. — Eu vou! — Hillary quase derrubou seu próprio primo enquanto corria para o palco.

— Temos nossa primeira artista, pessoal! — gritou o vocalista com alegria no microfone. — Qual é o seu nome? — Ele inclinou o microfone para Hillary.

Hillary segurou o microfone.

— Hillary Victoria Crumple — disse ela, sem emoção. — Comece a primeira música. Cantarei qualquer coisa.

Hudson assistiu com espanto enquanto Hillary se posicionava no meio da luz branca e brilhante. Hudson não via esse tipo de confiança e naturalidade desde a última vez que tinha visto um show de sua mãe.

— Esta é dedicada ao meu primo Josh! — gritou Hillary no microfone. Um tempo depois, uma batida familiar começou a tocar.

— Ai Deus, não — disse Hudson baixinho. Ela sabia que música era e era a pior música que Hillary poderia ter escolhido. E quando Hillary começou a cantar no microfone com uma voz trêmula e esganiçada, o sangue de Hudson congelou.

I wanna hold'em like they do in Texas plays
*Fold'em let'em hit me raise it baby stay with me**

Ela olhou sorrateiramente para Ben e Logan, que não se mexiam. Os garotos na pista de dança pareciam sem fala de tão chocados. Mas isso não duraria. Logo estariam rindo, se não gargalhando. *Tenho que salvá-la*, Hudson pensou. *Antes que se torne um espetáculo pior do que me tornei no Silver Snowflake Ball.*

Ela começou a abrir caminho pela multidão. Alguns garotos já tinham começado a rir. Finalmente conseguiu chegar ao palco, bem a tempo de se juntar a Hillary para o refrão. Hudson jogou seu braço ao redor de Hillary e continuou cantando. Tudo em que pensava era em tentar abafar a voz de Hillary, ou, pelo menos, tentar fazer com que soasse como se estivesse no tom certo. Ela não ousou olhar para baixo.

Até que, ao final da canção, ela finalmente olhou, e viu que todo mundo estava dançando. Um homem de meia-idade com uma pança — o pai de alguém — estava ao lado de sua cadeira, batendo palmas sobre sua cabeça. Uma mulher idosa com cabelo branco fino dançou o twist na pista de dança. Até mesmo o irmão de Ben e seus amigos tinham parado de rir e estavam pulando no ritmo da batida.

---

* *Quero enganá-los como se faz em Texas / Dobrá-los e deixarem me bater, vamos lá querido, fique comigo (N.do E.)*

Hudson olhou para Hillary, que estava sorrindo como se dissesse, *Não é ótimo?*

Quando a música finalmente acabou, o vocalista pulou sobre elas com o microfone.

— Isso foi fan-TÁS-tico! Qual é o seu nome? — perguntou ele, inclinando o microfone em direção a Hudson.

— Hudson — disse ela, ainda sem fôlego.

— Vamos fazer barulho para Hudson e Hillary, pessoal! — gritou.

Todo mundo bateu palmas, assobiou e gritou. Hudson e Hillary juntaram seus braços e, sorrindo loucamente, se curvaram para agradecer.

— Isso foi incrível! — disse Hillary assim que pularam do palco. — Arrasamos!

Hudson sentiu alguém dar um tapinha no seu ombro. Ela se virou e viu Ben olhando para ela com um sorriso radiante e pasmo.

— Hillary estava certa — disse ele. — Sobre sua voz.

— Obrigada.

— Odeio quando ela está certa — brincou ele.

— Eu também — brincou ela de volta.

Ele passou a mão sobre o cabelo indomável.

— Então... isso pode ser um pouco repentino, mas... você estaria a fim de ser nossa vocalista?

Hudson piscou. *Sim*, uma voz dentro dela disse. *Diga sim.*

— Eu adoraria — disse ela.

— Legal. Venha amanhã para o ensaio. Por volta das duas. — Ele olhou para Hillary. — Aposto que Hillary vai querer que eu pague uma comissão ou algo assim.

Hillary se aproximou deles.

— O que está acontecendo? — perguntou Hillary.

— Hudson será a nossa vocalista — disse Ben. — Parece que você tem um olho para talentos, Hil.

— Hã, *óbvio* — disse Hillary.

Ben olhou para o palco, onde seu irmão estava tentando cantar uma música do Eminem. — Acho melhor eu ir lá. Antes que a garota que ele gosta nunca mais fale com ele.

Depois que ele fez um aceno esquisito para elas e foi na direção do palco, Hillary começou a pular.

— Deus, amo quando estou certa sobre alguma coisa — gritou. — Você será a vocalista deles!

— Mas eu não posso fazer isso — disse Hudson repentinamente em pânico. — Eu nem moro por aqui. Como eu serei a vocalista de uma banda de jazz? Aqui? Quando minha mãe mal me deixa sair do quarteirão?

Hillary sacudiu a cabeça.

— Não entende? É exatamente disso que precisa! Uma segunda chance para você fazer o que realmente quer fazer. E sua mãe não tem nada a ver com isso!

Hudson observou Ben no palco, apoiando seu irmão na música do Eminem. Os dois estavam tão patetas, que Hudson teve que sorrir. Cantar lá em cima tinha sido divertido e agora tinha um pressentimento de que estar em uma simples banda de escola talvez fosse ainda *mais* divertido. Ela não teria que se preocupar com shows, roupas ou aparições no *Saturday Night Live*. Música seria divertida novamente. E não era o que isso tudo deveria ser — divertido?

Ainda assim, tinha uma última coisa que precisava fazer. Ela correu de volta para sua mesa, pegou seu telefone da bolsa e escreveu uma rápida mensagem de texto.

Acabei de ser chamada para ser a vocalista de uma banda. Em Larchmont. Sim ou Não?

As respostas vieram logo em seguida, primeiro de Lizzie, depois de Carina:

SIM!!!

Com um sorriso espalhado pelo rosto, Hudson guardou o telefone e voltou para onde estava Hillary, na mesa de sobremesas, empilhando seu prato com cookies. Ela tinha certeza agora. Era o destino.

— Estou dentro — disse Hudson para ela. — Contanto que você não conte nada a Ben. Você sabe, sobre minha mãe.

Hillary olhou pra cima.

— Sem chance — disse ela. — E é melhor você me agradecer quando ganhar seu primeiro Grammy.

capítulo 14

Na manhã seguinte, Hudson se sentou na cama e esfregou os olhos. Ela dissera Ben que estaria de volta a Larchmont às 14h para o ensaio. Mas também tinha prometido à sua mãe que veria a tia Jenny hoje. *Oops*, pensou. E já eram nove horas.

Ela pegou seu iPhone e mandou uma mensagem de texto para sua tia.

Brunch às 11?

Um tempo depois, Jenny escreveu de volta:

Passe aqui. 421 E. Rua 76.

Ufa, Hudson pensou. Ela seria capaz de dar um jeito.

Tomou banho e se vestiu com o que chamava de seu figurino Princesa Urbana dos Anos 1970: uma calça de lã cinza apertada, um suéter grande demais de cashmira com gola drapeada e botas-plataforma *vintages*. Ela recuou as cortinas e olhou para fora para o céu azul sem nuvens. As calçadas estavam desertas — até mesmo o pedaço de calçada do outro lado da casa dela estava sem fotógrafos. Devia estar congelando lá fora. Hudson correu de volta para seu closet e pegou a capa preta grossa que tinha conseguido em Covent Garden durante a última turnê de sua mãe e a prendeu à sua garganta. Com sorte, esperava, não seria exagerado demais para Larchmont.

Quando abriu a porta do seu banheiro ficou surpresa ao encontrar uma grande sacola de compras esperando por ela. Havia um bilhete preso nas alças.

Querida, por favor, leve isto à Jenny. Acho que ela vai gostar.
Mamãe.

Hudson alcançou dentro da bolsa e puxou o presente para fora: uma manta branca grossa envolta com uma fita vermelha. Era exatamente como o que tinham na sala de estar. Felizmente Jenny não se lembraria. Sua mãe teve boas intenções, mas às vezes podia ser um pouco densa. Hudson a enfiou de volta na sacola.

Logo ela e Fernald estavam dirigindo em direção ao subúrbio. As poucas pessoas nas ruas estavam agasalhadas com cachecóis, envoltas até suas bocas e narizes e andavam com cabeças inclinadas no vento. Hillary tinha decidido passar a noite em Larchmont depois do bar mitzvah, logo Hudson iria por sua própria conta, o que significava que pegaria o trem sozinha.

No prédio de Jenny, Hudson pulou para fora do carro com a sacola de compras e o vento atingiu seu rosto como um bando de facas.

— Mando mensagem daqui a pouco! — gritou para Fernald com os olhos lacrimejando por causa do frio.

Ele acenou de volta para ela, confiando como sempre. Hudson sentiu uma pontada de culpa quando pensou em seu plano para iludi-lo mais tarde, mas a ignorou.

Do lado de fora e tremendo, pegou seu telefone e ligou para Carina.

— O que vai fazer hoje?

— Ficar dentro de casa, certamente — respondeu ela. — Está uns cinco graus negativos do lado de fora.

— Pode ir comigo para Larchmont para o primeiro ensaio da minha banda?

— *Larchmont*? — Houve uma longa pausa. — Hudson podia praticamente ver Carina mordendo o lábio, tentando não dizer não. — Claro — disse finalmente Carina. — Só me diz onde e quando.

— Grand Central, à uma hora da tarde. Nos encontramos embaixo do relógio. Vamos pegar o trem.

Depois chamou Lizzie, que topou logo.

— Contanto que estejamos de volta às cinco — disse Lizzie. — Estou tentando terminar uma história essa noite.

— Sem problemas. — Hudson desligou e foi em direção à porta de Jenny. Graças a Deus que tinha amigas.

O prédio de Jenny não tinha porteiro, apenas um interfone. Hudson apertou a campainha e alguns segundos depois a porta da frente destrancou com um apito alto. Ela empurrou, passando por um hall escuro e sujo, e depois passando por outro conjunto de portas. Não havia elevador, apenas escadas.

De cima, ouviu uma porta se abriu. — Estou aqui em cima! — gritou a voz de Jenny. — Quarto andar!

Hudson escalou as escadas e quando virou a esquina, levemente sem fôlego — suas botas-plataforma não facilitaram —, Jenny a estava esperando na porta.

— Ei, desconhecida! — disse ela, chamando-a para dentro. — Entre e se aqueça!

Jenny estava mais casual, com uma calça jeans rasgada, uma camiseta vermelha descolorida e um cardigã difuso estilo Mr. Rogers num tom pálido de um marrom amarelado. Hudson a abraçou e então entrou. O apartamento dela era pequeno, com apenas um quarto, mas, assim como o quarto de Hudson, era cheio de peças variadas: um lustre pequeno suspenso sobre uma mesa de fazenda com cadeiras de madeira clara, uma lâmpada Tiffany numa mesa de canto de pés finos e um tapete indiano vermelho e roxo lindo esticado no chão. Mas as duas janelas davam para uma parede de tijolos e era tão escuro dentro do apartamento que parecia ser noite.

— Não tive muito tempo para terminar de decorar — disse Jenny. — Tenho estado tão ocupada.

— Tudo bem — disse Hudson, olhando ao redor. — Na verdade, está bem legal aqui.

— Quer chá? — perguntou Jenny. — Consegui um Earl Grey maravilhoso numa pequena loja de chá em Marais. E tem uma padaria francesa aqui na esquina que faz croissants decentes. — Jenny colocou a chaleira para ferver, depois colocou os croissants num prato e os carregou para a mesa.

— O que é isso? — perguntou ela, apontando para a sacola de compras.

— É para você. Da mamãe.

Jenny olhou para Hudson desconfiada.

— O que é?

— Um presente para a casa nova — disse Hudson, entregando a ela.

Jenny alcançou dentro da sacola e tirou a manta deixando-a cair em toda a sua extensão. — Essa não é a que vocês têm na sala de estar?

— Sim — disse Hudson desajeitadamente. — Acho que ela pensou que você gostaria.

Jenny espalhou cuidadosamente a manta sobre as costas do seu sofá gasto estilo chique. — Bem, desta vez tenho que dar o braço a torcer. É lindo. Agradeça a ela por mim.

— Acho que ela está se sentindo mal por causa do Natal — disse Hudson.

— Eu também — disse Jenny. A chaleira começou a ferver, então ela deslizou para a cozinha minúscula e desligou o gás. — Digo a mim mesma toda vez para não perder a cabeça, mas às vezes é impossível ficar perto dela. Você estava lá. Você viu. — Ela derramou a água em duas canecas. — Ela simplesmente faz isso comigo.

E comigo também, Hudson pensou.

— Acho que ela só se preocupa com você.

— Eu sei, mas gosto da minha vida. Eu sou feliz — disse ela, levando as canecas de chá para a mesa.

— Acho que ela só sente que você está um pouco... — Hudson deixou sua voz sumir, ciente de que se encontrava em território perigoso.

— Perdida? — disse Jenny com um sorriso. — Olha, eu sei que não tenho a disciplina de Holla. Dificilmente alguém tem. Mas acho que me viro bem. — Elas se sentaram e Jenny mexeu seu chá, divagando. — Ela sempre quis ser famosa. Sempre foi o negócio dela. Já te contei isso?

Hudson sacudiu a cabeça.

— Ela até falava dela na terceira pessoa. Ela se entrevistava, fingia que estava na Barbara Walters ou algo assim. — Jenny sorriu enquanto mergulhava e tirava seu saquinho de chá da caneca. — Eu me lembro do dia em que ela ganhou seu primeiro show de talentos. Eu tinha 6 anos e ela 11. Ela cantou e dançou uma música da Madonna. Foi até melhor que a Madonna.

— Tenho certeza — disse Hudson, pegando o croissant.

— Eu simplesmente não era assim — acrescentou Jenny.

— Eu não precisava ser famosa. Eu gostava de dançar. Era boa nisso. Mas quando estraguei minha audição para a Martha Graham Company...

— O quê? Você estragou uma audição? — perguntou Hudson.

— Sim — disse Jenny, tomando um gole cuidadoso. — Simplesmente congelei. Esqueci minha coreografia. Treinei durante semanas e então, quando o momento chegou, fiquei lá, feito uma idiota, enquanto um monte de gente olhava para mim.

— Por que você congelou? — pressionou Hudson, apertando sua caneca.

— Não tenho certeza — disse Jenny melancolicamente. — Eu era tão envergonhada. Naquele ponto, Holla já era enorme. Já tinha ganhado seu primeiro Grammy. Tinha acabado de ter você. E lá estava eu, tentando seguir como dançarina. Era muita pressão.

Hudson mexeu seu chá, ouvindo.

— Quando Holla soube o que tinha acontecido, chamou a companhia e os convenceu a me dar uma nova chance.

— E conseguiu? — perguntou Hudson.

— Eu disse não — disse Jenny, olhando para sua caneca.

— Por quê?

— Porque não acho que eu realmente queria. E sabia que, acontecesse o que fosse, sempre seria comparada a ela. Como você se torna somente uma dançarina quando sua irmã mais velha é insanamente famosa? Entende o que quero dizer?

Hudson assentiu. Ela sabia exatamente o que Jenny queria dizer, mas não quis se manifestar.

— A mesma coisa aconteceu com seu pai — disse Jenny.

— Meu pai? — perguntou Hudson, com a curiosidade despertada.

Jenny parecia culpada.

— Imagino que não tenha ouvido muito sobre o que realmente aconteceu com ele — disse ela. — Mas eu também acho que ele não conseguiu lidar com isso. Com a fama da sua mãe. Sempre sendo conectado a alguém assim. E sua mãe não é, exatamente, uma pessoa muito fácil de lidar. Mas isso é outra história.

Hudson abaixou sua caneca.

— Você sabe onde ele está? — perguntou ela, olhando para a mesa, tentando soar casual.

Jenny sacudiu a cabeça.

— Ouvi dizer que ele esteve na Europa por um tempo, mas agora, não sei. Ele era o tipo de cara que gostava de ficar na dele.

Hudson deixou esse assunto se aprofundar em sua cabeça. Ela se perguntou se Jenny já o tinha visto.

— Dizer não para aquela audição foi a melhor decisão que já tomei.

— Mas você amava dançar — argumentou Hudson.

Jenny sorriu gentilmente para Hudson.

— Eu amo um monte de coisas diferentes. Sou de um signo de ar. E você, minha querida, é toda água. Muito criativa, muito sensível.

— Sim, até agora isso tem sido ótimo — disse Hudson ironicamente.

— Bem, não se surpreenda se terminar mais famosa que sua mãe. Eu te disse que estava no seu mapa, não disse?

Hudson deu um sorriso fraco.

— Pena que desisti do álbum.

— O quê? — perguntou Jenny. — O que aconteceu?

— A mesma coisa que aconteceu com você. Bem antes do Natal, eu deveria cantar neste baile enorme e congelei. Lá no palco. Na frente de trezentas pessoas.

— Sua mãe estava lá?

Hudson assentiu.

— O que ela fez? — perguntou Jenny, levemente horrorizada.

— Disse para todo mundo que tive uma intoxicação alimentar, o que você acha? — disse Hudson com um sorriso irônico. — Mas antes disso acontecer, ela estava me enlouquecendo. Eu estava fazendo *isso* errado, *aquilo* errado. Eu tinha que aprender todos aqueles movimentos de dança e cantar para aquela faixa. E antes disso ela fez meu produtor mudar toda a minha música. Para ela.

Jenny ouviu com um olhar sombrio no rosto.

— Então decidi simplesmente esquecer isso. Não vale a pena. Não importa o que eu fizer, nunca parecerá certo para ela. Ela quer que *eu* seja ela.

Jenny colocou sua mão no pulso de Hudson.

— Você pode ser quem você quiser, Hudson. — Seus olhos castanhos estavam suaves, mas também calejados, como se fosse uma companheira sobrevivente ou algo do tipo.

— Mas estive pensando. . e se eu entrasse em uma banda normal de colégio? Sem contrato de gravação. Sem data para shows. Sem promoção. Apenas fazer uns dois shows aqui e lá e improvisar. Apenas por diversão?

Jenny ergueu uma sobrancelha. Ela parecia sentir que isso não era exatamente hipotético.

— Diria que parece ótimo — disse ela. — Nem tudo tem que ser sério, sabe. É permitido se divertir na vida.

Hudson olhou para o relógio. Era quase meio-dia e meia. Ela precisava ir encontrar suas amigas na Grand Central.

— Tenho que ir. Disse às minhas amigas que as encontraria.

Jenny sorriu com ar conhecedor.

— Suas amigas ou sua banda?

Hudson sorriu de volta.

— Você deveria ir lá em casa algum dia. Minha mãe realmente se sente mal. Ela te ama. Ama mesmo.

Jenny revirou os olhos.

— Às vezes acho que simplesmente não fomos feitas para sermos amigas.

— Talvez a gente pudesse fazer uma pequena festa de aniversário para você mês que vem — disse Hudson, determinada. — Seu aniversário é 17 de fevereiro... que tal sábado à noite? Dia 21?

— Opa — disse Jenny, segurando sua mão. — Tem certeza de que é uma boa ideia?

— Claro — disse Hudson, levantando-se. — Tenho certeza de que ela vai querer fazer isso.

— Vamos ver — disse Jenny, dando um abraço de despedida na sobrinha. — Estou sempre aqui quando precisar, sabe. E parece que eu realmente ficarei aqui por um tempo. Então venha visitar sua tia maluca.

— Virei — disse Hudson enquanto partia.

No andar de baixo, no hall escuro, Hudson se lembrou do que tinha que fazer. Ligou para Fernald.

— Ei, Fernald, acho que ficarei aqui um tempo — disse alegremente. — Jenny me deixará em casa de táxi. — Seu coração acelerou com a mentira.

— Tudo bem, Hudson — disse antes de ela desligar.

Ela não tinha a menor ideia de como faria isso toda vez que tivesse ensaio, mas disse a si mesma que se preocuparia com isso mais tarde.

Capítulo 15

— Se meu pai me visse agora, surtaria — disse Carina, fixando-se no seu assento na frente de Hudson e puxando um cookie com gotas de chocolate de um saco marrom da Zaro. — Mas isso definitivamente é melhor que ficar lendo *Macbeth* o dia todo.

— Quando foi a última vez que estivemos num trem juntas? — disse Lizzie, tirando sua cópia maltratada de *Nove histórias* da bolsa.

— Sexto ano, excursão para Washington D.C. — disse Hudson. — Vocês se lembram quando Eli vomitou no carro?

Elas explodiram em gargalhadas quando uma campainha tocou e as portas se fecharam. Elas tinham escolhido um conjunto de quatro assentos que ficavam de frente um para o outro nos fundos do trem e Carina escorou seus tênis Chuck Taylors no assento de couro artificial quebrado ao lado de Hudson.

— Sim, eu lembro — disse Carina. — Caiu um pouco no meu pé.

— Eca! — gritou Lizzie.

O trem cambaleou para a frente e logo estavam rolando através de um túnel escuro. Hudson ainda não conseguia acreditar no que estavam fazendo, mas estar com suas amigas a deixou menos ansiosa.

— Muito obrigada por virem comigo, meninas — disse Hudson. — Quem diria que cantar no karaokê num bar mitzvah poderia ser tão cheio de acontecimentos?

— O que você cantou? — perguntou Lizzie, colocando seu livro de lado.

— Poker Face — disse Hudson. — Mas foi um dueto. Com a Hillary.

Carina amassou o saco de papel.

— *Hillary?* — perguntou ela. — A Hillary que está sempre te perseguindo?

— Ela não está sempre me perseguindo — disse Hudson.

— Estão ficando amigas agora? — perguntou Lizzie cautelosamente, olhando por cima do livro.

— Ela me chamou para sair e eu fui — disse Hudson. — Ela é um pouco esquisita, mas é na verdade bem legal.

— Ninguém com aquele tipo de mochila pode ser legal — disse Carina.

— Seja gentil, C — disse Lizzie, cutucando-a no braço.

De repente, o trem foi lançado do túnel para a luz do sol. Hudson olhou através da janela manchada. Elas estavam num trilho acima da Park Avenue, passando pelo Harlem. O céu sem nuvens reluzia um azul-claro esverdeado profundo e o sol brilhava nos para-brisas dos carros estacionados abaixo. Ela nunca tinha visto a cidade deste ângulo antes.

— Espere — disse Lizzie, puxando um cacho rebelde para trás da orelha. Um instante depois o cacho saltou de volta. — Os caras da banda sabem da sua mãe?

— Isso nunca veio à tona. E, enquanto não perguntarem, não vou contar a eles.

— Mas você não acha que eles vão descobrir? — perguntou Carina. — Você está nos tabloides, tipo, uma vez por mês.

— Esses caras não leem a US Weekly — disse Hudson. — Gostam de jazz e do Discovery Channel.

— Mas não precisam procurar por informação — disse Carina. — Tudo o que eles têm que fazer é ver uma foto sua em algum lugar...

— E então eu conto a eles — interrompeu Hudson. — Não é o fim do mundo se descobrirem. Mas, agora, é bom simplesmente não ser ninguém.

— E definitivamente não vai contar para a sua mãe — incitou Lizzie.

— Não. — Hudson brincou com seu colarinho drapeado. — Ela nunca entenderia por que eu escolheria uma banda de colégio no subúrbio em vez do Madison Square Garden.

— Esse cara é pelo menos bonito? — perguntou Carina. — Como ele é?

— Cabelo enrolado. Alto. Magro. Ele é bem legal.

— Está parecendo um nerd.

— Ele não é nerd — disse Hudson.

— E não tem nada de errado em ser nerd — disse Lizzie. — Todd é meio nerd.

— Todd definitivamente *não é* nerd — respondeu Hudson. — E como está Alex?

— Ah, descobri o aniversário dele — disse Carina. — É 24 de setembro.

— Um libriano — disse Hudson com aprovação. — É exatamente o que queremos. O ar dele equilibra com seu fogo.

— Queria que você descobrisse se ele é compatível com o meu pai — disse Carina. — Alex deve vir jantar com a gente semana que vem. E algo me diz que eles não vão compartilhar as mesmas opiniões sobre música e filmes com legendas.

— Nem espere que dê certo — interveio Lizzie. — Todd é educado, ele é escritor, chama as pessoas de "senhor" e meu pai ainda não sabe o seu nome. Ele o chama de Brad. É como se o tivesse bloqueado mentalmente ou algo assim.

— É tão engraçado; acho que minha mãe amaria se eu saísse com alguém — disse Hudson bocejando. — Desse jeito, ela poderia me dizer como fazer isso também.

Lizzie e Carina riram.

Enquanto cruzavam a ponte em direção ao Bronx, Hudson começou a se sentir sonolenta por causa do balanço suave do trem. Um curto tempo depois, Hudson sentiu o pé de Lizzie cutucar sua perna. Ela abriu os olhos e viu árvores nuas, linhas de energia e um campanário da igreja passar zunindo pela janela.

— Acho que temos que saltar no próximo ponto — disse Lizzie enquanto Carina esfregava os olhos.

O trem começou a desacelerar e elas passaram por uma placa branca que dizia LARCHMONT em letras pretas grandes. Algum tempo depois, pararam.

— Vamos — disse Hudson, levantando-se. As portas se abriram e elas pisaram na plataforma enquanto uma rajada de vento se infiltrava por debaixo de sua capa. — Hillary me deu as direções. Disse que é uma caminhada rápida.

— Ai, não — disse Carina, indo em direção à fila de táxis pretos esperando na plataforma. — Aqui talvez seja o subúrbio, mas ainda vamos pegar um táxi.

Elas entraram num táxi, deram o endereço ao motorista e arrancaram do estacionamento da estação de trem. Logo, viraram na rua principal pitoresca com um cinema num estilo antiquado e uma barbearia.

— Esse lugar é tão fofo — disse Hudson. — Vocês se imaginam vivendo aqui?

— É calmo demais — disse Carina abruptamente.

— Nossas vidas seriam tão diferentes — disse Lizzie. — Teríamos que aprender a dirigir. E ir para uma escola com time de futebol. E teriam líderes de torcida.

— Líderes de torcida — disse Hudson, tentando imaginar.

— Já pensaram que nos tornaríamos totalmente esquisitas, crescendo na cidade? Sem dirigir, sem ir a jogos de futebol e coisas assim?

— Acho que se nos tornarmos totalmente esquisitas será por outras razões — disse Lizzie.

Elas viraram saindo da rua principal e entrando numa rua de meio de bairro.

— Espero que não seja o *Silver Snowflake Ball*, a Continuação — disse Hudson.

— Mas você sabe se essa banda é boa? — perguntou Lizzie. — Você é tão talentosa, H. Seria bom saber se eles estão no seu nível.

— Você está parecendo a minha mãe — disse Hudson.

— Não, sério — disse Carina. — Como sabemos se esses garotos sequer sabem tocar?

— Bem, acho que descobriremos — disse Hudson.

Elas passaram por várias casas de três andares, a maioria vitoriana, até virarem em um caminho de cascalho. Os restos semiderretidos de um boneco de neve jaziam no gramado da frente. Para além dele, estava uma casa de telha vitoriana.

Parecia velha e amigável. Um Ford Windstar estava estacionado na entrada da garagem. Algumas bicicletas estavam deitadas de lado na neve.

Elas pagaram o motorista e subiram as escadas da casa.

— Conseguem imaginar ter um gramado na frente de casa? — perguntou Carina num sussurro enquanto Hudson tocava a campainha.

— Você tem, tipo, três — disse Lizzie.

— Quero dizer, o tempo *todo* — disse Carina.

Hillary abriu a porta da frente. Estava usando uma calça jeans e um suéter azul-marinho espantosamente suave. Era a primeira vez que Hudson via Hillary usando calça. E um suéter que não era de uma cor cegamente brilhante.

— Ah, ei — disse Hillary, piscando seus olhos verdes-amarelados. — Não sabia que vinham todas vocês.

— Pedi a elas para virem e me dar apoio moral — disse Hudson — Você conhece Lizzie e Carina. Vocês se lembram da Hillary.

Enquanto pisavam dentro da casa, murmuraram saudações.

— Todo mundo está lá embaixo no porão — disse Hillary, conduzindo-as e passando por um banco cheio de casacos, cachecóis e luvas. Hudson ouviu o chiado e as batidas distantes de uma secadora de roupa e, no andar de cima, o ressoar abafado de uma TV. Hillary puxou Hudson de lado. — Logan e eu temos nos falando esse tempo *todo* — sussurrou animada no ouvido dela.

— Isso é ótimo! — disse Hudson encorajando.

— Realmente sinto que ele está *prestes* a me chamar para sair — disse Hillary animada. — Devo pensar numa data ou deixo por conta dele?

— Acho que devemos deixá-lo decidir — disse Hudson. — Aliás, você está bem bonita.

— Obrigada. Vocês querem comer alguma coisa? — perguntou Hillary para as amigas dela com uma voz mais alta.

— Claro — disse Carina, indo direto em direção à geladeira e a abrindo. — Isso são enchiladas? — perguntou ela, pegando um Tupperware da geladeira. — Maravilha.

— C, coloque isso de volta — disse Lizzie.

— Não, ela pode pegar — disse uma voz, e Hudson se virou e viu Ben entrar na cozinha. De primeira, Hudson mal o reconheceu. Ele estava tão diferente do dia anterior. Então, ela percebeu que ele estava usando roupas do tamanho certo: calça jeans escura, uma camiseta preta que dizia STOP THE ROBOTS, e um par de óculos com aros de metal que eram um pouco quadrados demais para serem legais. — Ei, Hudson — disse ele timidamente. — Bonita... capa.

— Ei, Ben — disse Hudson. — Essas são minhas amigas Carina e Lizzie. Elas vieram comigo para... bem, porque não conheciam Larchmont. — Ela rapidamente desabotoou sua capa e a tirou.

— Ah, ei — disse Ben, sacudindo estranhamente suas mãos. — Prazer em conhecê-las.

Hudson observou Carina e Lizzie analisando-o. Lizzie era sempre educada, mas, às vezes, Carina podia demorar a ser.

— Prazer em conhecê-lo também — disse Lizzie.

— Tem certeza de que posso comê-las? — perguntou Carina, tirando a tampa do Tupperware.

— Ah, claro. Minha mãe ficará lisonjeada. Alguém quer beber alguma coisa? — perguntou ele.

— Água seria ótimo — disse Hudson. Ela tentou imaginar sua mãe fazendo enchiladas, e com queijo de verdade. Era impossível.

— Então, me deixe perguntar a você uma coisa, Ben — disse Carina cruzando os braços e se afastando do Tupperware. — Quais são *exatamente* seus planos para essa banda? — Ela soava exatamente como no dia que se enfiaram no estúdio de fotografia de Andrea Sidwell para saber mais sobre as oportunidades de Lizzie como modelo.

— Minhas amigas são um pouco protetoras — explicou Hudson.

— Não, eu entendo — disse Ben, indo em direção à pia para pegar o copo de água de Hudson. — Eu te vi cantar. Você não quer ficar por perto de um monte de peso inútil. — Ele sorriu e puxou seus óculos para cima no nariz. — Bem, nós, definitivamente, não somos pesos inúteis.

— Não, não é isso — disse Hudson, sentindo o rosto esquentar.

— Eu acho, Marina...

— É *Ca*-rina — interrompeu Carina.

— Carina, eu amo jazz — disse ele. — Você gosta de jazz?

— Ah, não — disse Carina decisivamente. — Mas Hudson gosta. Na verdade, ela tem seu próprio estilo e é único. Como um cruzamento de Nina... — Carina se voltou para Hudson. — Nina *o quê*?

— Nina Simone — disse Hudson. — Nina Simone e Abbey Lincoln. E um pouco de Julie London.

— E Lady Gaga — disse Ben, com um sorriso. — Vamos descer para o porão. É onde tocamos. E você pode ver por si mesma se alcançamos os seus padrões. — Assim que ele saiu da cozinha, tropeçou em um cabo de vassoura, mas conseguiu se equilibrar.

Hudson viu Carina quase rir.

— Seja gentil — sussurrou.

— Eu sou! — sussurrou de volta Carina.

Hillary os acompanhou.

— Logan está bem bonito hoje — sussurrou para Hudson.

— E falamos durante, tipo, três minutos inteiros.

— Então tenho certeza de que ele está a fim de você, Hil — disse Hudson.

Hillary enrugou o nariz.

— Tem certeza de que estou bonita? Acha que pareço entediante? — perguntou ela, puxando seu suéter.

— Acho que está perfeita — disse Hudson, e Hillary ficou radiante. — Muito agnès b.

— Quem é agnès b.? — perguntou Hillary.

— Ah, só... ninguém — disse Hudson, sabendo que, provavelmente, Hillary não tinha ouvido falar da designer francesa superinfluente dos anos 1980. — Então, vocês escolheram um nome? — perguntou Hudson a Ben enquanto ela o seguia por um corredor nos fundos.

— Agora somos as Aberrações Gélidas — disse Ben. — Mas isso é temporário.

Graças a Deus, Hudson pensou. Ela, Carina e Lizzie dispararam olhares umas às outras.

— E tenho que contar, os outros caras não são *malucos* — disse ele, olhando por cima do ombro. —, mas são um pouco esquisitos. Eles sabiam que precisávamos de alguém no piano, mas não sabiam que teríamos uma vocalista. Falei um pouco cedo demais.

Hudson lançou um olhar nervoso para suas amigas.

— Mas não se preocupe. Vamos tocar uma de suas canções — disse ele, empurrando novamente seus óculos. — E se for boa como Hillary diz que é, então ótimo.

— Sem problema — disse alegremente. Então seria mais como uma audição, afinal de contas. Nesse caso, ela estava mais do que feliz de ter trazido suas amigas.

Então, Ben abriu a porta para as escadas do porão e ela ouviu a música. Ou, pelo menos, o que soava como música. Alguém estava batendo sem piedade na bateria enquanto um saxofone gemia e trinava sobre a batida. Hudson sabia que deveria ser o tipo de "jazz de cafeteria" agitado e com forma livre ao qual Hillary tinha se referido no bar mitzvah. Mas não era nem isso. Era somente barulho.

— Eita — disse Lizzie baixinho.

— Ai, Deus — sussurrou Carina. — É *este* tipo de jazz?

— Aguentem, meninas — disse Hudson, enquanto desciam as escadas atrás de Ben. Mas sentiu que algo dentro dela esvaziou e afundou no chão. As Aberrações Gélidas definitivamente não eram a banda de estúdio com quem ela estava acostumada a gravar seu álbum.

Eles chegaram ao final das escadas e entraram no porão, que tinha sido transformado numa sala de gravação antiquada. Havia uma mesa de pingue-pongue, uma geladeira, um piano de armário e um sofá xadrez marrom e cor-de-rosa de frente para uma TV antiga acoplada na parede. Painéis acústicos marrons cobriam as paredes. E no canto estavam os outros integrantes das Aberrações Gélidas — Logan, sentado numa cadeira dobrável de plástico, tocando seu sax, e, atrás dele, um garoto sardento com cabelo vermelho brilhante esmurrando sua bateria. Hudson quase teve que tapar suas orelhas.

— Ei pessoal, Hudson está aqui — disse Ben, acenando para que os dois parassem. — Hudson, você conhece Logan. E esse é o Gordie — disse ele, acenando para o cara de cabelos vermelhos na bateria. — Essas são as amigas de Hudson, Marina e...

— Lizzie — disse Lizzie.

— E é *Ca-rina* — disse Carina.

— Oi, pessoal — disse Hudson, acenando.

Ben se virou para olhar para ela.

— Espere. Qual você disse que era o seu sobrenome?

Hudson pensou rápido. Jones poderia ser um sobrenome mais comum e, pelo o que Hillary tinha falado de Ben e seus amigos, provavelmente não fariam a conexão com Holla se simplesmente dissesse a verdade.

— Jones — disse ela.

— Hudson Jones — disse Ben, sem reconhecer. — Então, pessoal, Hudson escreve suas próprias músicas. Certo, Hudson?

— Sim — disse ela, sentindo seu coração começar a acelerar. E se eles não gostassem da sua música? Percebeu Logan olhando-a com uma expressão bem diferente da do dia anterior; ele parecia estar franzindo a testa.

Ben apontou para o piano de armário.

— Vá em frente — disse ele. — Toque uma de suas músicas e nos juntaremos.

Hudson olhou para suas amigas. Isso definitivamente era uma audição. Carina levantou um pouco o polegar enquanto se sentava no sofá. Lizzie piscou para ela.

— Tudo bem — disse Hudson, engolindo em seco.

Eu consigo fazer isso, pensou ao se sentar no banco velho e barulhento do piano. Ela tocou em uma das teclas. O piano estava horrivelmente desafinado.

— Quando estiver pronta — disse Ben. — Vai nessa!

Hudson olhou para as teclas. Seu coração estava batendo no peito como se estivesse prestes a correr uma maratona. Isso não era como pular no palco com Hillary e cantar uma música boba de karaokê. Isso era de verdade. Deveria ser bom. Ainda por cima, podia praticamente sentir a carranca de Logan fervendo atrás dela. *Farei esse cara gostar da minha música*, pensou. *A qualquer custo.*

— Tudo bem, essa música se chama "Batida do Coração" — disse ela. Seus dedos encontraram os acordes familiares no piano. *Vá em frente*, pensou. *Cante a primeira frase. É só o que precisa fazer.*

Sua voz oscilou no início. Ela não tinha tentado cantar essa música desde o *Silver Snowflake Ball*. Por um segundo, estava de volta lá, no palco, em frente a todas aquelas pessoas, sabendo que sua mãe estava a apenas alguns metros atrás dela nos bastidores, assistindo...

E então se lembrou. *Ninguém sabe quem sou.* Alguma coisa dentro dela se abriu, como um portão sendo destrancado. Ela cantou as primeiras duas frases.

I love the way you talk to me on the line
I love the way you tell me that you're mine*

Antes que percebesse, estava cantando do mesmo jeito que tinha cantado no dia em que a escrevera, lentamente, apaixonadamente e, como uma névoa, deixando sua voz envolver cada sílaba.

E então Ben começou a tocar seu baixo — *tum tum tum tum* — ajustando o ritmo perfeito. Ele era bom. Ela pôde notar na hora.

---

* *Amo o jeito que fala comigo sinceramente / Amo o jeito que me diz que é meu (N. do E.)*

Então, Gordie começou a tocar a bateria, nada muito pesado ou disperso, apenas seguindo a condução de Ben.

Depois, na ponte, Logan assoprou seu sax, fazendo Hudson pular. Estava muito alto e por todo lugar, como uma sirene frenética.

Quando terminou, ela permaneceu sentada olhando as teclas por um tempo, estabelecendo-se. Terminar uma música era sempre um pouco como sair de um transe — o tempo iria saltar para frente novamente e iria, repentinamente, tomando ciência do que estava à sua volta. A sala estava assustadoramente quieta. Isso normalmente significava uma das duas coisas: As pessoas tinham amado a música ou a odiado.

Ela se virou. Gordie estava sentado com umas das mãos ainda tocando o prato, sorrindo levemente. Ben tinha descansado seu baixo no chão e piscava ativamente atrás de seus óculos, com seu pomo de Adão pulando para cima e para baixo. Até Logan parecia parcialmente impressionado enquanto embalava seu sax. Carina e Lizzie estavam sentadas no sofá, apertando as mãos uma da outra. Até mesmo Hillary, encostada na parede, parecia tocada.

— Você realmente escreveu isso? — perguntou Ben finalmente.

— Com certeza — declarou Carina do seu lugar no sofá.

— Uau — disse Ben. — Pode nos dar um minuto? — Ele olhou para os seus colegas de banda.

— Claro. — Hudson praticamente saltou. — Vamos lá para cima.

Hudson subiu dois degraus por vez com Hillary, Lizzie e Carina atrás dela.

— Eu sabia! — disse Hillary quando chegaram ao andar de cima. — Você os deixou de queixo caído!

— Sério? — perguntou Hudson.
— Você *arrasou*! — disse Carina, abraçando Hudson.
— Foi incrível — disse Lizzie. — Tive calafrios.
— Eles com certeza vão te querer — disse Hillary.
— Vocês acham? — perguntou Hudson.
Hillary assentiu.
Pela primeira vez, Hudson percebeu que ela não só queria ser a vocalista das Aberrações Gélidas. Ela precisava ser.
Foi quando ouviram o ranger dos pés de Ben nas escadas.
— Hudson? — chamou ele. — Pode vir aqui embaixo.
Hudson e Hillary trocaram um olhar de preocupação.
— Vai — disse Hillary, golpeando-a no braço.
Hudson desceu de volta os degraus, Os Aberrações Gélidas tinham se reunido no sofá xadrez. Gordie estava sorrindo, mas os olhos de Logan estavam na TV muda.
— Então — começou Ben, sorrindo — pode vir ensaiar na quarta-feira? Por volta das quatro e meia?
— Sério? — gritou ela, saltando para cima e para baixo.
— Sim, posso com certeza!
— Tudo bem, então — disse Ben. Ele se levantou e estendeu a mão. — Bem-vinda aos Aberrações Gélidas.
Ela apertou a mão dele, se despediu e subiu de volta à cozinha, sem nem sentir os degraus embaixo de seus pés. Ela havia cantado aquela música na frente de estranhos e eles a haviam amado. Tinham gostado tanto que a convidaram — de verdade, desta vez — para fazer parte da banda deles.
Ela se despediu de Hillary, agradecendo por tudo, e então ela, Lizzie e Carina saíram pela entrada da garagem de cascalho no frio congelante, onde esperaram por um táxi que tinham chamado.
— Você conseguiu! — gritou Carina. — Como se sente?

— Não sei por que, mas estou mais feliz com isso do que estava com meu álbum — disse Hudson. — Não é esquisito?

— Talvez fosse isso que deveria ter feito durante esse tempo todo — disse Lizzie enquanto um carro verde brilhante virava na entrada da garagem. — Talvez isso seja mais divertido que seu álbum.

— Talvez — disse Hudson. — Mas, primeiro, eu realmente preciso mudar o nome deles.

Capítulo 16

Naquela noite, Hudson se sentou à mesa da cozinha, comendo um prato de dentes-de-leão cozidos e se sentindo tonta. Ela era a vocalista de uma *banda*. *De fora* da cidade. Tinha uma vida toda nova. Uma vida da qual sua mãe não tinha pista. Hudson olhou para Holla, que estava do outro lado da cozinha dando uma lista de ordens para Sophie. Ela quase sentia uma pontada de culpa, mas era inegável que isso também era emocionante.

— Diga a eles que quero estar no resultado final da audição — disse Holla, puxando seu cabelo suado em um rabo de cavalo. Ela bocejou levemente na mão. — A última vez que deixei Howard fazer isso, ele escolheu os dançarinos mais preguiçosos que já vi.

— Pode deixar — disse Sophie.

— Por que isso é tão difícil? — resmungou Holla. — Por que tenho que fazer tudo eu mesma o tempo todo?

Sophie olhou para ela, mordendo os lábios grossos.

— Não tenho certeza — disse ela impotente.

— É isso até amanhã — disse Holla, virando-se para a mesa da cozinha. — Pode ir para casa agora.

— Obrigada, Holla — sussurrou Sophie enquanto começava a recolher suas coisas da mesa do computador. Até agora, Sophie parecia estar lidando bem com as demandas exigentes de Holla, mas Hudson tinha certeza de que ela não duraria até a primavera. A maioria dos assistentes de Holla se demitiu — ou foi despedida — depois de três meses.

Holla andou até a mesa da cozinha e deslizou numa cadeira. Embora Hudson pudesse notar que ela estava exausta, a postura de sua mãe era perfeita. Lorraine colocou um prato quente de papa de verduras na frente dela.

— É sempre a mesma coisa, toda turnê — disse Holla para Hudson. — Todos esses dramas de última hora. Você vem comigo este verão, certo?

— Aham — disse Hudson. Era estranho sua mãe perguntar, já que era isso que fazia toda vez.

— Então, querida, como estava Jenny? — perguntou Holla. — E, por favor, sente-se direito.

— Jenny estava ótima — respondeu Hudson se endireitando. — Ela amou a manta.

— Sério? — perguntou Holla e Hudson pôde notar o interesse repentino em seus olhos. — Vocês passaram um bom tempo juntas. Que horas você voltou? Cinco e meia?

Hudson se lembrou de sua mentira para Fernald.

— Você sabe, acho que ela se sente muito mal com a briga que vocês tiveram — disse ela, ignorando a pergunta de Holla.

— Ela se sente? — perguntou Holla, largando seu garfo. — O que ela disse?

— Só que... bem, se sente mal — improvisou Hudson. — Acho que deveríamos fazer algo legal para ela. Só para que ela saiba que não existe ressentimento.

Holla abriu o zíper de seu casaco de malhar.

— Eu fiz um monte de coisas legais para ela, querida. Só faz as coisas piorarem.

— Eu sei, mas quem sabe dessa vez pudéssemos fazer algo para realmente lhe mostrar que somos sua família — disse Hudson. — Como dar uma festa de aniversário a ela. Convidar os amigos dela. Podia ser uma festa para comemorar seu retorno a Nova York. Talvez assim, ela pare de fugir o tempo todo.

Sua mãe mastigou a comida lentamente, considerando.

— Onde?

— Que tal aqui?

— *Aqui*? — perguntou Holla. — Por que tem que ser aqui?

— Não tem — disse Hudson. — Só que seria mais pessoal dessa forma.

Holla tomou um gole do seu copo de água de coco.

— Ela me odeia? — perguntou de repente, o espaço entre suas sobrancelhas se enrugou e seus lábios se contraíram. — Apenas me conte a verdade. Posso lidar com ela. Jenny me odeia?

— Ela não te odeia, mãe.

— Porque eu prometi à vovó que iria cuidar dela, que iria tomar conta dela — disse Holla com seus olhos ficando úmidos e brilhantes. — Todos nós sabíamos que ela era selvagem. E talvez eu tenha deixado isso pior, sendo tão bem-sucedida, tão rapidamente... Talvez seja minha culpa...

Hudson tocou no braço de sua mãe.

— Está tudo bem. Ela é sua irmã. Ela te ama. — Hudson a tranquilizou.

Holla afagou a mão de Hudson e, num piscar de olhos, o momento de insegurança passou. Seu rosto endureceu novamente, não muito, e pegou seu garfo.

— Então, vamos planejar a festa. Mas você tem que garantir que ela concorda com isso. Se eu propor isso a ela, ela dirá não.

— Tudo bem. — Hudson empurrou sua comida pelo prato. — E se eu for à casa dela e ficar com ela novamente? Tipo, quarta-feira à tarde? — Era um álibi perfeito para o dia de seu ensaio em Larchmont.

— Claro. E eu gostaria que você fosse ao estúdio essa semana e me dissesse o que acha. Da sua música.

Hudson parou de empurrar um amontoado de dentes-de-leão pelo prato.

— Tudo bem — disse Hudson, surpresa demais para dizer qualquer outra coisa. — Vamos na quinta-feira.

— Fechado na quinta-feira então — disse Holla. — E, querida, sente-se direito.

*

No dia seguinte, Hudson estava saindo da aula de geometria quando a Srta. Evanevski disse:

— Hudson? Pode esperar um minuto?

Hudson lançou um olhar para Lizzie e Carina dizendo *Não é nada demais, encontro vocês em um segundo* e girou.

— Tem alguma coisa errada?

— Só queria falar sobre seu teste da semana passada — disse a Srta. Evanevski. A professora de geometria era alta e de aparência frágil, com um queixo pontudo e uma expressão de decepção permanente, o que intensificou quando disse: — Fiquei um pouco preocupada ao ver sua nota.

— Eu sei — disse ela. — Me desculpe.
— Você precisa de ajuda extra? — A Srta. Evanevski se sentou em sua cadeira. — Ficarei feliz em encaminhá-la a um professor particular.
— Foi só aquela vez — explicou Hudson.
A Srta. Evanevski franziu a testa.
— Eu só deveria informar seus pais se tirasse menos que C menos num teste — disse ela. — Mas isso é tão atípico seu, Hudson, que estou tentada a chamar sua mãe de qualquer forma.
— Por favor, não — disse Hudson. — Acredite em mim, não acontecerá novamente.
A Srta. Evanevski pegou uma caneta vermelha e começou a espalhar pilhas de testes em sua mesa.
— Por que tem tanta certeza?
— Porque eu decidi não estudar para esse teste, meio como um experimento — disse Hudson, antes de perceber como isso soava.
A Srta. Evanevski franziu as sobrancelhas.
— Experimento?
— Bem — disse Hudson —, faz parte da minha orientação pessoal.
— Sua o quê? — perguntou a Srta. Evanevski, alarmada. — Você está fazendo orientação pessoal? Seus pais estão cientes disso?
— Por favor — suplicou Hudson. — Realmente não é nada demais. Esqueça que eu disse alguma coisa. Prometo que estudarei da próxima vez. Você sabe que eu sempre estudo.
O som de passos atrás dela fez com que Hudson se virasse, e na soleira, estava Ava Elting. Pelo sorriso convencido no rosto dela, Hudson sabia que ela tinha ouvido a conversa inteira.

— Ah, me desculpem — disse Ava, escondendo um de seus cachos ruivos atrás da orelha.

— Não, terminamos, Ava. O que foi? — disse a Srta. Evanevski, acenando para que entrasse na sala de aula.

Hudson se dirigiu para o corredor com o rosto fervendo. Claro que Ava Elting tinha ouvido. Ela repassou tudo que tinha acabado de dizer na frente da Srta. Evanevski. O C mais em seu teste. A orientação pessoal. Era difícil saber o qual era a parte mais constrangedora. Os dois eram munição suficiente para manter Ava ocupada por semanas. Enquanto Hudson passava por ela, olhou para frente e desviou os olhos.

Ela acelerou pelo corredor para a aula de história e se sentou perto de Carina, Lizzie e Todd.

— O que houve? — perguntou Lizzie.

— Tirei um C mais no nosso último teste — disse Hudson —, e agora acho que Ava Elting sabe que tenho uma orientadora pessoal.

— Ai, não — sussurrou Carina.

Não demorou muito para que Ava espalhasse essa nova fofoca. Quando Ava entrou na aula de história, sentou-se bem atrás de Hudson.

— Então, está tudo bem? Não consegui deixar de ouvir que você está vendo um orientador pessoal — falou pausadamente, fazendo o estômago de Hudson revirar.

— Aham — disse Hudson por sobre o ombro, segurando a respiração.

— Estou tãããão surpresa — continuou Ava. — Sempre pensei que você fosse tão emocionalmente estável. Pelo menos, parecia assim. Mas acho que nada é como parece, não é?

Hudson congelou. Pelo canto de olho, podia ver Carina e Lizzie ouvindo também.

— Só quero que saiba que estou sempre, sempre aqui, se precisar — disse Ava. — Não ia querer que você terminasse no *E! True Hollywood Story*

Hudson se virou.

— Você não tem coisas mais importantes e interessantes para pensar do que a *minha* vida? — perguntou ela.

Ava piscou seus olhos castanhos grandes como se não conseguisse acreditar no que tinha acabado de ouvir.

— Hã, *sim* — disse finalmente com seu sorriso famoso. Ela jogou um pouco do seu cabelo ruivo sobre os ombros enquanto se levantava. — Só estava tentando ser legal. — Então, andou em direção à outra cadeira vazia enquanto o Sr. Weatherly se sentava na ponta da sua mesa.

— Tudo bem, pessoal! Quem quer falar sobre Alexandre, o Grande?

O coração de Hudson socava em seu peito; não conseguia acreditar no que tinha acabado de falar. Carina cutucou o braço de Hudson.

— *Você é a minha nova heroína* — sussurrou.

Hudson sabia que as coisas com Ava provavelmente não tinham acabado. Mas finalmente tinha dito exatamente o que estava em sua mente. Talvez ficar com raiva ocasionalmente não fosse uma coisa tão ruim. Principalmente se isso significasse fazer com que Ava Elting se levantasse e trocasse de lugar na sala. Talvez Hudson nunca fosse ter uma vadia interior. Mas conseguiu se defender quando chegou a hora e era isso o que realmente importava.

Capítulo 17

Hudson se encostou no assento de vinil com sua mochila no colo e sentiu as rodas do trem das 15h35 rolarem embaixo dela. Ela havia dito a Fernald para deixá-la na casa de Jenny direto da escola, e assim que ele foi embora dirigindo, ela pegou o metrô para a Grand Central. Saltou a bordo bem a tempo e conseguiu um assento de três lugares, todos para ela. Olhando para os assentos rachados, desejou que Hillary, Lizzie ou Carina tivessem podido vir. Esta noite seria somente ela e as Aberrações Gélidas. *Nota*, pensou. *Preciso mudar o nome.*

Em Larchmont, ela saltou do trem e entrou em um táxi. Quando eles pararam na estrada de cascalho na casa de Ben, Hudson percebeu que havia mais carros na entrada da garagem desta vez — um carro marrom dilapidado e um Saab verde-floresta. Duas bicicletas estavam deitadas ao lado deles, perto dos degraus que levavam à porta da frente. Deviam ser de Logan e de Gordie, presumiu. Ela esperava que Logan não continuasse agindo estranhamente. Ela tentaria pensar em alguma coisa para fazer ou dizer para que ele gostasse dela, mas as coisas nas quais tinha pensado — trazer biscoitos ou talvez conseguir um certificado do iTunes de presente para ele — pareciam um pouco desesperadas.

Ela pagou ao motorista, então subiu os degraus e tocou a campainha. A porta se abriu e Hudson foi saudada por uma mulher com seus quarenta e poucos anos. Seus cabelos castanhos caíam suavemente em camadas sobre os ombros e os olhos eram grandes e castanhos como os de Ben.

— Sra. Geyer? — perguntou Hudson, lembrando-se da mãe de Ben do bar mitzvah.

— Pode me chamar de Patty — disse ela, estendendo a mão. — Entre, Hudson.

Hudson balançou a mão.

— É bom ver você de novo — disse ela.

— Pode deixar seu casaco ali — disse a Sra. Geyer, apontando para o banco na entrada, que estava novamente coberto de casacos e cachecóis. — Quer um chocolate quente? Alguma coisa para aquecer?

— Chocolate quente seria ótimo — disse Hudson, seguindo-a até a cozinha.

— Espero que goste de instantâneo — disse a Sra. Geyer, colocando uma chaleira no fogão. — Sei que não devia estar tomando coisas assim, mas às vezes é tão mais fácil.

— Sim, eu sei — disse Hudson. Ela achava que sua mãe nem tinha chocolate Hershey's em casa, muito menos Swiss Miss instantâneo.

— Sabe, eu te vi cantando com Hillary — disse ela. — Você é realmente muito talentosa.

— Obrigada — disse Hudson.

— E tem algo tão familiar em você — disse a Sra. Geyer.
— Talvez seja sua voz. Mas você me lembra alguém. — Ela sacudiu a cabeça e encolheu os ombros. — Então, você mora na cidade?

— Sim — disse Hudson, começando a ficar nervosa. Ela examinou a cozinha procurando por uma *US Weekly* ou *Life & Style* colocadas de lado. Mas antes que a Sra. Geyer pudesse perguntar-lhe algo mais, Ben entrou na cozinha. Ou melhor, tropeçou para dentro da cozinha, em um taco de hóquei que estava diagonalmente no chão.

— Ah, ei, Hudson — disse ele, segurando numa cadeira para se firmar.

— Querido — disse a Sra. Geyer.

— Boas notícias — disse Ben, endireitando-se. — Temos nosso primeiro show. Esta sexta-feira à noite.

— *Esta* sexta-feira? — perguntou Hudson.

— Bem, não é realmente um show — disse Ben, tirando seus óculos e soprando-os para limpá-los. — É a festa de aniversário da minha amiga. Eu disse a eles que tocaríamos nela. É na casa dela.

— Ellie vai *amar* vocês — disse a Sra. Geyer, entregando a Hudson uma caneca de Swiss Miss.

— Tem certeza de que estamos prontos para isso? — perguntou Hudson enquanto seguia Ben pelas escadas em direção ao porão. — Mal tivemos um ensaio.

— Sim, será ótimo — disse Ben casualmente. — Não se preocupe.

— Tudo bem — disse ela, sem estar convencida. Ele talvez não estivesse preocupado, mas ela estava. E quem era Ellie?

Quando chegou ao porão, percebeu que o show ia acontecer bem mais cedo do que sexta-feira — estava prestes a acontecer agora. Lá, largados no sofá xadrez marrom e cor-de-rosa e sentados com as pernas cruzadas no chão, estavam quatro garotas e quatro garotos. Todos eles pareciam ter a idade de Ben. Duas das meninas eram gêmeas idênticas. Dois garotos assistiam à TV muda. O resto parecia estar assistindo a Gordie e Logan, que estavam no meio de outro set de jazz experimental. Gordie se lamuriava em sua bateria enquanto Logan gritava com seu sax. Hudson não sabia como alguém conseguia ouvi-los por muito tempo. Ela não queria dizer nada, mas achava que eles definitivamente precisavam de um tempo de ensaio de qualidade antes de tocarem para um grupo.

— Tudo bem, pessoal, Hudson está aqui — disse Ben. — Todo mundo? Esta é Hudson Jones, nossa nova vocalista.

— Oi, todo mundo — disse Hudson, acenando timidamente.

— Ei — disse uma das garotas, ficando de pé. — Sou Ellie. É minha festa na sexta-feira. Ah, e não se preocupe. Temos um piano. Vocês serão ótimos. — Ellie era asiático-americana e tinha um jeito amigável de se inclinar para perto quando falava. Seu cabelo preto se espalhava contra os ombros e estava usando uma blusa roxa pregueada adorável que Hudson quis imediatamente emprestada.

— Obrigada — disse Hudson. — Vocês estão aqui para o nosso ensaio?

— Sim, mas prometemos ficar em silêncio — disse Ellie, caindo de volta no chão. — Tudo bem, pessoal — anunciou ao grupo. — Hora de ficar em silêncio.

— Hudson, definitivamente queremos tocar a música que você cantou no outro dia — disse Ben —, mas pensamos em treinar alguns covers também. Quer começar com alguma coisa?

Hudson se sentou ao piano. Ainda podia sentir o grupo de garotos atrás dela, olhando para ela. Ela desejou que Ben a tivesse avisado sobre a plateia. Não parecia justo. Mas então lembrou a si mesma: *Ninguém sabe quem você é.*

Gordie acenou de trás da bateria e ela acenou de volta. Logan manteve sua cabeça baixa e se ocupou mexendo nas teclas de seu sax. Ela não conseguia notar se ele a estava ignorando.

— Vamos tocar "I'll Be Seing You" — sugeriu ela. *Pelo menos, tem muito saxofone nessa música*, Hudson pensou.

— Legal — disse Ben.

Ela começou a tocar e, quando Logan se juntou, seu sax estava tão alto que quase abafou sua voz. Hudson fez o melhor que pôde para cantar acima dele, mas não foi fácil.

— Foi incrível! — gritou Ellie quando terminaram. — Vocês têm que cantar essa!

Eles continuaram com "Fly Me To The Moon", "At Last" e "Feeling Good", que Logan quase apagou com seu sax. Mas Ben foi fenomenal. Ele nunca perdia uma batida e parecia ter praticado todas essas músicas por horas. Finalmente, finalizaram com "My Baby Just Cares for Me", que só tinha uma pequena parte para Logan arruinar.

— Isso foi muuuuuito bom! — disse Ellie enquanto o resto dos garotos batiam palmas. — Hudson, você tem uma voz incrível!

— Não te falei? — perguntou Ben.

— Obrigada — disse Hudson, sentindo que estava ficando vermelha. Receber elogios sempre a deixava desconfortável. Quando ela pegou Logan olhando com ar zangado para ela, sentiu-se ainda mais esquisita. — Mas tenho que tentar pegar o trem 607.

— Ellie pode te levar — disse Ben, levantando-se. — Ela tem carteira. Está no terceiro ano.

Hudson virou-se para Logan.

— Bom ensaio — disse a ele, sorrindo.

— Sim — respondeu Logan, mal olhando para ela. Então, levantou-se e foi sentar-se ao lado das gêmeas, como se Hudson não fosse mais que uma estranha.

É, ele me odeia, Hudson pensou ao seguir Ben e Ellie para fora do porão. Provavelmente, não havia nada que pudesse fazer sobre isso, mas a incomodou, como um de seus problemas de geometria.

Do lado de fora, já estava escuro e uma lua cheia grande e gelada pairava sobre as árvores. Hudson esticou a cabeça para trás e olhou para o céu noturno.

— Uau — disse ela. — Dá para ver mesmo as estrelas.

— Ah, sim — disse Ellie, rindo, enquanto abria a porta do seu Saab.

— Nunca dá para ver as estrelas na cidade — disse Hudson. — Há luzes demais.

— Poderíamos usar mais algumas luzes aqui — disse Ben, engatinhando para o banco de trás e puxando o assento da frente de volta ao lugar para que Hudson pudesse se sentar.

Hudson entrou no carro e fechou a porta. Ela nunca tinha estado em um carro com um motorista que tinha mais ou menos a sua idade. Por um tempo, quase ficou assustada, mas então Ellie virou a chave na ignição e saiu habilmente da entrada da garagem.

— O que foi? — perguntou Ellie, pegando Hudson a observando.

— Eu não conheço ninguém da nossa idade na cidade que dirige — observou Hudson.

— Meio que vem a calhar aqui — disse Ellie, saindo na rua. — Em que parte você mora?

— Em West Village — disse ela.

— Legal — disse Ellie, balançando a cabeça em sinal de aprovação. — Meu pai trabalha na cidade. Vamos de vez em quando, para fazer compras ou ir a algum restaurante supercaro. Qual é a sua escola?

— Chadwick — disse Hudson. — A mesma da prima de Ben, Hillary.

— Ouvir falar dessa escola. — Ellie enrugou o nariz, como se sentisse um cheiro ruim. — Não é aquela que todos os filhos de celebridades frequentam?

Hudson se sobressaltou.

— Hum, acho que sim — disse ela cuidadosamente.

— Espere — disse Ellie. — Ben, você não perguntou uma vez para a sua prima quem frequentava lá? Quem mesmo ela disse?

— Não lembro. Acho que você perdeu a virada — disse Ben, inclinando-se para frente. — É lá atrás.

— Ah, ótimo — disse Ellie, parando e retornando. — Há, há quanto tempo moro aqui? — brincou. — Chamando Ellie de volta à Terra.

Hudson sorriu. Ela gostava de Ellie cada vez mais. Mas se perguntou se Hillary já havia contado alguma vez para Ben quem ela era. Parecia que já, há muito tempo atrás. E se ele se lembrasse?

— Qual é a escola de *vocês*? — perguntou Hudson rapidamente, antes que Ellie pudesse voltar à sua linha de questionamento.

— Mamaroneck High.

— É na cidade seguinte — disse Ben.

— Vocês têm um time de futebol? — perguntou Hudson.

— Claro — disse Ellie. — Por quê?

— É mais uma coisa que não temos — disse Hudson.

— Na verdade, não é isso tudo — colocou Ben. — Prefiro ir para Chadwick qualquer dia. Pelo menos, há clubes de música legais no centro.

— Ben *realmente* gosta de jazz — disse Ellie, como se Ben não estivesse no carro.

— Acho isso ótimo — disse Hudson. Ela olhou para Ben no espelho retrovisor. Ele sorriu.

— Não. Gosta *muito* — repetiu Ellie.

— Melhor ficar de olho — brincou ele. — Levo isso muito a sério.

— Bom — disse Hudson, sorrindo de volta para ele.

Eles pararam no estacionamento da estação de trem. Havia algumas pessoas amontoadas na plataforma.

— Obrigada pela carona, Ellie. — Hudson saiu do carro e enrolou sua echarpe no rosto. Estava tão frio que sentia como se o nariz fosse cair.

Ben saltou do banco de trás e foi para a frente.

— Então, esteja na minha casa às seis horas na sexta-feira à noite — disse ele. — E, Hudson? — Ben colocou sua cabeça para fora da janela do banco de passageiros. — Você foi incrível hoje.

— Foi mesmo — disse Ellie.

— Você também, Ben — disse Hudson. — Nos vemos na sexta-feira.

Ela subiu as escadas em direção à plataforma, tocada por eles terem sido tão legais com ela. Mas tinha que pensar se teriam sido tão legais assim se soubessem quem ela era. Ela se lembrou do jeito que Ellie tinha enrugado o nariz quando tinha dito filhos de *celebridades*. Eventualmente, iam descobrir quem ela era. Mas até lá, ela esperava, eles seriam capazes de vê-la do mesmo jeito que a tinham visto essa noite: uma garota tímida com um vozeirão que amava jazz e Nina Simone. Uma garota, Hudson pensou, assistindo ao carro de Ellie sair do estacionamento, que sentia como se pudesse fazer uma carreira na música, afinal de contas.

Capítulo 18

— Quero que você seja sincera — disse Holla enquanto o elevador de serviço rangia no longo caminho até o estúdio de gravação. — É sua música, então quero sua reação verdadeira.

— Claro, mãe — disse Hudson incertamente, passando sua mochila para o outro ombro. Não importava quantas vezes a mãe dissesse que queria a "reação verdadeira" de Hudson em relação a algo — se suas mãos estavam "cheias de veias" ou se a coreografia de determinada música estava muito *Solid Gold* —, ela nunca disse à sua mãe o que ela não queria ouvir.

— Acho que ficará muito orgulhosa — disse Holla, tirando os óculos escuros pretos gigantes que tinha colocado para passar pelos fotógrafos e fãs que esperavam do lado de fora do estúdio de gravação. — Chris acha que será grande. — Ela sorriu nervosamente enquanto colocava os óculos em sua bolsa de pele de avestruz. — Veremos.

Hudson olhou para o Pequeno Jimmy e Sophie e, por um tempo, trocaram olhares solidários com ela. Eles também sabiam como sua mãe se sentia a respeito das opiniões de outras pessoas, mesmo quando pedia por elas.

— E como está Jenny? — perguntou Holla.

— Jenny? — perguntou Hudson, pega momentaneamente de surpresa.

— Você esteve com ela durante quatro horas ontem — disse ela. — Falou com ela sobre a ideia da festa? Ela quer fazer?

Com um susto, Hudson se lembrou de que tinha mentido sobre visitar Jenny para que pudesse ir a Larchmont para o ensaio da banda.

— Ah, sim, ela acha que é uma ótima ideia.

— E 21 de fevereiro está bom para ela?

— Sim — afirmou, o mais vividamente possível. Jenny não tinha dito exatamente isso para ela no outro dia? Ela não se lembrava. Precisava lhe enviar uma mensagem de texto.

Hudson seguiu o grupo por um par de portas de vidro para a área de recepção, passando pelo lounge e pela cozinha e entrando no corredor em direção a uma porta que dizia SALA DE CONTROLE 2. Holla abriu a porta.

— Ei! — disse Chris, em pé atrás da mesa de som. — Bem-vinda de volta, Hudson! — Ele estava usando um gorro azul que fazia com que seus olhos parecessem mais vivos e uma camiseta com o rosto do Jimi Hendrix. Ele começou a abraçá-la, mas depois resolveu fazer um *high five*. — Obrigado por vir.

— Ei, Chris — disse Hudson, sentindo-se, como de costume, um pouco estranha perto dele. — Como as coisas vão indo?

— Ótimas. Mal posso esperar para que ouça a música — disse ele. — Ah, este é Liam, o engenheiro de som — disse ele, apontando para o homem mais velho sentando em uma cadeira. Ele tinha grandes olhos tristes e um bigode e parecia ansioso para começar. — Liam, essa é a filha de Holla, Hudson. Eu era seu produtor.

— Oi — disse Liam laconicamente, depois voltou a estudar os botões e mostradores da mesa imensa.

— Tudo bem, quem tem água de coco? — perguntou Holla, largando sua bolsa.

Chris abriu um frigobar nos fundos da sala e tirou uma lata azul.

— Aqui está, madame.

Holla abriu a lata e sorriu significativamente para ele.

— *Merci* — disse ela com uma risadinha e tomou uns dois goles. — Tudo bem! — disse bruscamente. — Estou pronta. Vamos começar. — Ela se virou para olhar para Hudson. — Lembre-se, me diga o que achar. Tudo bem?

Hudson assentiu com a cabeça seriamente e Holla saiu. Hudson foi em direção ao sofá nos fundos e largou sua mochila no chão. Sentou-se no sofá e espalhou seu casaco por sobre as pernas, olhando para Chris enquanto ele operava a mesa de som. Ela ainda tinha um sentimento esquisito sobre ele e sua mãe. Eles estavam passando horas juntos nessa sala minúscula todos os dias. Depois, ele aparecia à noite. E ele parecia empolgado demais agora, como se estivesse dando o seu melhor.

Chris se inclinou no interfone e disse:

— Tudo bem, Holla, como está aí?

Através do vidro, eles viram Holla entrar na cabine acústica na porta seguinte. Ela colocou um par de fones de ouvido e fez sinal com o polegar para Chris.

Chris se virou e olhou para Hudson com seus olhos azuis brilhando.

— Aguarde, você vai amar isso — vangloriou-se, e então virou-se de volta. — Fum — disse Chris no interfone. — E dois. E um, dois, três, quatro...

Liam apertou um botão e a música de Hudson derramou pelos alto-falantes. Soava ainda pior. Eles tinham acrescentado ainda mais trilhas, o que Hudson não achava que fosse possível. Havia mais batidas de prato e tambores e agora um refrão de vozes digitais gritavam "Hey!" a cada quatro batidas. Em certo ponto, Hudson pensou que podia ouvir um alarme de carro sampleado. *Ai, Deus*, pensou, agarrando seus joelhos ao peito. *Como digo para a minha mãe que isso é bom?*

Através do vidro, observou sua mãe, com seu suéter roxo colado e sua calça de yoga, balançando com a música.

E então, Holla fechou os olhos, empinou o queixo e começou a cantar.

Oooh, I love the way you talk to me on the line
Oooh, I love the way you tell me that you're mine
I love the way you won't let me go
And now I love that I'm telling you so...*

Hudson tinha experimentado muitos momentos surreais na sua vida — ser assediada junto com sua mãe por garotas japonesas gritando e chorando em Harajuku, Tóquio; correr com triciclo nos túneis sinuosos abaixo do Madison Square Garden; ser fotografada por uma câmera de celular na sala de espera do seu dentista. Mas isso tinha superado tudo. Sua mãe de 37 anos estava cantando uma música sobre um

---
* *Oooh, amo o jeito como fala comigo sinceramente / amo o jeito como você diz que é meu / Amo o jeito como não me deixa partir / E agora amo te dizer isso...*

garoto de 16. Um garoto pelo qual Hudson já tinha tido uma queda. E ela estava praticamente se contorcendo enquanto a cantava. Ela abraçou os joelhos com força, encolhendo-se ainda mais. A música de quatro minutos pareceu durar uma eternidade.

— Perfeito! — gritou Chris no interfone quando Holla acabou. — Foi perfeito!

— Sério? — perguntou Holla animadamente. Ela tirou seus fones de ouvido, parecendo corada e boba. Depois saiu da cabine.

Chris girou na cadeira para olhar para Hudson.

— O que achou? — perguntou ele com seu rosto brilhante de orgulho. — Muito bom, não?

Hudson engoliu em seco.

— Sim! — disse num tom agudo.

Holla foi saltando para a sala de controle.

— Ufa! — gritou, fazendo uma pose dramática com as costas da mão pressionadas contra a testa. — Então, ficou bom? — perguntou a Chris. — Não levantei muito a voz no final?

— Foi incrível — disse ele. — E mais alguém gostou também. — Ele apontou com o polegar na direção de Hudson.

— Foi? Você gostou? — perguntou Holla, com os olhos castanhos cheios de satisfação.

Hudson mordeu o lábio.

— Vocês realmente trabalharam muito nela — disse ela cuidadosamente.

Os olhos de Holla se estreitaram, percebendo a hesitação de Hudson.

— O que quer dizer? — perguntou ela, chegando perto de Chris.

— Só acho que soa um pouco... sobrecarregada — disse Hudson delicadamente.

Holla e Chris trocaram olhares perplexos.

— Sobrecarregada? — repetiu Holla.

— Esqueça — disse Hudson. — Está ótima. Tenho certeza de que será um grande sucesso.

— Espere — disse Holla, levantando uma mão. — Você não escapa tão fácil. Explique o que quer dizer.

— Hum, é só que... bem... não soa como... — Hudson deixou sua voz sumir enquanto sua mãe continuava a encará-la. — Posso falar com você em particular?

Holla olhou para Chris e para o engenheiro de som. Sem dizer uma palavra, eles se levantaram e foram em direção a porta. Sophie e o Pequeno Jimmy os seguiram. A porta se fechou atrás deles.

Sozinha com Holla, que parecia estar mais irritada a cada segundo, Hudson tentou pensar em como contar a verdade para sua mãe.

— Sua voz está ótima, mãe — começou ela —, mas tem muita coisa acontecendo. Ele exagerou muito na trilha de apoio. Está com muitas camadas. Todos esses sons sampleados... soam um pouco cafona.

Na palavra "cafona", Holla levantou uma sobrancelha.

— Soa como se você tivesse odiado.

— Eu não odiei — disse Hudson. — Só estou dizendo que poderia ser melhor se tivesse menos coisas acontecendo. Só isso.

Holla assentiu, parecendo meditar sobre isso.

— Bem, você não queria que eu cantasse essa música, desde que pedimos a você — disse Holla. — Admita. Você teve problema com isso desde o começo.

— Você disse que queria minha opinião, agora mesmo, no elevador — disse Hudson, ficando com raiva. — E eu a estou dando a você. Não estou tentando ser malvada ou qualquer coisa assim.

— Isso será meu novo single — disse Holla, com a voz começando a ficar mais alta. — Como pode me dizer que é ruim?

— Porque só estou tentando ser honesta.

— Bem, Chris parece achar que está ótima — assinalou Holla.

— Claro que ele acha — murmurou ela.

— O que isso quer dizer? — perguntou Holla.

— Significa que você está claramente saindo com ele — deixou escapar Hudson. — Certo?

A expressão de raiva de Holla se elevou.

— Então é por isso que está com raiva de mim? Chris?

— Não estou com raiva — disse Hudson.

— Você está *sempre* com raiva — soltou Holla. — Você nunca gosta de ninguém com quem saio. É como se eu morasse com a minha mãe.

— Talvez eu só não esteja animada esperando pelo dia que vocês terminarem e você ir ao meu quarto soluçar todas as noites — disse Hudson, deixando sua própria voz aumentar. — Pois todo mundo sabe que é *isso* que vai acontecer.

Os olhos de sua mãe se escureceram e ela apontou para a porta.

— Vá para casa — disse com uma voz intimidadora. — Vá. Agora.

Hudson pegou sua mochila e foi em direção à porta.

— Me desculpe — balbuciou enquanto alcançava a maçaneta.

— Simplesmente vá — repetiu Holla.

Hudson abriu a porta. Sophie, Chris, Liam e o Pequeno Jimmy estavam no corredor estudando o carpete. Ela sabia que eles tinham ouvido tudo. Chris olhou para ela.

— Hudson? — perguntou ele cuidadosamente como se ela fosse uma paciente com problemas mentais que fosse ter um ataque a qualquer momento. — Está tudo bem?

Hudson balançou a cabeça e passou se arrastando por ele. Como se, de todas as pessoas, fosse desabafar logo com ele. Ela pegou seu iPhone enquanto chegava aos elevadores e digitou duas palavras:

Pinkberry. AGORA.

*

— Você fez a coisa certa, H — disse Lizzie meia hora depois, mergulhando sua colher no seu pote de Pinkberry de romã coberto com *moti*. — Você disse como se sentia. Sua mãe pediu sua opinião e você deu. É tudo o que você pode fazer.

— Mas qual o objetivo se tudo o que ela vai fazer é surtar? — Hudson deu uma mordida no seu iogurte com mirtilo e o deixou derreter na língua.

— Foi uma armadilha — disse Carina, terminando seu pote. — Sempre que alguém diz que quer sua "opinião sincera" sempre, sempre, significa que não quer.

Felizmente Carina estava na casa de Lizzie, o que fez do Pinkberry na Columbus com a rua 75 bastante conveniente. Hudson olhou através da janela para Fernald no SUV preto, estacionado em fila dupla na frente da loja.

— Mas, sério, meninas — disse ela, pegando um mirtilo com a colher —, a música estava terrível. Ela precisava saber. E depois, toda aquela coisa com Chris... — Ela parou. — Obviamente, sei que nunca íamos ficar juntos ou sair. E me sinto uma idiota por chegar a ter tido uma queda por ele. Mas por que *ela* tem que ficar com ele? Por que ela tem que ter *todo mundo* gostando dela o tempo todo? Não é justo.

— Mas, esse é o lance — disse Carina, jogando seu pote vazio no lixo. — Ela é, tipo, a maior estrela do mundo.

— Você acha que ela *vai* terminar no seu quarto soluçando? — perguntou Lizzie com seus olhos castanhos presos em Hudson.

— Eu não sei — disse Hudson, dando outra mordida pequena no seu iogurte azedo. — Talvez Chris seja diferente. Talvez ele seja aquele que realmente a amará pelo o que ela é. — Ela afastou a vasilha. — Só estou tão cansada disso. Pelo menos esses caras vão embora algum dia. Eu nunca vou. Terei que lidar com isso o resto da minha vida.

Lizzie se inclinou para mais perto e pegou a mão de Hudson.

— Você é dona de si mesma, Hudson. Sério. Sua mãe não tem nada a ver com você. — Ela riu. — Quero dizer, acredite em mim. Sei como é difícil.

Hudson balançou a cabeça.

— Mas você tem a Andrea. Eu não tenho alguém assim. Só tenho a *mim*. E eu não sei se consigo fazer isso tudo sozinha.

Lizzie e Carina colocaram suas mãos em cima da mão de Hudson.

— Sim, você consegue — disse Carina. — Sabemos que consegue.

Hudson apertou as mãos de suas amigas. Achou que fosse chorar por um momento, então tirou sua mão.

— Então, esqueci de contar a vocês que vamos nos apresentar. Amanhã à noite. Em Larchmont.

— Vão se *apresentar*? — Carina engasgou. — Onde?

— Na casa de uma garota. O nome dela é Ellie. Ela é bem legal.

— Podemos ir? — perguntou Carina.

— Nós *temos* que ir! — disse Lizzie. — Posso levar Todd?

— Posso levar Alex? — perguntou Carina.

— Meninas... eu nem conheço essas pessoas — precaveu Hudson.

— Nem a gente! — gritou Carina. — Vai, você tem que nos deixar ir.

Hudson jogou seu Pinkberry derretido no lixo.

— Tudo bem. Me deixem checar com Ben antes e aí falo com vocês.

Mais tarde, depois de ter deixado Carina e Lizzie na casa de Lizzie, Hudson pensou no que Lizzie tinha dito no Pinkberry. Ela tentou imaginar um mundo onde Holla não existisse. Onde nunca veria outdoors dela na Times Square ou ouviria suas canções como música de fundo em táxis, restaurantes e boutiques. Onde nunca veria sua mãe ser assediada por fãs gritando seu nome. Era impossível, como tentar imaginar um mundo sem luz do sol ou água. Sua mãe estaria sempre ali, ocupando todo o espaço. Lizzie estava errada: Holla sempre teria *tudo* a ver com quem Hudson era.

Mais tarde naquela noite, enquanto Hudson fazia seu dever de casa, teve uma ideia. Sua mãe ainda estava no estúdio e provavelmente ficaria por horas. Então, pegou o telefone e discou.

— Hunan Gourmet! — disse a voz do outro lado da linha.
Hudson examinou o cardápio no seu laptop.
— Gostaria de fazer um pedido, por favor — disse ela. — Um Frango Lo Mein e o Porco Mu Shu. Com molho marrom extra.

O Hunan Gourmet tinha a reputação de ser o restaurante chinês de entregas mais orgânico e sem glutamato de sódio do West Village, mas, ainda assim, era comida chinesa. E comida chinesa não era nem um pouco aceita na dieta de Holla Jones. Pedir isso parecia a melhor forma de se rebelar e, depois da briga de Hudson com a mãe, parecia a coisa certa a se fazer.

Quando chegou, tirou as tampas de plástico, tentando não surtar por causa das toxinas que escorriam. Então, sentou-se à mesa da cozinha, sozinha, mastigando alto seu lo mein. Uma parte estava muito salgada e outra parte muito picante, mas a maior parte estava deliciosa. Contando a seu favor, Lorraine não disse uma palavra. Só ficou na ilha, lançando sorrisos furtivos na direção de Hudson enquanto picava uma couve.

Capítulo 19

Na tarde seguinte, Hillary estava plantada ao lado de Hudson nos armários. Ela estava vestindo um suéter preto sombrio e a ausência de cor fez com que a pele de Hillary parecesse ainda mais pálida que de costume.

— Como foi o ensaio noite passada? — perguntou Hillary.

— Ótimo! — disse ela, decidindo não mencionar Logan e seus olhares raivosos. — Vamos fazer um show esta noite. Quer ir?

— Não posso. Tenho que fazer uma coisa com minha mãe — disse Hillary, com os braços cruzados na frente. — Estou tão irritada. Mas pode me fazer um favor? Pode perguntar a Logan sobre mim?

Da pouca interação que tinha tido com Logan até agora, Hudson já sabia que isso não seria fácil.

— Tentarei — disse ela.

— Apenas mencione meu nome e que eu queria estar na festa e vê o que ele diz. E observe a expressão facial dele. Mesmo que ele tente ser blasé, você será capaz de notar pelo seu rosto.

Hudson pegou seu livro de geometria.

— Vou me lembrar disso, Hil.

Hillary sorriu.

— Ótimo! — disse ela. — E quem sabe amanhã poderíamos fazer compras de novo?

Hudson precisava ir para a aula.

— Claro — disse ela. — Encontre comigo na Kirna Zabete no SoHo. Ao meio-dia.

Enquanto observava Hillary ir embora, Hudson se perguntou se era uma coisa boa ou ruim ser superconfiante. Por um lado, pessoas como sua mãe e Hillary nunca deixavam a palavra *não* ficar em seu caminho. Mas, às vezes, significava que também estavam propensas a se decepcionarem. Hudson não tinha certeza, mas tinha o pressentimento nítido de que Hillary iria sofrer uma verdadeira decepção se dependesse de Logan.

*

Depois de passar as direções da festa em Larchmont para Carina e Lizzie e fazer planos para encontrá-las às 20h, Hudson deixou a escola e fez sua viagem até em casa para se trocar. Enquanto Fernald dirigia pelo tráfego pela da Quinta Avenida, Hudson olhou para a luz frágil do sol de inverno se inclinando através dos ramos do Central Park e percebeu que iria precisar de um outro álibi para sair de casa à noite. Ela ainda não tinha visto sua mãe desde a briga do dia anterior no estúdio de gravação e, com alguma sorte, Holla e Chris teriam planos para a noite. Ainda assim, Hudson teria que dizer alguma coisa para Raquel, então pensou rapidamente.

Jenny. Ela precisava lhe perguntar sobre a festa de aniversário, de qualquer forma. Ela pegou o telefone e ligou para a tia.

— Jenny? — perguntou ela. — É Hudson.

— Ei, Hudcap — Veio a voz alegre, mas cansada de sua tia através da linha. — Como está indo? Senti sua falta.

— Então, conversei com minha mãe sobre a festa de aniversário que gostaríamos de dar para você — disse ela. — Minha mãe realmente quer fazer isso.

Jenny riu.

— Bem, considerando que minha pia acabou de explodir, e que a Barneys acabou de me informar que não quer seguir com a minha linha, e que eu tive o pior encontro do mundo na noite passada — disse ela —, eu diria que uma festa soa até bem. Mas estarei fora da cidade. Você se lembra do Juan Gregorio?

— Quem? — perguntou Hudson.

— O cara de Buenos Aires. Ele me convidou para ir para lá na semana do meu aniversário. Acho que ele sente a minha falta.

— Oh — disse Hudson.

— Então diga a ela que não posso no dia 21. Eu ligaria eu mesma, mas não quero parecer intrometida.

— Sim, sem problema — disse Hudson. — E se minha mãe te ligar essa noite, você dirá que estou com você?

— Tu-do bem — disse Jenny cautelosamente. — O que é?

— É essa banda que entrei. Faremos nossa primeira apresentação hoje à noite. Não em um clube nem nada disso. É apenas uma festa de colégio. Ela ainda não sabe sobre isso.

— Sem problema — disse Jenny. — Eu digo a ela. Espero que dê tudo certo.

— Valeu, obrigada! — disse Hudson. — E vamos nos encontrar de novo logo! — *Obrigada Deus pela tia Jenny*, pensou enquanto apertava o botão de desligar. Ela realmente teve sorte quando sua tia voltou da França.

Retornando a casa, Hudson tomou banho, secou o cabelo e colocou seu vestido de couro, desenhado por Martin Meloy. Martin Meloy não era o seu favorito, desde o desastre com Lizzie e a campanha publicitária dele, mas ainda amava o vestido. Ela o cobriu com uma jaqueta de motocicleta masculina desgastada que tinha conseguido num mercado de pulgas em Florença e depois colocou sua fita elástica, coberta com strass para ter um pouco de brilho. Seria seu primeiro show e ela queria estar bonita para ele.

Quando desceu deslizando as escadas, quase esbarrou em Raquel, que estava segurando uma orquídea comprida e fina.

— Está bonita, hein — disse ela. — Vai a algum lugar?

— Tia Jenny vai me levar a uma peça da Broadway — disse Hudson, indo em direção ao elevador. — Vamos jantar depois

— Sua mãe sabe disso? — perguntou Raquel.

— Acho que sim — disse Hudson, tentando não olhar Raquel nos olhos.

— Só cuide para estar em casa lá pelas onze e meia — disse Raquel, passando por ela e seguindo pelo corredor.

Hudson deu o endereço a Fernald de um restaurante que ficava na rua 43 com a rua 60. Ele ficava na metade do cominho entre o Theater District e a Grand Central.

— A tia Jenny me levará em casa de táxi mais tarde — disse a ele enquanto saía.

Fernald assentiu e ela bateu a porta. Hudson correu a rua 43 contra o vento, espantada em como estava ficando boa nisso. E quase quis rir. Provavelmente, todo adolescente em

Larchmont desejaria estar na cidade numa sexta-feira à noite. E lá estava ela, mentindo descaradamente para que pudesse escapar para o subúrbio.

Ben tinha lhe enviado uma mensagem dizendo que ele e sua mãe estariam esperando por ela na estação de trem. Quando pisou na plataforma em Larchmont, viu o carro da mãe dele estacionado embaixo de um poste de luz e reconheceu a estrutura alta e magra de Ben quando ele saltou do banco da frente.

— Hudson! — gritou ele. — Aqui!

Ela acenou e correu para o carro, aliviada em vê-los. Ela ainda não estava acostumada a pegar trem sozinha.

A Sra. Geyer acenou para ela de trás do volante.

— Oi, Hudson! — disse ela.

— Obrigada por me pegarem — disse ela enquanto deslizava no banco de trás.

— Como foi sua viagem de trem? — perguntou a Sra. Geyer. — Sua mãe sabe que está aqui?

— Ah, sim — disse ela, tentando soar convincente. — Ela queria agradecer por me buscar.

Ben voltou para o assento do carona e fechou a porta.

— Por que ela realmente deveria ter meu telefone — disse a Sra. Geyer. — Você quer dar a ela?

— Eu dou para ela mais tarde — disse Hudson. — Ela não está em casa agora.

Isso pareceu ser o suficiente para a mãe de Ben. Eles saíram do estacionamento e então, viraram na direção oposta da cidade.

— É tão silencioso aqui — Hudson maravilhou-se.

— Silencioso *demais* — disse Ben. Hudson notou que Ben tinha amansado seu cabelo com algum tipo de produto, porque não estava tão rebelde como de costume. Ele também tinha trocado seus óculos por lentes de contato e ela podia sentir o cheiro de algum perfume aromático e almiscarado que deveria ser loção pós-barba.

— Ben acha aqui entediante — disse a Sra. Geyer, mexendo no rádio. — Ele adoraria morar na cidade. O que seus pais fazem na cidade? — perguntou a Sra. Geyer.

— Mãe — protestou Ben. — Não seja indelicada.

— Não estou sendo indelicada, só estou puxando conversa — disse a Sra. Geyer.

— Bem, somos somente minha mãe e eu e ela... trabalha em casa. — Hudson parou. — Ela é artista.

— Hummm — disse a Sra. Geyer enquanto viravam na entrada da garagem. — Ela é pintora? Ou escritora?

— Um meio termo entre esses dois.

A Sra. Geyer dirigiu até o que Hudson presumiu ser a casa de Ellie. Era uma casa em estilo Tudor modesta com um vitral na porta principal. Havia luzes acesas nas janelas do andar de baixo e Hudson já conseguia ver os garotos lá dentro, circulando.

— Certo, venho buscá-los por volta das onze — disse a Sra. Geyer. — Hudson, está bom para você? Ou deveríamos deixá-la no trem um pouco mais cedo?

— Vou pegar uma carona de volta para a cidade com as minhas amigas — disse ela. — Mas obrigada.

— Divirtam-se esta noite — disse a Sra. Geyer. — Ben, não esqueça seu baixo.

— Eu sei, mãe. — Ben suspirou.

Hudson e Ben saltaram do carro. Ele puxou o case contendo seu baixo elétrico do porta-malas e, enquanto a Sra. Geyer saía da entrada da garagem, ele revirou os olhos para Hudson.

— Sua mãe é bem legal — disse Hudson. — Queria que minha mãe fosse metade disso.

— Ela é razoável — disse Ben. — Não curte muito esse lance de banda. Para ela, é uma grande distração do que eu deveria estar fazendo.

— E o que deveria estar fazendo? — perguntou Hudson.

— Estar na equipe de xadrez. Na equipe de física. Tentando entrar no MIT — disse Ben. — Ou Harvard. Ou John Hopkins. Essas são as únicas faculdades oficialmente aprovadas.

— Sério? — perguntou ela.

— Meu pai e minha mãe são professores. E olhe para mim. Eu sou, tipo, geneticamente construído para estar em um laboratório de ciência, em algum lugar, estudando genomas ou desenvolvendo softwares.

Hudson riu.

— Mas esse é quem realmente sou — disse ele, sacudindo o case do seu baixo. — Tenho grandes planos para esse grupo. Saiba disso.

— Estou sabendo — disse ela, sorrindo. — Qual é o seu grande plano?

— Que a gente toque no Joe's Pub — disse ele simplesmente como se fosse a coisa mais lógica do mundo. O Joe's Pub era um clube e uma casa de shows famoso em Nova York. Tinha todo o tipo de apresentações: jazz, pop, rock e até stand-up comedy; e trazia desde os artistas promissores até aqueles realmente famosos.

— Joe's Pub? — perguntou Hudson.

— Meu pai me levou lá há uns dois anos — continuou Ben. — Ele ama jazz. Foi ele que me fez gostar. Ele me deu vários CDs velhos do John Coltrane e Miles Davis. Minha mãe quis matá-lo. — Ben sorriu para si mesmo e chutou o cascalho na entrada da garagem. — Então, ele me levou ao Joe's Pub para ver Bill Frisell, que é, provavelmente, o maior guitarrista de jazz de todos os tempos e eu tive um tipo de visão do futuro. Pude me ver fazendo a mesma coisa, lá no palco, um dia. — Ben riu. — *Obviamente* sei que é um tiro no escuro. Sem mencionar que meus pais surtariam totalmente se eu realmente chegasse tão longe. Mas se eu tocar lá um dia, então, talvez o fato de eu não fazer o que querem, não seja tão difícil para eles aceitarem.

Hudson ouviu, lembrando-se da conversa que tinha tido com Richard Wu há apenas alguns meses. Ela queria fazer um show no Joe's Pub. Naturalmente, Holla o tinha feito mudar de ideia sobre isso. Ela queria um lugar maior, mais como uma casa de shows de verdade, como Roseland. Hudson nem a confrontou.

— Então, você acha que fará isso? Tocar no Joe's Pub?

Ben deu de ombros.

— É só o meu objetivo agora. E talvez eu consiga fazer acontecer. O grande truque deste negócio são as conexões. É assim que qualquer um chega a qualquer lugar. É, tipo, noventa por cento, conexões. Fui acampar com um garoto que o pai era um executivo manda-chuva do mercado da música. Ele certamente pode nos ajudar.

— Acho que tem um pouco mais a ver com talento — argumentou Hudson.

— Bem, talvez — disse Ben. — Mas e todos aqueles garotos que se tornam estrelas de cinema porque seus pais são? Você acha que conseguiram o trabalho só por causa do talento deles?

Hudson não queria responder a isso.

— Olha, se você leva isso tão a *sério* assim, então que tal trocar o nome? — perguntou ela. — As Aberrações Gélidas não nos faz justiça. O que você acha de... Signos Ascendentes?
Ben não disse nada.
— Eu curto astrologia — explicou Hudson.
— Signos Ascendentes — murmurou ele, olhando para a noite. — Até que é legal.
— Vamos ver o que Logan e Gordie acham.
— Os Signos Ascendentes — repetiu Ben enquanto se inclinava para pegar o seu case. — É uma boa.
Eles entraram na casa de Ellie e, enquanto Ben parava para conversar com alguns amigos, Hudson entrou lentamente na sala de estar. Ela normalmente não ia a festas sozinha, muito menos festas dadas por pessoas que mal conhecia. Grupos de garotas passaram por ela, rindo e falando. Todas elas estavam vestindo calça jeans e camisas oxfords ou suéteres.
Hudson olhou para seu vestido de seda rosa-shocking e couro bufante e se sentiu um pouco constrangida. Do outro lado da sala, duas garotas olharam para seu vestido. Hudson acenou para elas, que devolveram o aceno hesitantemente, e continuaram conversando. Hudson andou em direção ao piano e largou sua bolsa. Pelo menos podia se esconder lá por um tempo.
— Ooh, Hudson! — gritou Ellie, vindo na direção dela. Ela estava mais arrumada que seus amigos, com calça jeans e uma blusa de alça com lantejoulas ao redor do decote. — Lindo vestido! Amei!
— Obrigada — disse Hudson, aliviada. — E feliz aniversário!
— Ei, posso te perguntar uma coisa? — disse Ellie em voz baixa. — Ben acabou de me dizer que você entende de astrologia.

— Um pouco, sim.

Ellie se inclinou, praticamente sussurrando.

— Você poderia descobrir se eu e esse cara somos compatíveis? — Ela apontou sua cabeça para Logan, que estava andando na direção delas com seu case de saxofone.

— Ele? — apontou Hudson. — Logan?

— Nós ficamos na semana passada — admitiu Ellie. — Eu *acho* que ele gosta de mim. Mas não tenho certeza. Eu posso te dizer o dia do aniversário dele e talvez você consiga me dizer!

— Ah... hum, claro — disse Hudson.

— Maravilha — disse Ellie, distraindo-se com um grupo de pessoas que havia entrado em sua casa. — Divirta-se!

Ela se afastou para saudar os recém-chegados. Antes que Hudson pudesse absorver isso, Logan se sentou ao lado dela e abriu o case de seu sax. Hudson lhe lançou um olhar de soslaio. Se o que Ellie havia lhe dito era verdade e Hudson tinha a sensação definitiva de que era, então precisava descobrir o que fazer com a paixão não correspondida de Hillary.

Logan ainda parecia decidido a ignorá-la enquanto montava seu saxofone.

— Nós já temos uma lista de músicas? — perguntou ela com uma voz bastante amigável.

Logan deu de ombros.

— Acho que tocaremos o que você e Ben quiserem — resmungou ele.

— Não, não vamos — disse Hudson, confusa. — Acho que todos nós devíamos conversar sobre isso. Juntos.

— Sim, assim como todos nós conversamos sobre trocar o nome da banda — disse ele sarcasticamente, encaixando as peças de seu sax no lugar. — Juntos.

— Espere. Não trocamos. Foi só uma ideia que tivemos. Quem te disse isso? Ben?

— Não importa — disse Logan baixinho. Ele colocou o sax no suporte e saiu.

— Logan! — gritou Hudson, mas ele não se virou. Ela o observou atravessar a multidão e desaparecer em direção à cozinha.

Ela se sentou no banco do piano, olhando para a multidão para ver se alguém tinha ouvido a briga deles. Esse negócio de banda não parecia mais certo. Ela se sentia uma intrusa. Tinha, involuntariamente, causado uma série de problemas só por ter aparecido. *Devia ir embora*, pensou. *Não consigo lidar com esse cara não gostando de mim.*

Mas então se lembrou: isso tinha sido um de seus medos, algo que tinha escrito na lista de Hillary. *Não gostarem de mim.* E era o que estava acontecendo naquele momento.

Bem quando estava prestes a procurar um banheiro para dar um tempo, ela viu Lizzie, Carina, Todd e Alex caminhando pela multidão. Nunca tinha se sentido tão feliz em vê-los. Correu na direção deles.

— Ei, pessoal! — disse ela.

— Ei! — disse Lizzie animadamente.

— Entramos direto! — exclamou Carina. — Não tinha lista nem nada!

Hudson tinha percebido isso também. Na cidade, as notícias de uma festa sempre se espalhavam perigosamente rápido. Não era raro ver os porteiros dos prédios na Park Avenue segurando listas de convidados e checando nomes enquanto deixavam as pessoas pegarem o elevador.

Alex conferiu a multidão, batendo seus pés no ritmo da música.

— Boa seleção de músicas — disse ele. — Mas onde as pessoas vão dançar? Tem mobília em todo o lugar.

— O que houve, Hudson? — perguntou Todd, olhando para ela com seus olhos azuis alarmantes. — Você parece um pouco incomodada.

— Ah, nada — disse ela, envergonhada. — Acho que um cara da banda está um pouco chateado comigo.

— Por quê? — perguntou Carina.

— Eu meio que sugeri mudarmos o nosso nome.

— Como é o nome agora? — perguntou Todd.

— Aberrações Gélidas.

— Ah, sim — afirmou Todd. — Definitivamente. Sem sombra de dúvida.

Ben e Ellie andaram na direção deles e Hudson acenou para que se juntassem.

— Ei, pessoal, conheçam meus amigos. Estes são Lizzie, Carina, Todd e Alex. Pessoal, estes são Ben Geyer e Ellie Kim. Ellie é a aniversariante.

Depois de todo mundo se cumprimentar e conversar por um tempo, Ben puxou Hudson de lado.

— Acho melhor começarmos. Mas não encontro Logan em lugar nenhum. Ei, Gordie! — Ben puxou Gordie para perto enquanto ele passava. — Onde está Logan?

— Não o vi — Gordie deu de ombros.

— Acho que ele está chateado comigo — disse Hudson. — Você falou com ele a respeito do novo nome da banda, certo?

— De passagem — disse Ben. — Não disse a ele que era algo certo ou decidido ou nem nada do tipo.

— Vamos tentar encontrá-lo — disse Hudson, indo para a cozinha. Ben a seguiu.

Eles olharam em todo o canto. Ele não estava na cozinha, nem na sala de jantar ou no pátio dos fundos, onde um grupo de adolescentes conversava no frio. Finalmente o avistaram na área de serviço, conversando com um pequeno grupo de pessoas.

— Posso falar com você por um segundo? — perguntou Hudson. Ela olhou para Ben e Gordie. — Sozinha, se vocês não se importarem.

— Sem problema — disse Ben. Ele e Gordie se retiraram.

— O que foi? — perguntou Logan estreitando os olhos. O grupo de pessoas com quem ele estava conversando voltaram calmamente para a cozinha.

— Só queria que você soubesse que eu sinto muito se você acha que eu cheguei e mudei as coisas, porque não foi o que eu fiz — disse ela. — Talvez Ben tenha falado cedo demais no bar mitzvah sobre eu ser vocalista, mas depois ele deu a vocês a chance de conversar sobre isso. E toda essa coisa de trocar o nome da banda foi somente algo que mencionei com o Ben por, tipo, dois segundos. Não está acertado.

Logan olhou para além dela, ansioso para fugir.

— Sei que não há nada que eu possa fazer para que goste de mim — continuou — e eu realmente não me importo se você gosta ou não. Mas eu me *importo* com essa banda. E eu não quero que haja drama antes de nem mesmo ter começado

Ela não tinha ideia de onde essas palavras estavam vindo. Essa não era a forma como ela falava normalmente e nunca tinha falado com ninguém dessa forma. Logan lançou seus olhos ao redor da sala, como se fosse fisicamente incapaz de fazer contato visual. E então disse:

— Esqueça isso. Não tem drama. Vamos começar agora?

— Hã, sim — disse Hudson. — Vamos.

Eles voltaram para a cozinha onde Ben e Gordon esperavam por eles ao lado dos aperitivos.

— Estamos prontos — disse ela simplesmente, e os quatro voltaram para a sala de estar.

— O que está acontecendo? — perguntou Carina, colocando seu cabelo loiro de volta para trás da orelha.

— Apenas um pouco de drama na banda — disse Hudson, sorrindo. — Me deseje sorte.

— Boa sorte, Hudson — disse Lizzie, inclinando sua cabeça no ombro de Todd. Ela parecia estar alegremente apaixonada.

Hudson andou até o piano. Perto dela, Gordie posicionou seu chimbau em cima do tripé.

— Diria para começarmos com a música que escreveu, Hudson — disse Ben. — Depois "My Baby Just Cares for Me", "Fly Me To The Moon" e "Feeling Good".

Hudson assentiu e se sentou ao piano.

Ellie chamou todo mundo para a sala de estar.

— Tudo bem, pessoal! — gritou ela. — Aqui vamos nós... ao momento pelo qual todos estávamos esperando! Eu apresento... bem... a banda de jazz do Ben! Mandem ver, pessoal!

Hudson sentiu o coração dar um salto duplo enquanto as pessoas se calavam. *Você não pode surtar agora*, pensou. *Não agora*. Suas mãos tremeram, mas ainda assim encontrou os acordes da introdução.

Ninguém te conhece aqui, disse a si mesma. *Ninguém espera que você seja boa.*

Ela começou a tocar. Depois de algum tempo, entrou no seu transe musical. Logo, Ben se juntou a ela com seu baixo, depois Gordie. E quando chegou no refrão e Logan começou a tocar, ele realmente se conteve. Ela não ousou tirar os olhos das teclas enquanto cantava, mas isso não importou. Sua voz foi forte e elástica, alcançando todas as notas. E, de alguma forma, sua conversa com Logan na área de serviço só a tinha deixado mais confiante.

Quando alcançou a última nota, houve um momento de silêncio. E, em seguida, a sala explodiu em aplausos.

Hudson olhou para trás para o resto da banda, então, desajeitadamente, todos se levantaram de seus acentos e se curvaram um pouco. *Isso sou eu*, pensou Hudson, curvando-se *É nisso que sou boa. Gostem ou não.*

— U-hul! — alguns garotos gritaram.

As gêmeas que Hudson reconheceu do ensaio pulavam.

— Hudson! — gritou Carina. — Nós amamos você!

Ao final do repertório, depois de tocarem mais quatro músicas e mandarem bem em todas, os Signos Ascendentes, ou seja lá qual fosse o nome, deram os braços e fizeram seu agradecimento final. Hudson olhou para Ben por sobre as cabeças de Gordie e Logan e os dois trocaram um sorriso extasiado. A primeira apresentação oficial deles não tinha sido apenas boa. Tinha sido ótima.

Capítulo 20

Quando eles deixaram o "palco" já era quase a hora de Hudson e seus amigos entrarem no carro de Carina e voltarem para a cidade. Mas Hudson queria ficar um pouco mais — principalmente porque Ben e os amigos de Ellie começaram a falar com ela, dizendo o quanto tinham adorado o repertório.

— Você tem uma voz muito bonita — disse uma garota docemente. — É bem forte.

— Que escola frequenta? — perguntou outra. — Você mora por aqui?

— Hudson estuda em Chadwick, na cidade — disse Ellie, que agora estava do lado de Hudson de maneira quase proprietária.

— Você quer cantar profissionalmente? — perguntou uma das gêmeas, que tinha se esgueirado para o lado delas.

— Eu não sei — disse Hudson. — Acho que sim.

— Quando é o próximo show de vocês? — perguntou Ellie animadamente. — Ah, e Hudson, poderia tirar uma foto comigo e meus amigos? — perguntou ela, entregando seu iPhone para uma das gêmeas.

Hudson olhou para a câmera. Ter sua foto tirada — e possivelmente sendo postada no Facebook de alguém, onde um tabloide pudesse encontrar — simplesmente não valia o risco.

— Não posso. Estou horrível — mentiu.

Felizmente, Carina e Alex se apressaram antes que Ellie pudesse reagir.

— Você foi maravilhosa, H! — disse Carina. — Simplesmente maravilhosa!

— Quando é o seu próximo show? — perguntou Alex.

— Eu não sei — admitiu Hudson. — Acho que não temos nenhum agendado ainda.

— H, acho que temos que voltar — disse Carina. — Meu pai vai ter um acesso de raiva se eu chegar em casa depois da meia-noite.

— Tudo bem. Tem apenas mais uma coisa que ainda tenho que fazer — disse Hudson, virando-se para olhar para Logan, que estava conversando com Ben e Gordie. Ela tinha feito uma promessa a Hillary e não podia ir embora até, pelo menos, tentar conseguir alguma informação para ela.

— Ei, pessoal — disse Hudson, aproximando-se deles. — Ótimo show essa noite.

— Está todo mundo perguntando quando será o próximo — disse Gordie, caminhando até eles. — No que estamos pensando?

— Acho que talvez eu consiga alguma coisa no Olive Garden — disse Logan. — Eles fazem apresentações ao vivo às vezes.

— Hã, Logan? — perguntou Hudson. — Posso falar um segundo contigo?

Logan correu a mão pelo cabelo loiro e olhou rapidamente para Ben.

— É sobre outra coisa — disse Hudson. — Não o nome da banda.

— Tudo bem — disse ele.

Ela o puxou na direção do piano.

— Você conhece a prima do Ben, Hillary, certo?

— Sim — disse ele, já parecendo desconfiado e confuso.

— Então, hum... ela é realmente uma garota bem legal. E, bem, acho que vocês seriam, hum... — *Ai, Deus, isso é terrível*, pensou. *Diga logo*. — O que você acha dela? Você gosta dela?

Logan olhou para Hudson como se tivesse acabado de brotar uma outra cabeça nela.

— Porque, hum, eu acho, bem... — disse Hudson, sendo evasiva.

Logan cruzou os braços.

— *Não* — disse ele. — E, por favor, diga a ela para parar de me ligar.

Ele se afastou deixando Hudson em silêncio devido ao choque. *Ai, Hillary*, pensou. *Esse cara é um idiota. Ele não te merece.*

Mais tarde, enquanto Max, o motorista de Carina, levava-os de volta para a cidade, Hudson tentou apagar o comentário de Logan de sua mente. Ela não tinha ideia de como iria contar isso a Hillary. A antiga Hudson teria decidido simplesmente não contar. Mas agora se perguntava se era uma boa ideia poupar os sentimentos de Hillary.

— Então, quando acha que farão uma nova apresentação? — perguntou Lizzie, segurando a mão de Todd no banco de trás.

— Não tenho certeza, mas alguém mencionou o Olive Garden — disse Hudson.

— Vocês deviam tocar no Violet's — disse Alex.

— Violet's? — perguntou Hudson. — Como chegaríamos lá? — O Violet's era uma casa de show lendária no East Village. Existia há pelo menos trinta anos e todo mundo, desde Blondie até Ramones, tinha agraciado seu palco pequeno e desbotado.

— Tem um cara com quem trabalhei no Kim's Vídeo que conhece o gerente — disse Alex. — Vou pedir que ele fale de vocês. Mas se vocês colocarem algumas músicas no MySpace, acho que teriam bastante chance.

— Sério? — gritou Hudson. — Você acha realmente que temos chance?

— Se concordarem em abrirem para a banda que vai abrir o show — disse Alex

— C? — perguntou Hudson. — Posso abraçar seu namorado?

— Vá em frente — disse Carina.

Hudson se inclinou e abraçou Alex.

— Obrigada! — exclamou.

— Bem, ainda não me agradeça — alertou Alex. — Me deixe falar com o cara antes.

Hudson inclinou sua cabeça no ombro de Carina enquanto atravessavam a Triborough Bridge. Ao longe, a linha do céu de Nova York piscava e brilhava na noite fria. Era tudo tão surreal. Tudo estava se encaixando no lugar. Talvez os Signos Ascendentes — porque era isso o que eram para ela agora — tivessem realmente uma chance no Joe's Pub, afinal de contas.

Às 23h30, o carro de Carina parou na casa de Hudson.

— Aqui estamos, Hudson — disse Max com sua voz áspera. — Por último, mas não menos importante. Tenha uma boa noite.

Hudson saltou para fora do banco de trás.

— Obrigada, Max.

Ele esperou um tempo enquanto ela destrancava a porta da frente e deslizava para dentro. As luzes ainda estavam acesas na cozinha, mas pela atmosfera relaxada e silenciosa dentro da casa, Hudson sabia que sua mãe ainda estava fora. Ela acenou para Raquel, sentada à mesa da cozinha sozinha comendo seu jantar, e subiu as escadas. Enquanto ia em direção ao seu quarto, seu iPhone soou com uma mensagem de texto. Ela o puxou para fora da bolsa. Era de Carina.

Sinto muito antecipadamente, mas achei que iria querer ver isso.

Havia um link.

Ela correu para dentro do quarto e clicou nele.

Levou apenas um segundo. Logo estava olhando para a *homepage* roxa e amarela extravagante de um site de fofoca de celebridade. E lá estava a manchete sensacionalista e destacada e nada surpreendente:

O NOVO NAMORADO GATO DE HOLLA

Embaixo estava uma foto de sua mãe e Chris num tapete vermelho mais cedo naquela noite. Holla estava ao lado de Chris, com seu braço tonificado rodeando a cintura dela. Os olhos azuis de Chris estavam semicerrados por causa da câmera de um jeito sexy enquanto ele puxava Holla para perto dele. Hudson olhou para a foto por um tempo. Até agora, o relacionamento deles tinha sido algo que existia apenas em sua mente, uma história nojenta e irritante para contar a suas amigas. Mas agora era real. E magoava, mesmo sabendo que ela e Chris nunca teriam tido futuro.

Ela mandou uma mensagem de volta para Carina:

Parece que ele será meu padrasto, afinal. Apostas lançadas.

Então, entrou em *signsnscopes.com* — seria um bom momento para checar seu horóscopo, pensou. Mas antes de a página abrir, fechou seu laptop. Ela pensou na carona de volta para casa com Alex e no Violet's e como talvez ela e os Signos Ascendentes tivessem um futuro possível, afinal. O que quer que fosse que o amanhã lhe reservasse, o que estivesse em seu caminho, talvez fosse hora de simplesmente se deixar surpreender.

Capítulo 21

Na manhã seguinte seu alarme disparou às 8h, mas Hudson o desligou. A ideia de correr para o andar de baixo para ter aulas de yoga parecia um pouco ridícula. E desde a briga delas no estúdio, Hudson tinha dado tudo de si para se enfiar no seu quarto sempre que Holla estivesse em casa. Então, fechou os olhos e prazerozamente foi levada de volta ao sono. Às 10h, abriu os olhos num sobressalto. Ela nunca, em nenhum momento, tinha dormido até tão tarde num sábado de manhã, a não ser quando estava doente. Ela pulou para fora da cama e se vestiu.

Quando chegou à cozinha, Lorraine estava lavando as mãos e Raquel dobrando toalhas. — Acabou de levantar? — perguntou Lorraine. — Está doente?

— Não, só cansada — disse Hudson, abrindo a geladeira. — Temos bacon? — perguntou ela.

Lorraine e Raquel pararam o que estavam fazendo e olharam para ela.

— *Bacon*? — perguntou Lorraine sem acreditar.

— Tudo bem — respondeu Hudson. Ela abriu o refrigerador e pegou um litro de suco de laranja recém-espremido. — Só estava com vontade.

Hudson encheu um copo de suco para si e fez uma tigela de mingau de aveia coberto com frutas vermelhas. Depois andou em direção à pilha arrumada de jornais diários e escolheu o *New York Post*. Holla geralmente ignorava os tabloides, não se incomodando em lê-los, navegá-los ou até mesmo reconhecê-los. O *New York Post* era uma exceção. Estava na cozinha toda manhã, empilhado bem ao lado do *Times*, do *Wall Street Journal* e do *Women's Wear Daily*. Hudson não tinha certeza por que o *New York Post* era bom quando todos os outros não eram, mas, novamente, sua mãe era cheia de contradições.

— Bem, alguém finalmente acordou — disse Holla enquanto andava suavemente para dentro da cozinha com suas roupas de ginástica. Espirais de cabelo molhado de suor enrolado pelo seu rosto. — Lorraine? Nina adoraria um *smoothie* de açaí antes de ir.

— Saindo já — disse Lorraine indo na direção do liquidificador.

Holla caminhou até a mesa. Hudson manteve seus olhos no jornal.

— O que há de errado com você? — perguntou Holla. — Por que perdeu a aula de yoga?

— Só estava cansada. Não achei que fosse realmente sentir minha falta.

Hudson olhou para cima e viu sua mãe a encarando. Podia ver que ela estava tentando manter a paciência. — A que peça foi assistir ontem à noite?

— Peça? — perguntou Hudson, sem saber do que sua mãe estava falando.

— Não foi assistir a uma peça ontem à noite com Jenny? — perguntou Holla, intrigada.

— Ah, sim — respondeu Hudson confiantemente. — *American Idiot*.

Holla parecia esperar mais de uma resposta.

— Gostou?

— Sim. E Jenny está realmente empolgada com a festa, aliás.

— Como está Jenny? — perguntou Holla, sentando-se em frente a ela. — Já está finalmente estabelecida?

Hudson se levantou da mesa e carregou sua tigela para a pia. Ela não conseguiria mentir na cara da sua mãe.

— Acho que ela está melhorando.

— Ela está saindo com alguém? — perguntou Holla.

— Não — disse Hudson, jogando água sobre a tigela — Aliás, vi suas fotos com Chris na noite passada.

Embora Hudson estivesse de costas, podia sentir sua mãe enrijecer ao mencionar o nome de Chris.

— Sim, eu o levei para assistir o documentário do Jay-Z. Foi divertido.

— Por quê? — perguntou Hudson, virando-se.

— *Por quê?* — disse Holla, surpresa.

— Achei que você tivesse regras a respeito desse tipo de coisa — disse Hudson. — Você sabe, esperar um mês para levar alguém a um evento público. Foi o que sempre me disse.

— A regra de Holla a respeito de namorados tinha feito com que ela, Lizzie e Carina criassem sua própria regra.

— Às vezes não tem problema quebrar as regras — disse Holla. — E você anda muito insistente por esses dias.

— Insistente?

— Acho que não estou acostumada em vê-la sendo tão... sincera — disse Holla enquanto Lorraine colocava um copo de água de coco na frente dela.

— Só não quero que se machuque novamente — disse Hudson.

Holla empinou a cabeça como se não estivesse entendendo muito bem o que Hudson estava dizendo.

— Não se preocupe — disse ela com um tom agudo na voz. — Vai ficar tudo bem.

Hudson enxugou as mãos num pano de prato e o amassou. Ela sabia que não acreditava muito em Holla, mas não tinha nenhuma razão para isso.

— Tenho que ir — disse Hudson. — Vou encontrar uma amiga na Kirna Zabete.

— Se você vir alguma coisa lá bonita pode pegar para mim? — disse Holla. — Uma blusa arrumada, boa para um terceiro encontro?

— Claro, mãe. — Ela começou a sair da cozinha.

— Você realmente deveria tentar comprar algo um pouco mais justo — disse Holla, tocando na cintura de Hudson. — Você tem uma silhueta tão bonita... Por que está sempre tentando escondê-la?

Hudson saiu do seu alcance.

— Hudson.

Ela se virou.

— Por favor, não se preocupe — disse Holla, quase como se estivesse suplicando a si mesma para não se preocupar. — Com Chris. Por favor, não.

— Não vou — disse Hudson e saiu.

*

— Ei, superestrela!

Hillary estava quase há meio quarteirão de distância, mas sua voz estridente soou alta e clara pela rua estreita do SoHo. Hudson acenou com os braços.

— Ei! — gritou de volta, fazendo de tudo para não rir.

— Ouvi dizer que arrasou noite passada! — disse Hillary, com seu rosto desaparecendo em sua volumosa echarpe de tricô rosa enquanto pulava para cima e para baixo. — Ben disse que vocês mandaram muito bem.

— Nós demos certo — admitiu Hudson. — Não nos envergonhamos.

— Ah, vamos! — disse Hillary como se isso fosse a coisa mais ridícula do mundo. — Ouvi dizer que foi maravilhoso. E Ellie te venerou.

Hudson se lembrou do que Ellie tinha dito a ela sobre ter ficado com Logan.

— Bem, ela também gosta muito de você — sugeriu, abrindo a porta da butique e entrando.

Hillary abriu o zíper do casaco fofo e Hudson viu que ela estava usando calça jeans skiny escura lavada e um suéter cinza de cashmira. Seu cabelo caía direto no ombro e parecia magicamente grosso e sem estática. Não havia presilhas de plástico à vista.

— Uau, você está bonita — disse Hudson.

— Obrigada — disse Hillary, corando. — Acho que hoje realmente preciso de sapatos. Hillary foi em direção a uma prateleira de sapatos e pegou um de camurça que parecia mais uma jaula para o pé. — Então, o que Logan disse? Você perguntou a ela sobre mim? Espero que não tenha sido muito evidente. Você foi evidente?

Hudson passou sua mão sobre uma blusa sem alça com um decote de franjas.

— Não sei se Logan é o melhor cara para você, Hil, para ser bastante honesta.

— O que quer dizer? — perguntou Hillary.

— Ele ficou muito bravo comigo na festa, tipo, sem razão e... — Hudson hesitou. — Acho que ele pode estar ficando com alguém.

Hillary largou o sapato na mesa com um baque.

— Quem? — perguntou com os olhos estreitados.

— Não sei — disse Hudson. — Apenas alguém.

— Como você sabe? Ele te disse isso?

— Não — disse Hudson — Na verdade, não.

— Então como você sabe?

Hudson desviou o olhar e se encolheu. Ela nunca devia ter começado a falar disso.

— Só acho que ele nem vale o seu tempo.

— Com *quem* ele ficou? — perguntou Hillary.

Hudson mordeu o lábio e se virou para olhá-la. Se ela dissesse a verdade a Hillary, possivelmente Ellie iria ficar sabendo. Ou Ben.

— Eu não sei — disse ela miseravelmente. — Não sei mesmo. Mas a questão é que Logan não é um cara legal. Você merece muito mais do que ele.

Hillary olhou para o chão, perdida em pensamento. Ela sacudiu a cabeça.

— Pensei que fosse minha amiga — murmurou.

— Eu sou. Claro que sou. — Hudson deu um passo na direção dela.

— Você não está agindo como se fosse. — Hillary fechou o zíper do seu casaco. — O mínimo que podia fazer era ser honesta comigo. Depois de tudo que passamos juntas.

— Tudo bem. Ele disse para você não ligar mais para ele — disse Hudson abruptamente. — Foi o que ele disse.

O rosto já pálido de Hillary ficou ainda mais branco.

Hudson sentiu uma pontada de remorso de imediato.

— Hillary, me desculpe — disse ela. — Mas foi o que ele disse. Você quis saber.

Antes que Hudson pudesse dizer algo mais, Hillary se virou e saiu da loja, deixando a porta bater atrás dela.

Hudson correu para fora da loja.

— Hillary! — gritou atrás dela. — Desculpa!

Mas Hillary não se virou. Não parou. Marchou pela rua com seu casaco fofo gigante como se não conseguisse fugir de Hudson rápido o suficiente.

— Hillary! Você queria saber! — gritou Hudson.

Hillary acelerou o passo e quando alcançou a esquina, virou à direita e desapareceu imediatamente.

Hudson voltou para dentro e comprou uma blusa Stella McCartney com estampa florida que provavelmente iria odiar. Sentiu-se péssima. Ela não era o tipo de garota que não media palavras; como Carina. E Carina provavelmente não teria achado o que tinha dito a Hillary muito grosseiro. Então, para ter certeza, ligou para ela.

— Ai, meu Deus — disse Carina. — Ela disse que queria saber.

— Eu sei — concordou Hudson, cruzando a rua de paralelepípedo. — E, acredite em mim, ela teria me dito isso.

— Nem se preocupe com isso — disse Carina. — Você precisa ser um pouco mais dura. Isso é progresso. E, aliás, Alex disse que o amigo dele pode definitivamente ajudá-los a fazer um show no Violet's.

— O quê? — disse Hudson, parando. — Está falando sério?

— Agora você só precisa criar uma página no MySpace para que possam ouvi-los. Tipo, agora.

Tremendo de excitação, Hudson desligou o telefone e ligou para Ben.

— Violet's? — perguntou ele. — Não é aquele lugar onde os Ramones costumavam tocar, antes de serem os Ramones?

— Sim — disse Hudson. — E meu amigo pode provavelmente conseguir agendar um show nosso lá. Se fizermos uma página no MySpace. E gravarmos alguma coisa para colocar nela.

— O que vai fazer amanhã? — perguntou Ben.

— Nada.

— Então venha aqui e vamos fazer isso!

*

No dia seguinte, Hudson disse a Raquel que estava indo ao prédio de Carina, onde em seguida Fernald a deixou. Assim que ele saiu de seu campo de visão, ela pegou um táxi para a Grand Central. No trem para Larchmont, bateu os pés e cantou suas músicas baixinho, preparando-se. Ela sabia que teriam que gravar músicas originais, em sua maioria, para a página no MySpace deles e ela sabia exatamente as que queria: "Por Você", "Batida do Coração" e uma nova música que tinha acabado de escrever.

Pegou um táxi da estação de trem até a casa de Ben e, quando chegou lá, os três integrantes da banda já estavam com o laptop gigante de Ben armado. Eles gravaram as músicas deles no computador e, quando terminaram, Ben aperfeiçoou as músicas no GarageBand. Era impressionante assisti-lo trabalhar. Hudson podia ver que ele, definitivamente, tinha um futuro na música.

— Acho que terminamos — disse ele finalmente. — Querem ouvir?

Ele reproduziu as três músicas. A música soava perfeita e a voz de Hudson estava sensual como sempre.

— Pode colocar — disse Hudson. — Vou falar para o amigo de Alex que está lá. E vou dar a eles o seu número. Tudo bem?

— Absolutamente — disse Ben.

*

Na terça-feira, logo após a aula de geometria, Hudson recebeu a mensagem de texto de Ben: eles tinham sido agendados no Violet's para fazerem a abertura da abertura do show de segunda-feira à noite em pouco menos de um mês. Vinte e três de fevereiro.

— Fomos agendados! — gritou Hudson no corredor.

O Sr. Barlow colocou sua silhueta longa e esguia para fora do escritório e se moveu em direção a Hudson com seus olhos azuis glaciais.

— E eu vou agendar uma visita sua na detenção se não abaixar sua voz, Srta. Jones.

— Me desculpe — disse Hudson, correndo pelo corredor para contar a boa notícia para suas amigas.

Capítulo 22

Durante os dias que antecederam a apresentação no Violet's, Hudson mal conseguia se concentrar. Ela já podia ver a si e a banda no palco notoriamente pequeno e tortuoso do Violet's tocando suas músicas cercados pelos fantasmas de lendas do rock and roll. Tocar no Violet's significava que ela não fazia mais parte de uma banda de colégio — fazia parte de uma *banda*. Praticava ao piano a cada tempo livre. E, pelo menos uma vez por semana agora, enquanto se sentava para assistir a uma aula de espanhol, história ou inglês, uma música surgia para ela. Depois da escola, ia para casa diretamente para o quarto e, durante várias horas, trabalhava em alguma música, deixando-a ganhar forma enquanto suas mãos deslizavam pelas teclas.

Deu um jeito de escapar para Larchmont mais algumas vezes usando a tia Jenny como álibi. Quando ficava sozinha com Ben, antes ou depois do ensaio, às vezes pensava em dizer a ele quem era. Parecia um pouco estranho ter "Hudson Jones" na página deles do MySpace. Alguém, em algum momento, iria descobrir quem ela era. *Diga a ele, já*, pensava. *Ele merece saber*. Mas Ben não era seu namorado. Um namorado merecia saber. Ben era apenas seu colega de banda e se ela contasse a ele sobre Holla Jones, ele provavelmente iria querer envolver sua mãe na banda. Ela se lembrou do que ele tinha dito na outra noite sobre conexões. E, por agora, pareciam estar indo bem do jeito que estavam.

Enquanto isso, Holla passava horas no estúdio, dando os toques finais em seu álbum. Só chegava tarde em casa. À noite, Hudson deitava na cama, ouvindo os fotógrafos correndo para fotografar o SUV enquanto entrava na garagem. Era um alívio tirar umas pequenas férias de sua mãe.

Hillary foi outra pessoa que mal viu. Na verdade, a amizade delas parecia ter se dissolvido completamente. Hillary não se sentava mais na biblioteca de manhã, fazendo palavras cruzadas. De vez em quando, Hudson tinha vislumbres dela subindo lentamente as escadas para o ensino fundamental. A evolução do estilo ainda parecia estar a toda. Seu rabo de cavalo confuso tinha sido substituído por um cabelo cuidadosamente escovado e seu cachecol de tricô cor-de-rosa tinha sumido junto com qualquer insinuação de cor viva. Seus suéteres eram azuis, cinza, pretos e até sua mochila quadriculada azul e cor-de-rosa parecia ter sido jogada no lixo em favor de uma bolsa de mensageiro preto. Era como se sua separação de Hudson só a tivesse deixado mais chique e elegante.

E havia o romance de sua mãe com Chris em andamento. Quando não estavam trabalhando no estúdio, faziam aulas de yoga juntos e conversavam na sala de oração, ouvindo música e falando sobre a turnê dela. Quando Hudson cruzava com ele nas escadas, ele perguntava algo: como estava, se ela queria ouvir alguma música da sua mãe, se tinha tido um bom dia na escola. Parecia que depois de escutar sua briga com Holla no estúdio de gravação, ele estava determinado a ser seu amigo. Às vezes, pensava em contar a ele sobre sua banda. Ela queria que ele soubesse que não tinha desistido completamente da música. Mas parecia muito arriscado, principalmente porque ele parecia anexado cirurgicamente a Holla.

Às vezes, era um alívio que Holla tivesse outra pessoa em quem focar. Mas era estranho segurar vela na sua própria casa, tão cedo. Holla tinha levado semanas para permitir que seu último namorado passasse qualquer tempo na casa.

No sábado antes do show no Violet's, Hudson acordou tarde. O sol espreitou pela fresta em suas cortinas de veludo e parecia com um dos primeiros dias da primavera. Ela saiu da cama, tomou banho e colocou um vestido de manga comprida com listras roxas e cinza sobre uma meia-calça preta e botas pretas até o tornozelo. Ela iria precisar de uma roupa nova para a apresentação no Violet's e parecia o dia perfeito para encontrar algo.

Na cozinha, Holla e Chris estavam comendo panquecas de trigo vermelho e bebendo *smoothies* de maçã verde com couve. Estavam suados e corados e Hudson podia ver que eles tinham feito uma sessão de malhação fumegante ou uma aula intensa de hula-hoop. Ou os dois.

— Oi, querida — disse Holla casualmente. — Quer tomar café da manhã?

— Vou só pegar um bolinho — disse Hudson, indo em direção ao prato com alguns na ilha da cozinha.

— Sentimos sua falta na aula de yoga — acrescentou Holla. — Alguém aqui não tinha ideia de como fazer a postura do escorpião.

— Vamos, você realmente quer que eu seja bom nisso? — perguntou Chris enquanto brincavam com os pés embaixo da mesa.

— Então, como está o álbum? — perguntou Hudson, dando o melhor de si para ignorar as demonstrações de afeto.

— Terminamos ontem à noite — disse Holla, brindando seu copo de *smoothie* com Chris. — Acho que ficou legal. A gravadora vai avaliar esse fim de semana.

— Só legal? — perguntou Chris, inclinando-se para beijar a ponta do nariz de Holla. — Imploro para que reformule.

— Tudo bem, *ótimo* — disse Holla, beijando-o de volta.

— Incrível — disse Hudson, contando os segundos para sair.

— Então, Hudson, estava pensando em passar no Jeffrey hoje para escolher algo para a festa de hoje à noite — disse Holla.

— Festa? — perguntou Hudson.

— Para Jenny. Vou dar uma festa de aniversário para ela hoje à noite. Lembra?

Hudson quase deixou seu bolinho cair no chão. Hoje era 21 de fevereiro. E então se lembrou: Jenny estava em Buenos Aires. Empolgada com os Signos Ascendentes e o show no Violet's, tinha esquecido completamente de dizer à sua mãe que Jenny estaria fora da cidade.

— Raquel e Sophie fizeram um trabalho incrível com os convites — disse Holla. — E está tudo arrumado. Vai ter por volta de umas cinquenta pessoas, a maioria amigos meus, claro — disse Holla para Chris. — O círculo social da minha irmã é... bem, vamos dizer que não é exatamente o tipo de pessoa que se convida para sua casa.

Hudson não conseguia se mover. O bolinho ainda jazia em sua mão, seco e farelento. Não conseguia pensar direito.

— E me diga o que acha disso — disse Holla para Hudson. — Você sabe como Jenny ama *macarons*. Bem, pedi para virem uns trezentos de Ladurée. — Em resposta ao olhar vazio de Hudson, adicionou: — Eles fazem os melhores *macarons* do mundo. São de um café famoso em Paris. Acha que ela vai amar?

— Hã... ah, claro — disse Hudson, incerta.

— Diga a Jenny para estar aqui às seis. Ela não precisa me ajudar a preparar tudo — Holla percebeu que Hudson estava em outro lugar. — Hudson? Você está bem?

— Estou bem — disse ela. — Já volto.

Ela subiu correndo as escadas em direção ao quarto, onde tinha deixado seu telefone. Quem sabe Jenny não tenha ido afinal de contas, pensou desesperadamente. Quem sabe sua viagem tenha sido cancelada. Ela chamou e esperou. Um toque. Dois toques. Três toques.

Atenda, suplicou silenciosamente. *Por favor, atenda.*

Finalmente caiu na caixa postal de Jenny.

Ei! Sou eu! Estou fora do país, mas deixe sua mensagem ou me ligue de volta mais tarde!

Hudson desligou e correu para o laptop. Tentando ao máximo ficar calma, digitou uma mensagem para Jenny por e-mail.

Me esqueci de falar com a mamãe sobre a mudança de data da festa. Vai acontecer hoje à noite. Pode voltar a tempo?

Ela hesitou por um segundo e então acrescentou:

Pode me ligar assim que possível?

Ela apertou em ENVIAR com um nó em seu estômago. Seu coração estava batendo tão rápido que teve que se segurar na beirada da escrivaninha e respirar fundo. Ela sabia que tinha a opção de simplesmente descer e calmamente contar a situação para sua mãe — que tinha esquecido, pura e simplesmente, e que a tia Jenny não estava na cidade — mas Holla iria querer saber por que isso não foi mencionado quando foram assistir à peça na Broadway. E então Hudson teria que contar a ela que não houve peça nenhuma. E então Holla iria começar a fazer perguntas e descobrir todas as outras vezes que Hudson tinha mentido sobre ver a tia Jenny. E então Holla iria descobrir onde ela realmente esteve todo esse tempo... Hudson pegou bolsa e casaco, deixou o quarto e desceu as escadas, ainda sem saber o que dizer. Mas somente Chris estava sentado na mesa da cozinha, devorando outro prato de panquecas.

— Ei! — disse ele. — Então, o que tem acontecido recentemente na vida de Hudson Jones?

— Onde está minha mãe? — perguntou Hudson.

— Ah, ela saiu correndo daqui. Teve que ir falar com uma florista ou algo assim — disse ele.

— Ah. — Hudson lançou seu casaco sobre o ombro. — Tenho que sair rapidinho.

— Ela está com o Blackberry — sugeriu Chris.

— Tudo bem — disse Hudson, indo em direção à porta. *Ligue para ela agora e conte a verdade*, pensou. *Diga simplesmente que pisou na bola, que está nessa banda, que vem dizendo que está saindo com a tia Jenny como desculpa.*

Mas empurrou o pensamento para longe. Não podia fazer isso. Cometer um erro tão grande em frente à sua mãe a fez querer correr para fora de casa, ir para a Grand Central e deixar a cidade para sempre.

Pensou em ligar para suas amigas, mas sabia que elas a fariam confessar e ela não podia. Em vez disso, pediu que Fernald a deixasse no Museum of Modern Art onde andou pelos corredores da coleção permanente, mal registrando a arte nas paredes. *Ligue para ela*, pensou, pegando o telefone. Mas se ligasse, estaria dizendo adeus à apresentação no Violet's. E ela não podia fazer isso. Não consigo mesma e não com Ben.

Naquela noite Hudson assistiu, com um sorriso congelado no rosto, aos convidados chegarem. Velas votivas piscavam em cada canto da sala de estar e garçons com uniforme preto circulavam com bandejas de aperitivos. Holla andava se esquivando pela multidão, glamorosa com um vestido de um ombro só carmesim que varria o chão. Hudson manteve seus olhos colados em sua mãe como numa batida de carro, incapaz de desviar. Holla estava graciosa e calma, a anfitriã perfeita, mas olhava para a porta repetidas vezes, esperando a convidada de honra chegar. Finalmente, às 18h45, andou até Hudson, que ainda estava de pé ao lado, contemplando um bolinho *vegan*, mas apavorada demais para comer.

— Onde está Jenny? — perguntou Holla com uma mão na cintura.

Hudson só deu de ombros.

— Ligue para ela agora e diga para vir cá — disse.

— Sem problemas — disse Hudson e subiu para o quarto. Ela se sentou em sua escrivaninha, tentando pensar. Ela sabia que esse momento chegaria, claro. E ainda não tinha ideia de como resolvê-lo. Abriu o laptop. Jenny ainda não tinha escrito para ela de volta — não que isso fosse ajudar em alguma coisa. Hudson mordeu uma de suas unhas da mão. Era terrível fazer com que tia Jenny parecesse mais vacilona do que já era, mas sua mãe estava acostumada com isso, afinal de contas. Jenny tinha feito coisas piores a ela durantes os anos. Tinha até saído com um dos namorados de sua mãe logo depois que Holla tinha terminado com ele. Então, não aparecer na própria festa de aniversário quase não era tão ruim.

Hudson voltou para a festa passados alguns minutos.

— Ela não está — disse para Holla com a cara mais séria que conseguia.

Os olhos de Holla arderam em chamas.

— O que quer dizer com ela não está?

— Quero dizer, ela não está atendendo ao telefone — disse Hudson, encolhendo-se por dentro enquanto dizia isso.

Holla sacudiu a cabeça como se não tivesse entendido bem, e então um de seus convidados da festa a cutucou no ombro e a puxou de volta para a multidão.

Hudson recuou para o canto. Pegou um mini-hambúrguer vegetariano e colocou em sua boca mesmo se sentindo nauseada.

Holla pediu para que Hudson ligasse para Jenny novamente às sete, às oito e depois, uma última vez, às oito e meia. Toda vez que Hudson subia para seu quarto ficava lá sentada, encarando o telefone por alguns minutos. *Apenas diga-lhe a verdade*, pensava. Mas era quase tarde demais.

— Ela não estava — disse ao retornar, enquanto a expressão de sua mãe mudava de descrença para raiva e depois para uma enfurecida e silenciosa aceitação.

Ao final da noite, depois de o último convidado agradecer a Holla, desejando-lhe boa-noite, Hudson assistiu à sua mãe fechar a porta da frente, andar pela sala de estar, assoprando todas as velas votivas.

— Mãe? — perguntou ela, grata pela escuridão. — Você está bem?

Holla não disse nada.

— Mãe? Você está bem?

Sua mãe se voltou para ela no escuro.

— Eu não quero que você a veja, nunca mais — disse calmamente. Ela deixou a sala, deixando Hudson com uma bandeja intocada de *macarons*.

Capítulo 23

— Vocês entram às oito horas, tocam seis músicas e depois têm dois minutos para sair do palco — disse Bruce, o gerente do Violet's abanando um dedo grosso e retorcido para eles. Tinha olhos azuis úmidos, uma barba grisalha e um jeito muito suspeito. — E nada de beber. Não cheguem perto do bar. Se quiserem um refrigerante, peçam a mim. Entenderam?

— Não se preocupe. Eles não vão beber — disse a Sra. Geyer. A mãe de Ben tinha aceitado ser a responsável oficial da banda para a noite. Hudson ficava cada vez mais impressionada com a Sra. Geyer a cada dia. Ela tinha ajudado os garotos a transportar os equipamentos e em seguida estacionou o carro numa garagem perto. Agora estava sentada no canto com sua bolsa no colo, lendo calmamente uma revista e fazendo o possível para desaparecer no fundo. Hudson não conseguia imaginar sua mãe fazendo uma coisa dessas, muito menos todas elas. Se a Sra. Geyer ainda tinha ressalvas a respeito da carreira de Ben na música, parecia estar superando-as.

— E se alguém perguntar quantos anos vocês têm, apenas digam que têm 18 anos — continuou Bruce.

— Sem problema, senhor — disse Ben, com sua educação habitual.

Bruce olhou para ele estreitando os olhos.

— Não me desrespeite — disse ele, apontando o dedo. Depois saiu, deixando um rastro de vibrações negativas atrás dele.

— Para um cara que agendou o show dos Ramones, ele parece um pouco nervoso — disse Gordie, ajustando seus óculos.

— Ele tem uma barba e tanto — observou Logan.

— Alguém está com fome? — perguntou a Sra. Geyer, enfiando a mão na bolsa. — Tenho carne seca e Fruit Roll-Ups.

— Mãe — disse Ben, sacudindo a cabeça. — Não acredito que trouxe Fruit Roll-Ups.

Hudson se levantou e andou ao redor do camarim pequeno e cavernoso. Ela tinha ouvido e lido tanto sobre esse lugar: brigas famosas no camarim, batidas policiais no banheiro. Claro, hoje em dia era mais tranquilo. A única lembrança do passado selvagem do Violet's parecia estar ali, nas paredes do camarim, cobertas na maior parte com grafite ilegível.

— Ei, alguém tem uma caneta? — perguntou ela.

Ben se aproximou e tirou uma do bolso de trás da calça.

— Vai acrescentar alguma coisa sua?

— Temos que deixar a nossa marca — disse Hudson. Ela pegou a caneta esferográfica dele e agachou um pouco, cuidando para não deixar que a barra de seu vestido de seda borgonha plissado ficasse suja. Ela empurrou a caneta na pintura descascada. OS SIGNOS ASCENDENTES, escreveu. E depois a data.

— Hudson, sua mãe vem? — perguntou a Sra. Geyer.
— Ah, ela não vai conseguir — disse Hudson.
— Sério? — perguntou a Sra. Geyer, surpresa. — Não vai?
— Ela está fora da cidade. — Ela tinha dito a Raquel para dizer a Holla que estava indo estudar na casa de Lizzie. Era uma mentira um pouco desleixada, mas foi o melhor que surgiu agora que sua mãe e Jenny estavam claramente brigadas. E a tia Jenny ainda estava fora do país. Toda vez que pensava nela, sentia um terrível nó no estômago. Mas, estando ali no camarim agora, sabia que tinha feito a coisa certa não contando a verdade à sua mãe.

— Sua mãe *sabe* sobre tudo isso, não sabe? — perguntou a Sra. Geyer, tentando não soar tão preocupada.

— Ah, sim, por ela tudo bem. Ei, você quer vir comigo na *delicatessen*? — perguntou Hudson para Ben. — Acho que preciso de algumas pastilhas para a minha garganta.

— Claro.

— Apressem-se — disse a Sra. Geyer. — Vocês entram em vinte minutos.

Assim que entraram no salão principal, Hudson percebeu que era a primeira vez que estava numa casa de shows de verdade; sua mãe não cantava em lugares assim desde que Hudson tinha nascido. O Violet's tinha apenas um salão, dificilmente maior que seu quarto em casa. Um aglomerado de mesas estava na pista, a apenas alguns metros do palco. O balcão do bar ao lado não era mais comprido que a ilha da cozinha de Holla. Acima do bar, tinha uma coleção de fotografias pendurada. E lá, contra a parede mais distante estava o palco estreito e pequeno, banhado em uma luz avermelhada.

— Uau — disse Ben, olhando ao redor. — Você tem que agradecer a esse Alex por mim. Isso é incrível.

— Eu sei. — Hudson riu. — Não consigo acreditar que estamos aqui.

— Eu estava pensando — disse Ben, coçando seu cabelo enrolado sem pomada. — Talvez seja meio louco, mas devíamos tentar um show no Joe's Pub. O que de pior pode acontecer? Eles dizerem não? Grande coisa.

— Certo. Acho que devíamos.

Eles saíram da casa de show e começaram a andar em direção à esquina. *Diga a ele*, pensou. *Seria tão fácil.* Gotas de chuva estavam começando a cair. Um ônibus da cidade bufou indo em direção a rua Bowery. Um reggae saía de um táxi na esquina. Na porta seguinte, um restaurante tinha acabado de abrir. Havia uma fita de veludo armada na frente, manejada por um leão de chácara corpulento, e, por perto, uma multidão de paparazzi se acotovela para fotografar as pessoas que entravam e saíam.

— Eu tenho uma teoria — disse Ben. — De que uma fita de veludo é basicamente tudo o que você precisa para fazer com que seu lugar seja legal. Isso e alguns caras esquisitos com câmeras realmente grandes conversando na frente.

— Acho que você está certo — disse Hudson.

— Sim. Quero dizer, as pessoas irão acreditar em qualquer coisa se virem um leão de chácara na frente do lugar...

— Hudson! — gritou alguém.

Hudson olhou. Era um fotógrafo. Antes que pudesse se mover, ele apontou a câmera para ela.

CLIQUE! O flash da câmera explodiu no rosto dela.

— Hudson! — gritou outro fotógrafo.

CLIQUE! Sua câmera soou enquanto outro flash a cegava.

— Onde está sua mãe? — gritou outro. CLIQUE!

— O que está acontecendo? — perguntou Ben. — Por que estão te fotografando?

— Venha aqui — disse ela, agarrando o braço dele e levando-o para a *delicatessen*.

— Essas pessoas te conhecem? — perguntou Ben. — Como sabem seu nome? Por que estão perguntando pela sua mãe?

Ela correu para dentro da *delicatessen* e foi para um corredor de batatas fritas e sacos de minipretzels. Ela não conseguia olhar para Ben. Ela olhou para os sacos de batatas fritas, as prateleiras de bala, todo lugar menos para o rosto dele.

— Hudson? — perguntou Ben. — O que foi isso?

Finalmente ela encontrou seu olhar preocupado.

— Minha mãe é Holla Jones, Ben.

Ben piscou por um momento. Era como se ela tivesse acabado de dizer que era uma marciana.

— Está falando sério? Por que não me contou?

— Eu deveria — disse ela. — Mas ainda não contei a ela sobre vocês também.

— O quê? — perguntou Ben. — Por que não?

— Porque eu deveria lançar meu próprio álbum essa primavera.

— *Deveria*? — disse ele.

— E ela nunca entenderia por que estou numa banda de jazz em Westchester.

— Obrigado — sussurrou Ben.

— Desculpa, não saiu direito — disse Hudson. — Olha, eu não quero minha mãe por perto. Ela simplesmente assume o controle. Ela assume o controle de tudo. Assumiu o controle do meu álbum e mudou tudo. Transformou todas as minhas músicas nessas coisas pops malucas, coisas que eu não conseguia nem reconhecer. Era terrível. E depois eu tentei cantar uma das músicas na frente de uma festa enorme e foi um desastre. E descobri que era um sinal que não era para ser. Então, decidi parar.

Ben assentiu com a cabeça lentamente, tentando entender.

— Mas, então, conheci vocês — disse ela. — E vocês me ajudaram a me lembrar da razão pela qual queria fazer isso. Porque amo música. E que preciso tocar o tipo de coisa que *eu* quero tocar. Não importa o que aconteça. — Ela tremeu no frio. — E estar em Larchmont, estar no seu porão, sair com Ellie, é como se eu finalmente fosse simplesmente eu, sabe? Não sou Holla Jones dois ponto zero. Pela primeira vez.

Ben sorriu.

— Hudson, — disse ele, aproximando-se dela. — Sei que não nos conhecemos muito bem. Mas você é talentosa, tudo bem? *Extremamente* talentosa. E às vezes sinto como se não acreditasse nisso de verdade. É como se tivesse vergonha disso.

Hudson brincou com os sacos de salgadinhos.

— E agora entendo — disse ele. — Não consigo nem imaginar como é ter o mundo inteiro conhecendo minha mãe. E ser comparado a ela. Seria um saco. — Ele estendeu a mão e pegou um pacote de pastilhas Ricola. — Mas você tem que assumir o seu próprio lugar no mundo. E sentir como se o merecesse.

Hudson olhou para Ben. Ele lhe deu a Ricola.

— E, quanto a não querer sua mãe envolvida, tudo bem, mas pense na sua posição: você não tem que bater em portas. Você não tem que perseguir alguém para que ouça sua fita. E não há nada de errado com isso.

— Eu sei — disse ela, ajeitando alguns pretzels na prateleira. — Só não queria que vocês esperassem isso.

— Eu não espero — disse Ben. — Mas se isso é o que realmente quer fazer, por que está dificultando tanto?

Ela pensou nisso por um momento.

— É como eu prefiro que as coisas sejam agora.

Ben assentiu.

— Bem, posso contar para o resto dos rapazes? — perguntou ele. — Tudo bem por você?

— Ainda não — disse ela. — Talvez mais tarde. Mas não agora. — Ela andou até a caixa registradora.

— Tudo bem — Ele tocou no ombro dela. — E, Hudson?

— Sim?

— Obrigado por me contar a verdade.

— De nada. — Ela pagou a Ricolas e saíram da *delicatessen*.

— Então, vão tirar fotos suas novamente? — brincou ele.

— Não importa — disse Hudson. — Geralmente não acabam em lugar nenhum.

Ela assistiu aos paparazzi se movimentando do lado de fora e ficou aliviada em ver que a maioria estava de costas para ela. E, então, um casal saiu do bar, atravessou a corda de veludo e foi para a calçada para a frente deles. Eles abaixaram as cabeças e andaram rapidamente pelos paparazzi que não pareciam notá-los. O cara era alto e magro e seu cabelo estava loiro avermelhado na luz laranja fraca dos postes. Ele segurava a mão da mulher. Ela era pequena e magra com cabelo castanho comprido que caía do capuz do seu casaco de pele de carneiro.

Hudson observou enquanto o homem se inclinava para beijá-la, e depois colocava a mão no bolso de trás de sua Levi's, puxando um gorro azul.

Hudson sentiu um arrepio atravessá-la. Era Chris Brompton. Com outra mulher.

— Ai, meu Deus — disse ela.
— O quê? — perguntou Ben. — O que foi?

Ela assistiu a Chris e sua mulher misteriosa atravessarem a rua.

— Hudson? O que está acontecendo?
— Eu conheço aquele cara — disse ela, apontando, incapaz de dizer mais.
— Temos que ir — disse Ben, olhando para o seu relógio. — Temos um show a fazer, se lembra?

Ela olhou para as costas do homem enquanto ia embora. Podia ser outra pessoa. Afinal de contas, ela não tinha visto o rosto dele. Mas ela sabia, com uma certeza doentia, que era ele.

Ela estava tão distraída que nem sequer notou o leão de chácara em frente ao Violet's quando entraram de volta.

— Esperem. Quantos anos vocês têm? — perguntou ele.
— Vamos tocar hoje à noite — explicou Ben e mostrou a pulseira ao segurança.

Eles abriram caminho pela multidão e foram em direção ao palco. O salão tinha enchido enquanto estavam fora. Chegaram ao camarim no momento em que Gordie e Logan estavam prestes a sair.

— Onde estavam? — perguntou Logan.
— Desculpa! — disse Hudson, vasculhando sua bolsa à procura de um pente e um gloss.

Bruce entrou agitando os braços.

— O que estão esperando, crianças? Sua vez! — gritou ele. — Saiam daí!

Hudson jogou suas coisas de volta na bolsa e correu atrás de seus colegas de banda para o palco.

— Ei. Somos os Signos Ascendentes — disse Hudson no microfone enquanto se sentava ao piano. Uma onda de aplausos subiu das mesas. Algumas pessoas até assoviaram. Hudson imaginou Chris Brompton, inclinou-se no microfone e, pensando, *Você está aqui, está mesmo aqui*, começou a cantar.

Capítulo 24

Tenho que contar a ela, Hudson pensou enquanto deitava na cama, encarando o teto. *Tenho que contar a ela o que eu vi esta noite.*

Era cedo — tão cedo que seu alarme nem tinha disparado ainda. Do lado de fora de suas cortinas de veludo, podia ouvir o gemido de um caminhão de lixo parado do lado de fora da casa delas. Era dia de escola, mas Hudson se sentia exausta demais para se levantar. Mal tinha dormido na noite após a apresentação. O show no Violet's tinha sido inacreditável e maravilhosamente ótimo. A multidão tinha amado as músicas e até mesmo Bruce pareceu impressionado. Tinham tido, inclusive, pedidos de CDs, mesmo que ainda não tivessem nenhum.

Mas ela não conseguia apagar da sua mente a imagem de Chris beijando aquela mulher. Era óbvio que tinha que dizer alguma coisa. Se não contasse, Holla iria apaixonar-se perdidamente por ele. Mas se contasse à sua mãe, teria que explicar o que estava fazendo no meio do East Village na noite passada em vez de estar no apartamento de Lizzie.

— Não diga nada — advertiu Carina pelo telefone após o show. — Finja que nunca viu nada. Isso que eu faria. Você não vai querer ficar no meio disso *de jeito nenhum*.

— Você tem que contar a ela! — argumentou Lizzie quando Hudson telefonou depois de falar com Carina. — *Você não iria querer saber?*

— Mas se eu contar a ela, ela vai querer saber onde eu o vi — explicou Hudson.

Lizzie parecia estar pensando.

— Apenas diga que o viu perto da minha casa.

— Mas por que *nós* estaríamos na rua? — perguntou Hudson.

Lizzie não teve uma resposta para isso.

— Ugh — disse ela no travesseiro, lembrando-se agora da conversa no momento em que seu relógio *vintage* dos anos 1960 tocou.

Hudson estendeu o braço e bateu nos sinos barulhentos com a mão. Depois, pegou seu iPhone do chão e, por força do hábito, checou seus e-mails.

Jenny tinha finalmente escrito de volta. Prendendo a respiração, Hudson o abriu.

Ei, Hudson, acabei de receber sua mensagem. Estou muito chocada por saber da festa. Eu disse para você que estaria fora da cidade. Me perguntei por que nunca mais ouvi falar de você. Acho que só precisava de mim como um "álibi"
Vou ligar para sua mãe assim que chegar em casa.

Jenny

Com uma sensação penetrante no peito, Hudson viu que Holla tinha sido copiada na mensagem.

Hudson jogou o telefone no chão e foi ao banheiro com pernas trêmulas. Ela estava muito encrencada. Agora sua mãe sabia de quase tudo. Como um zumbi, tomou banho, secou-se e colocou seu uniforme da escola. Quando abriu a porta, Matilda estava lá, circulando seus pés animadamente. Hudson a pegou.

— Estou encrencada, Bubs — cochichou na orelha da cadela. Matilda lambeu o nariz de Hudson quase compreensivamente. Hudson desceu as escadas, passando pela cozinha. Se sua mãe estivesse em casa, saberia onde estaria e não havia sentido em prolongar isso.

Hudson soltou Matilda em frente às portas de vidro do estúdio de yoga. Dentro, podia ver Che, a instrutora de Hula-hoop cheia de piercings e dreads, girando um bambolê ao redor da cintura. Holla estava no canto, falando com Sophie, de costas para a porta.

Hudson abriu a porta. *Lá vamos nós*, pensou.

— Mãe? — pediu.

Holla se virou antes que Hudson sequer terminasse de falar. Seus olhos estavam sombrios e pareciam até maiores do que o normal. Seu peito se elevava e descia.

— Mãe, eu vi o e-mail de Jenny...

— Você está de castigo — disse Holla. — Entende?

— Mãe, me desculpe — disse Hudson, sentindo as lágrimas nos olhos. — Foi um erro.

— Ah, sério? Um erro? Sophie? — disse Holla, soando como se mal estivesse mantendo o controle.

Hudson viu que Sophie segurava um jornal enrolado. Desenrolado apenas o suficiente para mostrar a página da frente e o título do *New York Post*.

— Olhe a página seis — disse Holla.

Sophie entregou o jornal a Hudson, sem olhá-la nos olhos. Com mãos tremendo, Hudson encontrou a página.

Era uma foto dela com Ben. Uma das que tinham sido tiradas na noite anterior quando entraram na *delicatessen*. E, abaixo, estava a legenda:

Hudson Jones, filha do ícone Holla Jones, deixando o Violet's, onde fascinou a multidão ontem à noite com suas próprias músicas inspiradas em jazz e soul.

— Uma coisa é mentir para mim — disse Holla com a voz assustadoramente calma e controlada —, mas sua gravadora vai querer saber por que alguém com pânico de palco paralisador está cantando no Violet's.

— Eu ia contar — começou ela. — Sobre essa banda a qual me juntei. Em Westchester.

— Em *Westchester*? — exclamou Holla. — Você tem ido para *Westchester*?

Hudson não disse nada.

— Bem, está feito — disse Holla. — Vou ligar para a sua gravadora hoje e dizer que você está de volta. Me entendeu?

Hudson não respondeu. Ela sabia que a mãe estava falando sério.

— E sobre Jenny — disse Holla com uma voz murcha. — Você sabe como me fez parecer? Na frente de todo mundo? Como pôde deixar que eu fosse humilhada daquela forma?

Hudson engoliu de novo.

— Desculpe. Eu só não sabia o que dizer.

— E por que você iria querer tocar num lixo como o Violet's quando poderia estar no Madison Square Garden? — perguntou Holla, com a voz retumbando contra as paredes do estúdio. Atrás dela, Che e Sophie pareciam encolher. — Quando tem um álbum terminado parado na prateleira? O que há de errado com você?

— Só quero fazer algo eu mesma — disse Hudson debilmente.

— Porque eu sou péssima. Certo? Eu sou péssima. — Holla sacudiu a cabeça. — Não fiz nada além de te ajudar. Eu te dei professores de música, técnicos de voz e estúdios. E você jogou de volta na minha cara. Assim como a minha irmã.

— E se eu não *quiser* tocar no Garden? — explodiu Hudson. — E se eu não *quiser* fazer as coisas exatamente do jeito que você faz? — Sua voz estava ficando cada vez mais alta. — E se eu não precisar ser uma completa egocêntrica para ser feliz?

O rosto de Holla afrouxou.

— Você vai sair dessa banda. Hoje. E a partir de agora, não vai a lugar nenhum que não seja a escola. Você me entendeu?

Hudson se virou e correu para a porta, sufocando as lágrimas. Ela tinha esquecido de falar à sua mãe sobre Chris. Mas Holla não merecia saber. E quando Holla descobrisse Hudson não estaria lá. Ela nunca mais estaria lá por Holla.

Capítulo 25

— Hudson, está tudo bem. Sério. Tudo bem — disse Lizzie, afagando o cabelo de Hudson com a palma da mão.

— Vamos, você vai *me* fazer chorar — suplicou Carina, estendendo o braço para acariciar Hudson nas costas.

Elas não deveriam estar dentro do banheiro feminino do lobby do Chadwick, pois tecnicamente, era apenas para visitas. Mas Lizzie e Carina tinham puxado Hudson para lá quando a viram e ela tinha ficado bastante grata por segui-las. Agora estava com a cabeça prensada contra o ombro de Lizzie, soluçando tão forte que pensou que fosse hiperventilar. Assim que conseguiu respirar normalmente de novo, Carina molhou um papel toalha embaixo da torneira e entregou a ela.

— O que aconteceu? — perguntou Lizzie. — Conte para nós.

Hudson borrou seu rosto com o papel toalha.

— Minha mãe descobriu sobre o show. Está na página seis. E eu tive que largar a banda. *E* minha tia me odeia oficialmente.

— Isso é terrível — disse Lizzie.

— E agora está tudo acabado. Tudo. E o show ontem à noite foi ótimo. — Ela fungou, enxugando o nariz com as costas da mão.

— Ela só estava com raiva — argumentou Carina. — Espere até ela te ver num show. Com certeza vai mudar de opinião...

— Não, não vai, não agora. Está tudo acabado. — Hudson pegou um papel toalha seco e enxugou os olhos. — É como se não tivesse conversa com ela. Não há como argumentar com a minha mãe. Ela disse que, como assinei um contrato, deveria retomar de onde parei. Mas aquele álbum não sou eu. Nem é minha música.

— Por que você não diz isso a ela? — perguntou Carina. — Apenas diga isso. Diga a ela que quer fazer um álbum que reflita *você*.

— Eu tentei — disse Hudson. — No dia em que vocês estavam no estúdio no outono passado. Vocês se lembram de como funcionou bem?

— Olha, você tem sido corajosa, se posicionou e saiu da barra da saia da sua mãe — apontou Lizzie com seus olhos castanhos calmos e tranquilizadores. — E isso é mais do que qualquer um poderia fazer no seu lugar. Talvez você possa voltar para a banda daqui a pouco. Depois que as coisas se acalmarem.

— E por que sua tia odeia você? — perguntou Carina. — Quero dizer, sem querer piorar as coisas, mas essa parte ainda não entendi.

— Minha mãe fez uma festa para ela e eu sabia que minha tia não conseguiria ir e esqueci de contar para a minha mãe. Vocês sabem como ela é controladora com as coisas. Eu simplesmente não consegui dizer a ela. Não consegui dizer que tinha cometido um erro.

Suas amigas a olharam carinhosamente.

— Ela é sua mãe, H — disse Carina. — Ela não espera que você seja perfeita.

— Sim, espera — disse Hudson, sentindo as lágrimas começarem a sair novamente. Hudson olhou para o espelho. Manchas vermelhas enormes se espalhavam de seus olhos verdes para suas bochechas e seus lábios estavam inchados. — Ela não pode ser normal — disse Hudson. — Ela não consegue comer como todo mundo. Não relaxa um segundo. Tudo gira em torno de ser a melhor, a maior, a pessoa mais maravilhosa do mundo. Ela quer que eu seja assim também. É como se eu fosse uma perdedora se não terminar uma superestrela.

— Você acredita nisso? — perguntou Lizzie.

Hudson engoliu.

— Não.

— Então por que você se incomoda quando ela diz isso? — perguntou Lizzie.

Hudson brincou com o elástico de cabelo ao redor do pulso.

— Acho que uma pequena parte de mim tem medo de que ela esteja certa — disse calmamente.

Carina olhou para seu relógio.

— Ah *droga*. A madame Dupuis vai ter um ataque se não subirmos. — Ela colocou suas mãos nos ombros de Hudson. — Você está bem?

Hudson fungou uma última vez e então jogou mais água no rosto.

— Deus, eu amo a escola — gemeu e então, esboçou um sorriso.

Enquanto saíam do banheiro, Hudson tentou acreditar no que Lizzie tinha dito. *Ela tinha* sido corajosa. Tinha tentado fazer suas próprias escolhas. Por apenas algumas curtas semanas, tinha sido Hudson no palco. E tinha sido maravilhoso.

Mas estava tudo acabado agora. E quanto mais cedo aceitasse isso, melhor.

Capítulo 26

Durante o dia todo, Hudson olhou o relógio. Em cada aula, durante cada período livre, observou o tempo. Doze horas. Uma hora. Duas. Cada minuto que a trazia para perto do fim da escola só aumentava seu sentimento de pavor. Passar a noite sob o mesmo teto que sua mãe era um tanto inconcebível. Neste momento, não queria olhar ou falar nunca mais com Holla. Quase perguntou a Lizzie ou Carina se podia dormir na casa de uma delas. Mas o que quer que a estivesse esperando em casa, sabia que tinha que encarar. Pelo menos, o pior parecia ter acabado.

Quando saiu da escola, o SUV preto estava esperando logo na calçada, bem em frente às portas da escola. Holla estava cumprindo sua promessa de apertar o cerco nas idas e vindas de Hudson.

— Tchau, pessoal — disse para Lizzie e Carina enquanto pairavam ao lado do prédio da escola, se protegendo da chuva. — Rezem por mim.

— Você só tem que passar por esta noite — disse Carina.

— Talvez sua mãe reconsidere o lance da banda — adicionou Lizzie.

Mas enquanto o SUV avançava em seu caminho em direção ao centro, Hudson duvidou disso. Pelo que sabia, sua mãe já tinha agendado uma hora para ela no estúdio para terminar o álbum e lançá-lo no verão. Quando chegou em casa, pegou o elevador de serviço do porão e entrou na cozinha, segurando a respiração.

— Sua mãe está lá em cima — disse Raquel severamente, arrumando um ramo de flores brancas. — Ela quer falar com você.

Hudson sentiu uma onda de pavor ainda maior.

— Obrigada — disse ela de forma apática e depois pegou o elevador para o quarto andar, que pertencia inteiramente à suíte de Holla de quartos privativos. Hudson andou pelo corredor, passando pelo quarto cor de pêssego claro e pela academia onde Holla corria na esteira e levantava pesos às tardes. Então, fez a curva no closet. Ela tirou suas botas na entrada (Holla não gostava da ideia de sujeira muito perto de suas roupas) e entrou.

Holla estava num pedestal com um vestido justo magenta, rodeada por portas espelhadas do closet que ampliavam seu reflexo várias vezes, como se tivessem pelo menos umas cem Hollas no quarto. Kierce, seu *stylist*, estava sentado num pufe com tufos para um lado. Ele tinha um rabo de cavalo longo, uma pele pálida fantasmagórica e um olhar de desaprovação permanente. Embora só usasse preto, estava sempre tentando fazer com que Hudson usasse cores vibrantes.

— Estamos procurando algo para usar no *Saturday Night Live* — disse Holla sucintamente. — O que você acha? — Ela girou no pedestal com as mãos na cintura, mostrando o vestido, que abraçava cada curva. — Gosta da cor?

— A cor não está nem sob *questão* — colocou Kierce.

— Eu gosto — disse Hudson, aliviada por estar falando sobre moda.

— Eu não sei. Não gosto do que ele faz aqui — disse Holla, apontando para seu abdômen plano. — Me deixa com uma barriguinha.

— Não, não deixa — disse Hudson. — Está muito bonito. Eu juro.

— E Kierce tem algumas coisas para você.

— Para mim?

Com um olhar mal-humorado, Kierce tirou várias sacolas de roupas de um pequeno armário e as entregou para Hudson.

— Tem algumas peças da Rodarte aí — disse ele. — Nem me pergunte o que eu tive que fazer para consegui-las.

— Mas para o que são? — perguntou Hudson, dando um sorriso fraco para Kierce enquanto pegava as roupas.

— *Saturday Night Live* — anunciou Holla. — Você vai fazer comigo. Está tudo certo. Sete de março. Duas semanas. — Ela se virou para Kierce. — Poderia abrir o zíper para mim, por favor?

A sacola de roupas deslizou das mãos de Hudson.

— O quê? — perguntou, quase sussurrando.

— Se puder experimentar as roupas agora seria melhor — disse Holla. — Kierce pode devolver o que não ficar bem.

— Mas, mas... — gaguejou. — Por que vou participar do *Saturday Night Live*?

Kierce abriu o zíper do vestido.

— Porque enviei a eles uma de suas músicas — disse Holla —, e eles retornaram esta tarde dizendo que querem você.

— Então isso foi ideia *sua*? — perguntou Hudson, em pânico.

— Querida, sua gravadora está entusiasmada. E eu acho que depois de tudo o que aconteceu, é o melhor para você. — Ela pisou fora do vestido magenta para dentro de um vestido de seda pregueado azul-royal que Kierce abria para ela. — A maioria das pessoas tem que esperar até terem um hit enorme para ir ao Saturday Night Live. Mas eles *te* querem agora.

Seu coração estava esmurrando o peito

— Mãe, eu não posso — disse ela.

— Hudson... — alertou Holla.

— Eu faço parte de uma banda agora — disse corajosamente. — Eu preciso apoiá-los. Eles são minha prioridade.

— Isso está acabado — estourou Holla, virando-se de costas para que Kierce pudesse fechar seu zíper.

— Não está. Eu fiz uma promessa a eles. E eles gostam da minha música. Gostam de mim por quem eu sou.

— Sério? — perguntou Holla, virando-se. — Tem certeza disso?

— O quê? — perguntou Hudson, percebendo o tom sarcástico da sua mãe.

— Sophie ouviu do assessor de imprensa do Joe's Pub hoje — disse Holla, suprimindo um sorriso. — Aparentemente disseram a eles, *prometeram*, na verdade, que eu faria um show lá. Em troca de agendar a sua banda.

Hudson piscou.

— Não... não pode ser — disse ela.

— Soa como um bando bem leal de pessoas — resmungou Holla. Ela avaliou seu reflexo e virou-se de volta. — Abra o zíper novamente — disse para Kierce.

Hudson ficou paralisada. Ela não acreditava nisso. Não *podia* acreditar. Mas então se lembrou do que Ben tinha dito naquela noite em frente à casa de Ellie, sobre como chegar lá era noventa por cento conexões... e começou a sentir um bramido de raiva bem no fundo dela.

— Eles estão te usando, querida — disse Holla, pisando fora do vestido. — Só achei que devia saber.

O gosto amargo da raiva encheu a boca de Hudson.

— E o seu namorado está usando *você* — rebateu. — Eu o vi saindo de um bar com uma mulher. Segurando a mão dela. E a beijando.

Holla congelou, com uma perna para fora do vestido.

— O quê?

— Eu o vi ontem à noite — disse ela. — Ele estava com alguém. Num encontro. Eu o vi saindo de uma boate. — Ela sabia que estava sendo cruel, mas não conseguia se segurar.

— Onde ele te disse que estaria ontem à noite?

Holla ainda não se mexia.

— Visitando a família — disse ela, rouca.

— Não parecia.

Kierce parecia estarrecido.

— Você não disse que ele estava em Poughkeepsie? — perguntou a Holla.

— Então, ele é exatamente como todos os outros, não é, mãe? — perguntou Hudson. — Ele *realmente* ama os holofotes. Mas você? Não tenho tanta certeza.

Era provavelmente a coisa mais malévola que tinha dito para sua mãe, mas neste momento, as palavras estavam voando de sua boca.

— Kierce, por favor, me passe meu telefone — disse Holla. Ela permaneceu perfeitamente imóvel. — Acho que é o suficiente agora, Hudson. Por que não se preocupa apenas com a sua própria vida, tudo bem?

Hudson saiu feito um furacão do closet, pegou os sapatos e desceu as escadas. Seu coração estava batendo tão rápido que era tudo o que conseguia ouvir. Quando alcançou seu quarto, pegou seu iPhone.

Ben atendeu no segundo toque.

— Hudson? Ei, quais são as novidades?

— Você ligou para o Joe's Pub e disse a eles que minha mãe se apresentaria lá? — perguntou ela sem fôlego.

— O quê? Não — disse ele. — Do que você está falando?

— Bem, alguém ligou — disse ela. — Lembra o que disse sobre conexões? Como tudo gira em torno de quem você conhece? Como eu deveria usar o que tenho?

— O quê? — Ben soou completamente confuso. — Hudson... o que há de errado?

— Isso não é um jogo para mim — disse ela. — A razão pela qual me juntei à sua banda era para provar a mim mesma que eu podia fazer isso, sozinha.

— Você *não* está sozinha — disse Ben. — Existem três outras pessoas nessa banda além de você. Você não é a única que quer tirar algo disso. E o que deveríamos fazer? *Não* ligar para o fato de você ser a filha de Holla Jones?

— Então você contou aos meninos — disse ela. — Ótimo.

— Achei que era importante — disse ele.

— E você contou a eles no Joe's Pub — disse ela. — Você disse quem eu era.

— Não é como se pudéssemos esconder isso — disse Ben.

— Obrigada — disse ela. — Isso é ótimo. Eu confiei em você.

— Hudson, espere...

— Adeus, Ben — disse ela.

Ela martelou o dedo no DESLIGAR antes que ele pudesse responder e jogou o telefone na cama como se estivesse pegando fogo.

Ela se sentou no chão com as costas na cama e abraçou os joelhos junto ao peito. *Você fez a coisa certa*, disse a si mesma. *Isso tudo tinha que terminar em algum momento. Você sabia que as coisas iriam mudar quando dissesse a eles quem era. Melhor sair fora agora.*

Ela inclinou sua testa contra os joelhos, fechando os olhos em lágrimas. Mas não conseguia se livrar da sensação de que tinha acabado de cometer um erro gigantesco.

Então teve uma ideia. Levantou-se e foi para o outro quarto onde seu laptop a esperava na escrivaninha. Entrou em signsnscopes.com e clicou em Peixes.

Parabéns, pequeno peixe! Você alcançou um avanço enorme durante o eclipse lunar! Tudo que sempre quis está finalmente dentro do seu alcance... Agora tudo o que tem que fazer é ir nessa!

Hudson fechou o laptop e foi direto para a cama.

Capítulo 27

— Então, amanhã é a grande noite — disse Lizzie, pegando um pouco da crosta queimada do seu sanduíche de bacon com salada. — Você está bem?

— Não acredito que vai participar do *Saturday Night Live!* — gritou Carina, batendo seu pé na base da mesa de jantar. — Isso é tão legal.

— Eu estou bem — disse Hudson para Lizzie enquanto comia uma garfada de salada de repolho. — Na verdade não é algo tão importante assim. — Ela pegou seu sanduíche Reuben e deu uma pequena mordida.

— Tem certeza que não posso ir? — perguntou Carina, agarrando a mão de Hudson. — Eu sento na plateia, no fundo. Você nem vai me ver, *prometo.*

— Meninas, queria que pudessem ir — disse Hudson gentilmente. — Mas é tudo parte do meu plano de mestre: garantir que ninguém veja isso. Vocês não contaram a ninguém, certo?

Lizzie e Carina sacudiram suas cabeças.

— Bom. E, de alguma forma, minha mãe convenceu o *SNL* a não promover — disse ela. — E eu também não farei nenhum comercial com ela.

— As pessoas *vão* ver, você sabe — lembrou-a Carina. — Mesmo se *for* o primeiro dia das férias.

— Obrigada, C. Você realmente está fazendo com que eu me sinta melhor.

— Então por que concordou em fazer? — perguntou Lizzie.

Hudson revirou os olhos.

— Minha mãe está um caco desde o fim do namoro, que, basicamente, eu causei.

— Não foi sua culpa, Hudson — disse Carina.

— Mas eu que contei a ela — disse Hudson, dando outra mordida.

— E era a coisa certa a fazer — exclamou Lizzie. — Alguém tinha que fazer isso!

— Só queria que não tivesse sido eu — disse ela.

— Entendemos que sua mãe terminou com um cara, mas é a vida dela, Hudson, não a sua — disse Lizzie. — Você não devia fazer isso só porque sente que deve fazer.

— Bem, qual a minha outra opção? Fazer parte de uma banda com um bando de caras em quem não confio?

— Então, o cara usou o seu nome para agendar um show — disse Carina. — Você sabe como as pessoas são. Às vezes elas não pensam. E você realmente gostava dessa banda.

— Meninas, por favor — suplicou, abaixando seu garfo. — Estou realmente nervosa com esse negócio do *SNL*. Não piorem as coisas para mim, tudo bem?

Lizzie e Carina trocaram um olhar e então voltaram a comer suas refeições. Hudson voltou a catar sua comida. O término tinha detonado sua mãe, assim como Hudson tinha temido. Holla tinha confrontado Chris sobre a mulher misteriosa naquela mesma noite e, depois de algumas negações, ele confessou. Ela era sua última namorada, com quem ele nunca tinha realmente terminado. Felizmente, o álbum de Holla tinha terminado. Ela chamou Chris de algumas palavras bem selecionadas e desligou na cara dele e, apesar das mensagens de voz frenéticas que ele tinha deixado, não tinha voltado atrás.

Só que Holla decaiu rapidamente para o Modo Término de Namoro — períodos de atividade frenética seguidos de depressão absoluta. No dia seguinte ao término, Hudson chegou em casa e achou Holla andando pela casa descalça parecendo perdida e distante. Hudson tinha visto sua mãe sofrer por muitos rompimentos, mas nunca tinha sido a causadora de um. Hudson disse a Lorraine para preparar um lote dos seus biscoitos de chocolate *vegan* e levá-los para a sala de oração, onde ela e sua mãe estavam conversando no sofá, assistindo a *O Diabo Veste Prada*. Ela disse à sua mãe que ela estava melhor sem Chris e a lembrou que perdeu pouco tempo com o cara. Ainda assim, Holla estava desolada.

— O tempo todo ele esteve com ela — ficava dizendo como se não acreditasse. — *O tempo todo.*

Quando Holla trouxe à tona a apresentação no *Saturday Night Live* novamente, não havia nenhuma dúvida de que Hudson faria.

— Se você estiver lá, fazendo comigo, me sentirei forte — disse Holla, apertando a mão de Holla. — Não estarei pensando nele.

— Claro, mãe — disse Hudson, apertando de volta. Era o mínimo que podia fazer.

Agora Holla só conseguia falar da apresentação. Elas já tinham tido longos ensaios de três horas para uma música de três minutos. Tiveram reuniões para falar de cabelo e maquiagem com Gino e Suzette. Holla até queria que Hudson fizesse um solo de dança, com o qual Hudson tinha concordado relutantemente.

Agora Hudson estava sentada com suas amigas num silêncio desconfortável. Sabia que tinha cometido um erro ao concordar. E não tinha como escapar disso.

— Tem falado com Ben? — perguntou Lizzie calmamente.

Hudson largou seu garfo e sacudiu a cabeça.

— Estava me perguntando se ele não estaria de férias nas próximas duas semanas também.

— Eles ainda farão o show no Joe's Pub? — perguntou Carina.

Hudson deu de ombros.

— Não tenho ideia. Não tenho falado com nenhum deles. Não que eu pretenda falar.

— Tem certeza de que não quer ligar para ele? — perguntou Lizzie. — Você *realmente* desligou na cara do garoto.

— Ligar para ele e dizer o quê?

— Pelo menos ouvi-lo — disse Carina.

— Acho que já sei de tudo o que preciso saber —sussurrou.

— Ben não parece ser o tipo de cara que faria algo assim — disse Lizzie. — Você acha que é? — perguntou à Carina.

Carina sacudiu a cabeça.

— Acho que não. Mas as pessoas às vezes fazem coisas loucas e egoístas. Ei, falando em coisas loucas — disse ela, olhando para o canto. — Aquela é a Hillary vindo para cá?

Hudson desviou o olhar do seu prato. Se a garota deslizando na direção delas tinha sido algum dia a amiga excêntrica e cafona de Hudson, agora era impossível de dizer. Esta era uma estranha espantosamente elegante, usando sapatilhas de balé prateadas, uma mochila de couro caindo ardilosamente de um ombro e um batom escuro. Tinha trocado seus suéteres de lantejoulas por uma blusa de seda e um blazer preto recortado — ambos contra o código de uniforme da escola — e sua kilt do Chadwick antes deselegante tinha sido encurtada, pelo menos, uns 12 centímetros. Estava até usando joias: uma pulseira e brincos de folha de prata que refletiam a luz enquanto andava.

— Você que fez isso com ela? — perguntou Lizzie para Hudson.

— Acho que não — disse Hudson.

— Ei, meninas — disse Hillary enquanto se aproximava.

— Oi... hum... oi — sussurraram, todas admiradas com a nova aparência de Hillary.

O olhar de Hillary se concentrou em Hudson.

— Posso falar com você um segundo? É importante. — Ela batucou seus dedos na alça da sua mochila e Hudson notou que tinha pintado as unhas estilo francesinha. Quase como as de Ava.

— Hum... claro — disse Hudson, ainda um pouco perplexa. — Já volto, meninas. — Ela seguiu Hillary até o lado de fora, na rua.

Hillary desceu o quarteirão e se fixou em frente à Sweet Nothings, a loja de doces favorita de Carina.

— Então, que foi? — disse Hudson.

— Por que você deixou a banda? — perguntou Hillary diretamente. — Ben me contou que você saiu. Ele também me contou que você desligou na cara dele, mas voltaremos a isso depois... Por que saiu?

— Isso é entre mim e Ben.

— Você sabe o quanto esse show no Joe's Pub significa para ele — disse Hillary. — Como pôde fazer isso?

— Ele ainda vai fazer o show? — perguntou Hudson cautelosamente.

— *Claro* que não vão fazer. Eles não podem fazer nada sem você.

— Hillary, isso deve ser difícil de acreditar — disse Hudson —, mas acho que Ben fez algo realmente feio.

Hillary colocou seus pulsos minúsculos no quadril.

— Do *quê* você está falando? — perguntou ela arrogantemente.

— Acho que ele disse ao pessoal do Joe's Pub que, se eles marcassem nosso show, minha mãe apareceria pessoalmente e cantaria algumas músicas.

Hillary apenas a olhou.

— Minha mãe recebeu a ligação. E isso foi depois de eu finalmente contar tudo a ele: quem minha mãe era, todos os motivos pelos quais queria estar na banda e por que não queria que ela fosse envolvida — continuou ela. — Ele destruiu totalmente minha confiança, está bem? Foi por isso que eu saí. Foi por isso que desliguei na cara dele.

— Ben não faria isso — disse ela.

Hudson deu de ombros.

— Ele fez. Praticamente admitiu para mim.

— Não. Eu conheço o meu primo. E eu sei que isso é algo que ele nunca faria. — Hillary tirou seu telefone da mochila.

— Ligue para ele agora mesmo e peça desculpas.

— Hillary! Não — disse Hudson, recuando. — Eu não vou pedir desculpas!

— Mas você tem que pedir — disse Hillary. — Eu sei que ele não fez isso. E talvez não seja tarde demais para salvar o show do Joe's Pub...

— Mas é tarde demais — disse Hudson. — Eu tenho outro show amanhã à noite. Com a minha mãe. Vou apresentar o *Saturday Night Live*.

— Com a sua *mãe*? — perguntou Hillary, horrorizada.

— Sim. Com a minha mãe. Por que está me olhando assim?

Hillary sacudiu a cabeça.

— Só estou... — Hillary ficou calada por um tempo. — E todo o trabalho que fizemos juntas? — disse ela finalmente. — E toda aquela conversa sobre fazer as coisas do seu jeito?

— Eu tentei isso — disse Hudson, afastando-se dela. — Não funcionou.

Hillary ficou em silêncio novamente.

— Eu não fiz nada — acrescentou Hudson. — Isso é tudo culpa dele. Então, se estiver tudo bem por você, tenho que voltar para as minhas amigas.

Hudson girou e caminhou rápido pelo quarteirão, sem olhar para trás. Estava com tanta raiva que seu peito doía. Nada disso era da conta de Hillary. E ela não tinha o direito de pegar o celular daquele jeito e empurrá-lo na cara de Hudson.

Carina e Lizzie a observaram cuidadosamente enquanto voltava para o restaurante e para a mesa.

— Está tudo bem? — perguntou Lizzie.

— Sim, está tudo ótimo — mentiu Hudson, pegando sua bolsa.

— O que aconteceu? — instigou Carina.

— Ela está brava porque eu briguei com o primo dela — respondeu Hudson. — Ela disse que não era a cara dele fazer algo assim.

— Talvez ela esteja certa — disse Lizzie.

— Bem, ainda assim ela não tinha o direito de ficar com raiva de mim — disse Hudson. — E está chateada comigo por causa de outra coisa também.

— Que outra coisa? — perguntou Lizzie.

— Nada — murmurou Hudson.

— Acho que você acabou de receber uma mensagem — disse Carina, apontando para a bolsa de Hudson.

Hudson pegou seu telefone. Era da sua mãe.

Ensaio hoje às 16 – não se atrase!

— Meninas, me ajudem — suplicou Hudson.

— O quê?

— Eu realmente acho que não consigo fazer isso. Como eu saio dessa?

Carina e Lizzie olharam de volta para ela, consternadas. Hudson sabia o que estavam pensando: *Sentimos muito, H. É tarde demais.*

Capítulo 28

— Agora, só fique bem paradinha por um segundo — disse Paula, a figurinista, enquanto apertava o vestido roxo prateado de Hudson nas costas. — Você é tão pequena, mas isso deve servir.

Hudson olhou para o espelho de corpo inteiro enquanto Paula segurava o alfinete e o vestido encolhia magicamente. Era, Hudson tinha que admitir, lindo — metálico, brilhante e cinturado, com mangas curtas e uma gola vê. Ela o tinha comprado pela internet e Holla, depois de o ter visto, decidiu usar algo numa cor quase igual.

— Tudo bem, acho que deve servir — disse Paula, estreitando os olhos em direção ao reflexo de Hudson no espelho. — Você vai ficar *adorável* ao lado de sua mãe lá fora.

— Obrigada — disse Hudson, saindo do pedestal. — Precisa que eu peça para ela vir aqui?

— Por mim ela já estava ótima durante o ensaio com o figurino, mas vou dar uma checada. E acho que é melhor se eu for até ela — disse, pegando sua caixa de costura.

Hudson seguiu Paula, saindo do camarim para o corredor principal dos estúdios do *Saturday Night Live*. Estava abarrotado de pessoas — escritores, produtores, estagiários da NBC usando uniformes e correndo nos últimos cinco minutos antes de entrar no ar. Alguns membros do elenco corriam, já maquiados e com figurino, para o esquete de abertura. Um estagiário com idade para estar na universidade empurrava um carrinho com roupas pelo corredor, e um assistente pessoal, usando fones de ouvido, levava algumas pessoas para os bastidores. Ao final do corredor, estava uma porta dupla e, atrás, o estúdio, onde a banda da casa do *SNL* estava tocando "Mustang Sally" para aquecer a plateia. Através das portas, Hudson podia ouvi-los batendo palmas e assobiando. Embora andasse aterrorizada em relação a esta noite, agora olhou ao redor com admiração. Era difícil não se deixar levar por isso.

Paula virou à esquerda nas portas duplas e depois à direita, para dentro do camarim de Holla. Hudson a acompanhou, mas quase bateu no Pequeno Jimmy, que tinha sido retirado do quarto.

— Muita gente lá dentro — disse ele e apontou para a multidão se derramando pela porta estreita e para o corredor. Hudson nunca tinha visto a maioria dessas pessoas antes, mas podia dizer, por suas roupas e expressões muito sérias, que eram da gravadora de Holla. Hudson forçou sua entrada.

No canto mais distante do quarto, Holla estava sentada numa cadeira de diretor em frente a um espelho emoldurado com minúsculas lâmpadas brancas, com sua cabeça jogada para trás e olhos fechados, deixando Suzette e Gino fazerem seu trabalho. Suzette aplicava cílios postiços enquanto Gino alisava o cabelo de Holla que caía para os dois lados de sua cabeça, perfeitamente lisos. Sua franja — cortada recentemente — caía levemente sobre seus olhos bastante delineados. Seu vestido justo sem alça, com o mesmo tom de roxo com brilho metálico do vestido de Hudson, cintilava sob as luzes.

Brendan, o produtor musical que tinha conhecido no ensaio, aproximou-se de Hudson em meio à multidão. Ele usava calça jeans e tênis surrados e segurava um prospecto embaixo do braço. Ele era bonito, com um cabelo preto curto parecendo amarrotado, mas Hudson tentou não notar. — Então, viremos buscá-la por volta de meia-noite e dez — disse ele. — Mas antes disso, alguém virá para colocar o microfone em você e na sua mãe.

— Ótimo — disse ela, forçando um sorriso.

— Sei que não queria ensaiar, para manter tudo em segredo — disse ele —, mas temos que saber com antecedência... está preparada? Isso é televisão ao vivo.

— Estou bem — disse ela, tentando soar como se fosse ao *Saturday Night Live* uma vez por mês.

Brendan manteve o olhar em Hudson um pouco mais que o necessário, como se quisesse descobrir isso sozinho.

— Está certo, vejo você lá fora — disse ele, checando as horas. — Tenha um excelente programa.

No canto do quarto, a TV acima deles piscou, e uma tela azul apareceu.

— O que é isso? — perguntou Hudson.

— É o sinal ao vivo do estúdio — explicou Paula. — Assim que o programa começar, conseguirá vê-lo por aqui. — Paula se aproximou de Holla. — Só para garantir, está tudo bem com sua roupa?

Holla segurou a mão dela.

— Está tudo ótimo. Mas me deixe ver você, Hudson — pediu. — Venha aqui.

Hudson, obedientemente, abriu caminho até a cadeira de sua mãe.

Suzette e Gino chegaram para o lado e Holla sorriu para Hudson pelo espelho.

— Adorável — disse ela, segurando Hudson pela cintura. — Simplesmente *adorável*. Olhe para nós. Isso é *brilhante*.

Elas praticamente pareciam gêmeas com seus vestidos roxos prateados combinando.

Kierce veio até elas e verificou Hudson de cima a baixo.

— Está perfeita! — decidiu.

— Ei, o programa está começando! — gritou alguém.

Hudson olhou para a TV. Um silêncio caiu sobre a multidão enquanto a tela ficava preta e o esquete de abertura começava.

— Querida. — Holla agarrou o pulso de Hudson e a puxou para perto. Hudson quase colidiu com o rímel de Suzette. — Você *está* pronta para isso, certo? — perguntou ela.

A multidão no quarto riu alto para a TV.

— Você se lembra dos passos de dança? — perguntou Holla, soando impaciente. — Rebola, giro duplo, cabeça para trás?

— Sim — disse Hudson. — Claro. — Pelo menos achava que lembrava. Seria difícil esquecer algo tão constrangedor.

— Bom. — Holla estreitou os olhos. — Se sentir que está ficando ansiosa, lembre-se do que digo sempre: *sem negatividade*.

— Certo — disse Hudson.

Holla soltou seu punho e Hudson deu um passo para o lado para deixar Suzette aplicar o rímel de Holla. Enquanto tentava chegar ao sofá, repetiu aquelas palavras de novo para si mesma: *sem negatividade*. Elas não fizeram nada para suprimir o sentimento catastrófico que começava a dominá-la.

— Tudo bem, pessoal! — gritou Sophie. — Holla gostaria que todos que não precisam estar aqui fossem, por favor, para os bastidores! Agora!

Relutantemente, os homens com ternos começaram a ir em direção à porta. Hudson se sentou no sofá de couro, olhando para o tapete de losangos amarelos e vermelhos. Ela precisava estar aqui? Isso era um erro. Talvez até maior que o *Silver Snowflake Ball*.

— Boa sorte, Hudson — disse alguém a ela, acariciando-lhe as costas. — Estaremos assistindo.

Ela olhou para cima. Era Richard Wu, o executivo da sua gravadora.

— Estamos muito animados por você ter voltado. E já temos uma ótima turnê desenhada — disse ele com um sorriso. — Se for tudo bem hoje à noite, vamos trazer sua mãe para o palco com você algumas vezes. — Ele comprimiu os ombros. — Agora vá lá e divirta-se.

Ele saiu pela porta antes que ela pudesse dizer qualquer coisa. *Minha mãe?* Ela queria gritar. *Na minha turnê? No palco comigo?*

E então percebeu: sua mãe não queria somente que Hudson fosse uma miniHolla, a filha perfeita seguindo os passos da mãe. Ela queria um jeito de continuar alcançando fãs mais jovens.

Ela tinha que sair dessa. Se fosse para aquele palco e fizesse esse programa, desencadearia uma série de eventos que nunca seria capaz de parar.

Minutos depois, uma batida na porta a fez pular e um assistente pessoal barbudo entrou, segurando dois microfones e caixinhas de som.

— Preciso colocar isso em vocês duas antes de irmos — disse ele. Foi em direção à Hudson primeiro. — Só vai levar um segundo.

Hudson ficou parada enquanto o assistente prendia o microfone nas costas do seu vestido. Ela torceu para que ele não ouvisse seu coração martelando.

— Tudo bem, agora você — disse ele para Holla.

Holla se demorou para sair da cadeira, sem tirar os olhos do seu reflexo enquanto ajustava seu cabelo.

— Tudo bem, vá — disse ela e o assistente prendeu o microfone no vestido dela.

Brendan entrou no quarto.

— Tudo bem, como estamos indo? Todos prontos para ir?

— Só um segundo — disse Holla, virando-se de frente para o espelho para checar se havia alguma marca. — Estou pronta — disse ela.

— Mãe? — chamou Hudson de repente. — Você está planejando fazer mais duetos comigo? Você sabe, se eu sair em turnê?

Holla franziu a testa.

— Do que você está falando, querida? — perguntou ela, olhando de volta para o espelho.

— O que eu disse — disse Hudson com calma. — Faremos isso de novo? Isso foi algo que você conversou com a minha gravadora?

— Vamos falar sobre isso uma outra hora, está bem? — disse Holla firmemente.

— Não — disse Hudson, bloqueando sua passagem. — Preciso que me diga agora.

Holla cruzou os braços. Ela estava mais deslumbrante do que Hudson jamais tinha visto, com sua franja de Cleópatra e olhos dramaticamente escuros. Ela respirou fundo como se estivesse tentando não perder a paciência.

— Não temos tempo para uma de suas mudanças de humor agora, querida. Temos que fazer um programa. — Ela passou pela menina e começou a andar em direção à porta.

— Apenas me sigam — disse Brandan, tentando ainda soar animado.

Hudson os seguiu, silenciosamente furiosa por ter sido cortada. Claro que não era um bom momento, mas sua mãe poderia ter respondido a pergunta. Brendan as levou para fora do camarim e para outro corredor, que parecia ser a entrada para o palco. Hudson avistou dois ou três membros do elenco do *SNL*, com seus figurinos, esperando a hora de entrar.

— Tudo bem, vocês esperam aqui — disse Brendan, levando-as até outra porta.

Do outro lado dela, Hudson podia ouvir a banda tocando. O programa estava no intervalo comercial. Em alguns minutos estariam de volta e seria a hora de ela entrar no palco.

Ela tentou imaginar como seria estar lá. As câmeras se movendo silenciosamente como fantasmas no chão do estúdio. As pessoas na plateia. O produtor de palco apontando para concluírem porque o tempo estava se esgotando...

Ela começou a respirar rápido. Sua visão ficou mais escura. Era como se alguém estivesse colocando uma venda sobre seus olhos.

E então uma voz pequena se ergueu dentro dela: *Isso não está certo, Hudson. Não lute mais contra isso.*

— Tudo bem, aqui vamos nós — disse Brendan, segurando o puxador da porta e a abrindo.

Hudson agarrou o braço de sua mãe.

— Não. Não posso.

Brendan e Holla se viraram.

— Hudson, venha — disse Holla, tentando sorrir.

— Não posso fazer isso — disse Hudson. — Não posso ser você. Essa não sou eu. Nunca será. Por mais que eu queira. Simplesmente não posso fazer isso.

— Hudson — alertou sua mãe, olhando rapidamente para Brendan.

— Não estou desistindo — interrompeu ela. — Estou dizendo não. Respeito muito o que você faz, mãe. Mas não é o que *eu* faço.

Brendan abriu a porta. Aplausos estrondosos e ensurdecedores emanaram.

— Me desculpem, temos que ir — gritou ele. — Agora!

Holla não se moveu. Alguma coisa agitou seu rosto — um momento de compreensão, de aceitação. Ou talvez só não conseguisse mais argumentar. Ela tocou nas bochechas de Hudson.

— Ela não vem — disse ela sobre o ombro para Brendan. — Avise-os lá fora.

Brendan puxou o microfone do seu fone.

— É somente a Holla. A filha não vai. *É somente a Holla. Entenderam?* — Brendan apertou seu receptor, depois assentiu com a cabeça, satisfeito. — Eles estão prontos para você — disse para Holla. — Vamos. — Então Holla se virou e seguiu Brendan para dentro do estúdio, as portas se fecharam atrás deles.

— Seu décimo álbum será lançado nesta terça-feira. — Ela ouviu o anfitrião convidado anunciar. — E ela está aqui pela quarta vez. Senhoras e senhores... a Srta. Holla JONES!

Enquanto o estúdio irrompia em aplausos, Hudson olhou para o monitor pendurado no canto. Sua mãe estava no palco, brilhando no vestido roxo cintilante. Só tinha alguns segundos e ela já era dona do lugar. Ela tirou o microfone do pedestal e executou uma volta perfeita quando a música começou. Na sua primeira nota, arrepios subiram pelo seu braço. Ouvir Holla cantar essa música não era mais estranho. Sua mãe era uma estrela. Ela podia cantar qualquer coisa. Tinha nascido para fazer isso. Sempre seria uma estrela antes de ser mãe. E talvez, Hudson percebeu, era assim que as coisas deviam ser.

Capítulo 29

— Preciso te perguntar uma coisa — disse Hudson cuidadosamente. — E queria dizer com antecedência que, se eu te ofender ou algo assim, sinto muito.

Em frente a ela, Jenny franziu a testa levemente e descansou o queixo no pulso.

— Tudo bem. Vá em frente. Me ofenda.

Sentada oposta a Jenny na mesa de madeira da cozinha, Hudson achou sua tia bonita como sempre. Seus olhos estavam um pouco inchados de dormir, mas seu cabelo curto tinha sido realçado com listras cor de caramelo quente e seus lábios brilhavam com *gloss* claro. Quando ela a tinha chamado esta manhã, Hudson não esperava um convite para crepes suzettes caseiros e chá. Mas a tia Jenny tinha sido incrivelmente graciosa levando em conta as circunstâncias.

— Primeiro, queria dizer que sinto muito mesmo pela festa — disse Hudson. — Antes de mais nada, eu deveria ter contado à minha mãe que esqueci. Não sei por que não contei. Desculpa.

Jenny assentiu e então jogou uma colherada de açúcar em seu crepe.

— Obviamente, foi pior para sua mãe — disse ela. — Não acredito que fez isso com ela. E eu não acredito que perdi todos aqueles *macarons*.

Hudson não disse nada.

— Mas, pelo menos, sua mãe e eu começamos a trocar e-mails novamente por causa disso — admitiu Jenny. — E vamos almoçar semana que vem.

— Sério? — perguntou Hudson, impressionada. — Vão?

— Não na sua casa; num restaurante — disse Jenny, levantando uma das mãos enquanto cortava seu crepe com a outra. — Território neutro. Claro que provavelmente teremos que fechar o restaurante para que ela não seja assediada — acrescentou.

Hudson sorriu e depois deu uma pequena mordida no crepe.

— Ai, meu Deus — disse ela. — Isso é incrível. Você é uma cozinheira e tanto, sabia disso?

— Obrigada. Mas não diga à sua mãe que eu te dei farinha branca — disse Jenny num sussurro zombeteiro. — Então, o que queria me perguntar?

— Quando você decidiu não fazer a audição para a Martha Graham pela segunda vez — disse Hudson cuidadosamente — foi porque você não queria competir com a minha mãe, certo?

— É *isso* o que você queria saber? — perguntou ela.

Hudson assentiu com a cabeça.

— Si-im — disse Jenny. — Mas também não acho que eu queria o suficiente. Eu não queria aquela vida.

— Mas você não se arrepende? — perguntou Hudson. — Não queria ter tentado pelo menos?

Jenny estendeu a mão pela mesa e pegou a mão de Hudson.

— Isso é por causa do que aconteceu ontem à noite?

— Eu te contei como minha mãe mudou meu álbum porque ela disse que não venderia?

Jenny franziu a testa novamente e assentiu.

— E, a princípio, eu não ligava se ia vender ou não. Só queria que fosse do meu jeito. *Minha* visão. Mas, para a minha mãe, é como se não tivesse razão para sequer tentar, se você não vai ser grande.

Jenny assentiu.

— Certo.

— E às vezes acho que tem uma parte de mim que acredita nisso. Eu me juntei a essa banda, em Westchester, o que você provavelmente percebeu — disse Hudson, envergonhada.

— Sim, percebi — disse Jenny intencionalmente.

— E estava finalmente fazendo algo só meu novamente. Mas minha mãe descobriu e ficou magoada. Acha que sou louca por querer estar em uma banda de colégio e tocar nessas casas de show minúsculas. Ela não entende por que eu não quero o que ela tem. Todos nós deveríamos querer isso, certo?

— Ah, Hudson — disse Jenny, balançando a cabeça enquanto olhava para o prato. — Queria ter podido estar mais do seu lado. Realmente queria. Foi minha culpa não ter estado. — Ela se inclinou tão perto que Hudson podia sentir seu perfume com cheiro de figo. — Sua mãe é uma pessoa incrível. Ela realizou muita coisa. Mas sabe como você sente medo quando está nos holofotes? Ela tem medo de ficar de *fora*. Ela faz isso desde os 10 anos. É tudo o que sabe fazer. E, às vezes, ter milhares de pessoas te adorando à distância é mais fácil que viver no mundo real, onde as pessoas podem te rejeitar, te deixar e te *ver*. E eu acho que sua mãe não sabe como é ser vista. Como uma pessoa real. Acho que isso a assusta. Mais do que qualquer coisa no mundo.

Hudson mordeu o lábio. Doía ouvir essas coisas sobre sua mãe, mas ela sabia que eram verdade.

— Então minha pergunta é: você realmente quer viver assim? — perguntou Jenny. — Alguém quer?

Hudson balançou a cabeça.

— Você não tem que ser como sua mãe — disse Jenny. — Nem mesmo se você quiser fazer o que ela faz. Sabe aquela noite que teve pânico do palco? Era o seu interior te dizendo que o que você estava fazendo não parecia estar certo. Por isso correu do palco. Foi a coisa mais corajosa que poderia ter feito.

Nunca tinha ocorrido a Hudson que correr do palco no *Silver Snowflake Ball* tinha sido corajoso.

— Vivemos numa época em que dizem que você não é nada se não for famoso — disse Jenny. — Às vezes é fácil esquecer como isso é louco.

— Mas foi você que me disse que ser famosa está no meu mapa — disse Hudson. — Você está sempre me dizendo isso.

— Eu deveria ter dito apenas bem-sucedida — disse Jenny. — Quando você era pequena, adorava segurar os troféus da sua mãe e cantar as músicas dela. Achei que era o que queria. Mas existem vários tipos de sucesso. Você pode tocar e colocar toda a sua paixão nisso, mas isso não precisa ser sua vida inteira. Tem um caminho do meio aí fora, Hudson Sua mãe não tinha a menor ideia de onde estava se metendo e agora está presa. Ela não tem escolha. Mas você sabe como é essa vida. *Você* tem uma escolha.

Hudson olhou para o vaso de vidro com narcisos do início da primavera na mesa da cozinha de Jenny. *Um caminho do meio.* Ela nunca tinha pensado nisso dessa forma.

— Às vezes queria poder conversar com meu pai sobre essas coisas — disse Hudson.

Jenny assentiu.

— Eu sei. Mas você pode sempre vir me ver se precisar trocar algumas ideias.

— E você tem que me contar como foi o almoço com a minha mãe.

— Bem, uma coisa é certa — disse Jenny, dando outra mordida em seu crepe. — será muito, muito saudável.

Hudson sorriu e pegou seu garfo. *Um caminho no meio.* Ela gostou de como isso soava.

Capítulo 30

— Bem, você *quase* fez o *Saturday Night Live* — disse Carina depois naquela tarde, enquanto mergulhava sua colher no seu Pinkberry de romã. — E quantas pessoas podem dizer isso? Sério?

— Obrigada por ver o lado bom, C — disse Hudson. Ela deu uma pequena colherada no seu iogurte com mirtilos, perdida em pensamentos.

— *Continue assim*, é o que eu penso — disse Lizzie, abanando uma colher de iogurte simples coberto com moti. — Você ouviu a si mesma, falou com sua mãe, percebeu que não seria certo para você no final...

— E talvez a tenha finalmente curado da obsessão *mini-me* do Austin Powers dela — acrescentou Carina. — Como ela está agora?

— Está bem, de verdade — disse Hudson. — Esta manhã parecia totalmente normal. Não consegui acreditar.

Ela estava esperando um olhar ríspido ou, pelo menos, um sermão sobre dormir até tão tarde quando ela entrou na cozinha essa manhã. Mas sua mãe só deu um sorriso caloroso e começou a falar sobre a festa incrível depois do programa no Standard Hotel.

— Todo mundo *amou* a música. Provavelmente será um grande sucesso. Mostra o quanto eu sei.

Hudson olhou pela janela. Casais passeavam pela rua Bleecker sob o sol, com os casacos abertos no dia de fim de inverno. Todo mundo parecia tão feliz porque a primavera estava quase chegando.

— Sei que fiz a coisa certa — acrescentou. — Só queria que a banda não tivesse terminado. Primeiro o álbum não aconteceu, agora a banda acabou...

— Espere — interrompeu Carina, inclinando-se para frente. — E o primeiro álbum? Aquele que você amou? O que aconteceu com ele?

Hudson deu de ombros.

— Eu não sei. Ainda precisa ser masterizado, mas as trilhas estão todas prontas.

— Então por que sua gravadora não lança esse? — perguntou Carina, balançando seu rabo de cavalo loiro. — Vá lá e diga que é esse o álbum que você quer lançar. Você poderia promovê-lo, certo?

— Exatamente! — exclamou Lizzie, pulando para cima e para baixo na cadeira. — Vá lá e diga a eles que é sua verdadeira música e sempre será!

— E estaria cumprindo totalmente com o seu contrato — apontou Carina.

Hudson bateu o pé embaixo da mesa na batida da música que tocava através dos alto-falantes da loja. Por que ela nunca tinha tido essa ideia antes? Por apenas um momento, imaginou Ben no palco com ela, mas bloqueou isso.

— Eu vou — disse ela. — É uma ótima ideia.

— Acho que é a melhor ideia que já tive — disse Carina orgulhosamente, raspando seu iogurte.

— Mas e a minha mãe? — perguntou Hudson.

— Acho que a essa altura provavelmente tem a bênção dela — disse Lizzie gentilmente, lambendo seus lábios grossos. — E não tem como fazer isso totalmente sozinha. Sua mãe sempre fará parte. Terá que simplesmente aceitar isso.

Hudson assentiu com a cabeça; ela sabia que suas amigas estavam certas. Talvez tenha sido um pouco irrealista esse tempo todo: não tinha como deixar de ser a filha de Holla Jones.

Quando saíram da Pinkberry para a rua Bleecker, Hudson ouviu seu telefone tocar com uma mensagem de texto. Ela o pegou de sua bolsa. Era de Hillary Crumple.

Ei, pode me encontrar no Kirna Zabete? Preciso falar com você.

— Quem é? — perguntou Lizzie

— Hillary — disse Hudson. — Ela quer fazer compras de novo.

— Pessoalmente, não acho que essa garota precisa de mais roupas — comentou Carina.

— Acho que ela ainda está chateada comigo por causa do lance com Ben — disse Hudson, escrevendo para Hillary que a encontraria. — Mas talvez vocês estejam certas. Talvez não devesse ter ficado com tanta raiva dele.

— Garotos — disse Carina com remorso, sacudindo a cabeça. — Eu não vou nunca, nunca entendê-los.

— Com exceção de Alex, claro — disse Lizzie.

— Não, nem ele. Ele quer tingir o cabelo de azul. Acreditam nisso? Se ele fizer isso, vou matá-lo.

— Eles marcaram a data do julgamento do pai de Todd — disse Lizzie baixinho. — Todd está realmente chateado com isso. Ele não queria que seu pai tivesse que passar por um julgamento. Queria que simplesmente confessasse e fosse para a cadeia. Acha que é menos humilhante.

— Mas vocês ainda estão bem, certo? — perguntou Carina.

— Ele não está agindo de modo estranho com você nem nada disso, não é? — perguntou Hudson.

— Estamos ótimos — assegurou-lhes Lizzie. — Só fico com pena dele, só isso.

— Não fique com *muita* pena dele — disse Carina. — Garotos não gostam quando você sente pena deles.

Enquanto Hudson ouvia suas amigas falarem sobre garotos, não conseguia evitar se sentir um pouco de fora. Não que ela quisesse realmente um namorado; agora sua vida parecia bastante completa sem um. Mas, *não* ter um namorado fazia com que se sentisse um pouco atrás. Tecnicamente, era a mais velha das três, mas agora era como se fosse o bebê do grupo. Suas duas amigas estavam saindo com garotos e tendo experiências com as quais ela não conseguia se relacionar. Às vezes, se perguntava se algum dia conseguiria.

— Bem, meninas, tenho que encontrar meu pai no escritório dele — disse Carina. — Ele quer que eu olhe uma proposta para um novo site de relacionamentos ou algo assim.

— Então vai dar uma nova chance à Metronome?

Carina deu de ombros.

— Ele implorou — disse ela, sorrindo. — O que eu deveria fazer?

Hudson sorriu. Ela sabia que as coisas tinham mudado entre Carina e o Jurg — tanto que agora, quando ele pedia a ela para fazer um favor relacionado ao trabalho, ela realmente fazia.

— Acho que vou encontrar Hillary — anunciou Hudson.

— Obrigada por me deixarem desabafar, meninas.

— Parabéns, Hudson — disse Lizzie, enfiando um cacho ruivo atrás da orelha. — Sério. Mesmo não sendo sua orientadora pessoal oficial, você deveria saber que ontem deu um grande passo.

— Obrigada, Lizzbutt. Eu sei que foi.

— Fique orgulhosa de si mesma por isso — disse Lizzie.

Carina acenou para Hudson, e então ela e Lizzie começaram a andar pela rua Sullivan em direção ao Washington Square Park. Hudson inclinou sua cabeça e se banhou com os fracos raios de sol de inverno. Seu antigo álbum ainda estava por aí. Não tinha desaparecido ou ido embora. Todo esse tempo achou que tinha ido embora para sempre enquanto ainda estava intacto e esperando para que ela retornasse. Não importava mais o que sua mãe pensava. E talvez pudesse escolher o caminho do meio, como Jenny havia dito.

Ela enrolou sua echarpe de tricô volumosa ao redor de si e começou a andar em direção ao SoHo.

Capítulo 31

Hillary estava do lado de fora da Kirna Zabete, batendo a ponta de suas sapatilhas com listras de tigre enquanto Hudson subia a rua Greene. Hillary estava incrível — talvez incrível demais. Tinha trocado seu casaco fofo por um casaco leve cintado com uma gola de pelo falso e tinha colocado seu cabelo para trás em um coque chique de bailarina. Sua bolsa parecia uma imitação da bolsa de Lizzie do Martin Meloy — couro branco brilhante e fivelas de prata reluzentes. E, em suas mãos, tinha um monte de sacolas de compras.

— Ei — disse Hudson, andando até ela. — Quer só tomar um café? Não estou muito no clima de fazer compras.

Hillary deu de ombros e começaram a andar de volta em direção à rua Pince. Hudson não disse nada; ainda estava um pouco assustada com a bronca do outro dia e ela não queria ter outra briga na sua loja favorita.

— Então, percebi que você não estava no programa ontem à noite — disse Hillary enquanto se manobrava, primeiro com os ombros, por entre os turistas. Ela ainda andava como se estivesse usando aquela mochila gigante. — O que aconteceu? Eles te cortaram no último minuto?

— Eu decidi não fazer — disse Hudson, ignorando o comentário levemente cruel de Hillary. — Não me pareceu certo.

As sacolas de compras de Hillary bateram contra um poste de luz da rua.

— Bem, acho que você realmente fez confusão em relação à outra coisa — disse ela. — Eu falei com Ben, sabia?

— Claro que falou.

— E adivinha? Ele *não* ligou para o Joe's Pub e fez aquela negociação. — Ela desviou de um passeador de cães. — Mas descobriu quem foi.

— Quem? — perguntou Hudson. Mas antes que Hillary pudesse descobrir, ela já sabia quem tinha sido.

— Logan — disse Hillary calmamente.

Elas pararam na esquina da Broadway. O sinal dizia para atravessar, mas Hudson ficou no meio-fio.

— Como Ben descobriu? — perguntou ela.

Hillary esperou com ela na esquina.

— Acho que Ben contou a Gordie e Logan quem você era.

— Mesmo eu tendo dito a ele para não contar.

Hillary suspirou como se quisesse que Hudson não a interrompesse.

— Eles prometeram manter segredo, mas Logan fez algum comentário sobre Ben ser burro por não tentar usar o nome da sua mãe para conseguir algumas apresentações. E depois que você desligou na cara dele, Ben descobriu que Logan tinha ligado para o Joe's Pub e prometido sua mãe a eles. Então meu primo o expulsou da banda.

— Ele o expulsou?

— Sim — disse Hillary. — E eles são amigos desde, tipo, o jardim de infância.

Hudson estremeceu.

— E como fica a banda agora? — perguntou cuidadosamente. — Acabou? Sem um pianista e um saxofonista, como podem ainda ter uma banda de jazz?

— Eu não sei — disse Hillary. — Seus pais estão até felizes que acabou, acho. Vamos. Vamos atravessar a rua.

Hudson seguiu Hillary pela Broadway enquanto a palavra "acabou" martelava na sua cabeça. Já era ruim o suficiente ter impedido Ben de tocar no Joe's Pub. Mas agora parecia que ela era responsável pelo término total da banda. Sem mencionar do sonho de Ben de se tornar músico de jazz.

— Então, a outra coisa que eu acho que preciso dizer a você — disse Hillary, virando-se para olhar de frente para ela — é que você estava certa. Mesmo que eu odeie admitir.

— Certa sobre o quê? — perguntou Hudson. Até agora não parecia que estava certa sobre muita coisa.

— Sobre Logan ser um idiota. — Hillary olhou para Hudson e havia um lampejo de tristeza em seus olhos verde-amarelados. — Ele ficou com Ellie e depois com uma das gêmeas McFadden também. — Ela enrugou o nariz em aversão. — Mas realmente me deu o telefone dele em janeiro. Só para você saber.

— Ah, Hillary — disse Hudson e, sem pensar, colocou seus braços em volta dela. — Eu sinto muito. — Ela espremeu o corpo minúsculo de Hillary. Finalmente Hillary deixou suas sacolas de compras caírem no chão e abraçou Hudson de volta.

Depois de um tempo, Hillary se afastou e enxugou os olhos com as costas da mão.

— Deixa para lá. Não é tão importante.

— Ele é o motivo para você ter mudado sua aparência? — perguntou Hudson gentilmente.

Hillary olhou para a calçada e assentiu com a cabeça.

— Por quê? Você acha que está ruim? — perguntou ela.

— Claro que não — disse Hudson. — Só acho que gostava mais da antiga Hillary Crumple.

Hillary olhou para cima.

— Gostava? — perguntou ela.

— Sim. Talvez não fosse a garota mais moderna na face da Terra, mas era original. E essa Hillary... — Hudson apontou em direção às roupas de Hillary. — Bem, ela é bonita e tudo o mais, mas, definitivamente, não é original.

A tentativa de um sorriso se espalhou no rosto de Hillary.

— É. Acho que não sou eu realmente — disse ela. — E Deus sabe, é caro.

— A família de Ben vai viajar nas férias? — perguntou Hudson repentinamente, mudando de assunto.

— Apenas uns dois dias — respondeu Hillary. — Vão ver os avós dele na Flórida.

— Quando vão? — perguntou Hudson.

— Acho que o voo deles é hoje à noite.

Hudson checou o relógio. Eram quase 14h.

— Espere um segundo — disse ela, pegando seu telefone. Ela discou o número de Ben. Tocou várias vezes.

— Está ligando para ele? — perguntou Hillary.

— Sim — disse Hudson.

— Ah, ele não vai atender — disse ela. — Hoje é o campeonato de xadrez de Westchester.

— Onde eles estão? — suplicou Hudson.

— No colégio em White Plains — disse Hillary.

— Quanto tempo vai durar? — perguntou Hudson.

— O que você vai fazer? Se meter no meio do jogo de xadrez dele? — perguntou Hillary em resposta.

— Sim — disse Hudson. Ela olhou para trás para as estações de metrô N e R na esquina.

— Então, nada de compras? — perguntou Hillary com um sorriso irônico. Depois riu e disse: — Brincadeira.

Hudson se inclinou e abraçou Hillary.

— Divirta-se nas férias. E obrigada. Por tudo.

Hillary a abraçou de volta.

— Boa sorte lá. Diga oi aos nerds por mim.

Hillary saiu do abraço, pegou suas sacolas de compras e quase trombou numa criança pequena enquanto saía pela Broadway.

Capítulo 32

Hudson olhou pela janela suja do trem para o desfile de edifícios escolares, igrejas e árvores brotando no caminho para White Plains. *Burra, burra, burra*, pensou. Claro que não tinha sido Ben que a tinha traído. Claro que tinha sido Logan, que guardava rancor dela desde o início. E ainda tinha desligado na cara de Ben. Estremeceu só de pensar nisso.

Ela devia tudo a Ben Geyer. Ele era a razão para ela voltar para seu álbum antigo. Ele era a razão por ela ter finalmente descoberto a música do seu jeito. E, em troca, ela o tinha acusado de algo terrível e desligado na cara dele. Ah, e o impedido de realizar seu único sonho na vida: tocar no Joe's Pub. *Ótimo*, pensou. *É assim que realmente se estraga tudo.*

Quando o trem parou na estação de White Plains, Hudson estava de pé. Ela pisou na plataforma e foi em direção à fila de táxis pretos.

— Para a escola, por favor — disse ela enquanto abria a porta de trás, jogando-se no assento.

White Plains era mais parecido com uma cidade que Larchmont. O carro a levou pelo Centro e então se desviou numa vizinhança mais residencial. Finalmente parou em frente a uma construção de tijolos baixa e larga que parecia fechada e vazia.

— Pode esperar aqui por um segundo? — perguntou ela, pressionando uma nota de dez dólares na mão do motorista. Depois saiu correndo.

Ela abriu o portão principal da escola e correu pelo corredor da entrada. Tinha um cheiro forte de sabão de limão e seus tênis chiavam no linóleo brilhante. Estar na escola no fim de semana sempre parecia estranho. Ela passou por várias salas até chegar ao final do corredor e um par de portas duplas. Com toda a sua força, abriu uma porta.

Estava no refeitório da escola. Dez pares de rostos, pelo menos, olharam por cima de seus tabuleiros de xadrez. Primeiro Hudson viu Ellie com a mão pousada sobre um peão. E lá, na mesa seguinte, com as sobrancelhas contraídas pela concentração, estava Ben.

Ele olhou para ela.

— Hudson? — disse ele lentamente. — O que está fazendo aqui?

— Com licença! — gritou o inspetor. Um homem mais velho, alto e extremamente magro com uma gravata borboleta e óculos delicados e redondos se levantou de outra mesa. — Estamos no meio de um torneio aqui. Por favor, espere do lado de fora...

— Preciso falar com Ben Greyer — conseguiu dizer Hudson, arfando. — Por favor. Apenas por um segundo.

— Absolutamente *não* — disse o Sr. Gravata Borboleta.

Hudson o ignorou e correu o corredor de mesas para chegar até Ben.

Agora Ben e Ellie estavam olhando para ela boquiabertos.

— Hillary acabou de me dizer a verdade — deixou escapar. — Ela me disse que foi Logan quem ligou para o Joe's Pub e prometeu um show da minha mãe a eles. Me desculpe, Ben. Eu nunca quis desligar na sua cara. E eu nunca quis estragar o lance no Joe's Pub. Eu sinto muito.

Ben sacudiu a cabeça.

— T-tudo bem — gaguejou ele.

— Então, estou aqui pedindo para que me aceite de volta — disse ela. — Ou, na verdade, não isso. Quero que você entre na minha banda desta vez. Vou lançar meu primeiro álbum. E quero que faça os shows comigo. Você seria o meu baixista? Por favor?

— Com licença, mocinha, mas você terá que ir embora! — gritou o inspetor, andando em direção a ela.

Ben olhou para ela e depois para o inspetor. Ele parecia completamente confuso, à procura de algo para dizer.

— Mas se você não quiser fazer parte da minha banda, eu entendo totalmente — divagou ela. — Se não quiser mais ser meu amigo, entendo também.

— Para seu conhecimento, Hudson, não faço esse tipo de coisa — disse ele finalmente. — Você é minha amiga. Eu não traio meus amigos. Nunca.

— Tudo bem. — Ela suspirou.

— E quanto a ser seu baixista — disse ele, sorrindo. — Eu adoraria.

— Sério? — perguntou ela com seu coração martelando. — E espere um segundinho aí. Não acredito que nunca te perguntei isso antes, mas qual é o seu signo?

As sobrancelhas de Ben subiram.

— Virgem — disse ele. — Por quê?

— Sou de Peixes, o que significa que somos, tipo, a combinação perfeita! — Ela olhou para o inspetor e viu seu rosto ficando roxo de raiva. — Foi mal. Acho que eu deveria ir.

— Sim, boa ideia — disse Ben olhando para o inspetor. — Temos mais alguns minutos e estou prestes a vencer.

Desajeitadamente, ela se inclinou para abraçá-lo e depois estendeu a mão. Ele a sacudiu.

— Não posso garantir que ainda seremos chamados de Os Signos Ascendentes — disse ela.

— O Hudson Jones Trio está bom para mim — disse ele.

— O Hudson Jones Trio — disse ela, ponderando sobre isso. — Eu gosto.

Ela saiu do refeitório e voltou para o corredor, ignorando o olhar do Sr. Gravata Borboleta. Então Ben não a odiava afinal de contas. E mesmo que os Signos Ascendentes tivessem terminado, ela tinha algo até melhor no lugar agora. Enquanto abria a porta da escola, percebeu que tinha até um nome possível para o seu álbum.

Hudson Jones: O Retorno.

Capítulo 33

— Você quer falar ou eu falo? — perguntou Holla enquanto Fernald navegava pelo tráfego de final de tarde na rua 57. A chuva de abril tamborilava contra o para-brisa.

— Eu vou falar — disse Hudson.

— Você começa e entro no final — sugeriu Holla.

— Mãe, me deixe no comando disso, tudo bem? — respondeu Hudson.

Holla colocou sua mão nas costas de Hudson.

— Tudo bem, mas se sente direito.

Fernald parou em fila dupla em frente ao arranha-céu cor de fumaça que hospedava os escritórios da Swerve Records e saltou para fora do assento do motorista com um guarda-chuva.

Lá em cima, a recepcionista pegou o telefone.

— Richard, elas estão aqui — disse ela calmamente e desligou. — Podem entrar. Último escritório à direita.

Hudson e Holla andaram pelo corredor enquanto o Pequeno Jimmy andava atrás delas. A cada porta que passavam,

Hudson podia ver pessoas em suas mesas, esticando os pescoços para conseguir vê-las. Ou melhor, ver Holla, que novamente estava no topo das paradas da *Billboard*.

Ao final do corredor, fizeram uma curva acentuada à direita para o escritório da ponta. Vários executivos estavam sentados no grande sofá cinza. Richard Wu se levantou de sua cadeira e andou até elas para cumprimentá-las. Pegou a mão de Hudson primeiro.

— Oi, Hudson — disse ele.

— Oi, Richard — respondeu ela.

— Oi, Richard — disse Holla, trazendo-o para perto para lhe dar um beijo na bochecha.

— Parabéns pelo single. A vocês duas — fez questão de acrescentar.

— Obrigada — disse Holla. — Ela não é nada mau, hã? — perguntou, colocando um braço em volta dos ombros de Hudson.

Richard as apresentou aos outros executivos da Swerve, incluindo o homem a quem o escritório pertencia. Hudson apertou a mão de cada um e depois ela e sua mãe se sentaram confortavelmente no sofá.

— Então, tenho que admitir, Hudson — disse Richard. — Estou surpreso por estar aqui falando com você. Todos nós pensamos que depois do *Saturday Night Live* você tinha decidido não fazer mais isso.

— Eu sei — disse ela, olhando os quatro homens nos olhos. — Sinto muito sobre isso. Mas eu mudei de ideia. Eu quero lançar o meu álbum. Meu *primeiro* álbum.

— Mas pensei que você e sua mãe tinham concordado em ir numa direção diferente — disse Richard suavemente.

Hudson olhou para Holla, que assentiu rapidamente com a cabeça, encorajando-a.

— *Eu* mudei de ideia — disse ela. — Minha mãe também. Achamos que o primeiro álbum é o melhor.

Os executivos da gravadora trocaram olhares surpresos.

— Eu não sei — disse um deles, um homem com a barba feita e um anel gordo de ouro. — Gastamos muito dinheiro quando o refizemos seguindo exatamente suas especificações.

— *Minhas* especificações — disse Holla com uma voz profunda. — Foi minha ideia mudá-lo. Mas — disse ela, olhando para suas unhas feitas — percebi que eu estava errada.

A frase "*eu estava errada*" ecoou pelo escritório. Dois dos executivos olharam um para o outro como se dissessem "Eu acabei de ouvir isso?".

— Independentemente do quanto custe para terminar o primeiro álbum — disse Holla —, eu mesma pagarei.

Hudson observou ainda mais olhares surpresos pela sala.

— Então, você tem certeza que quer fazer isso, Hudson? — sugeriu Richard. — Você quer lançar um álbum menor, mais intimista, que será comercializado de uma forma totalmente diferente? Numa escala muito diferente do que faríamos com sua mãe.

Hudson assentiu.

— É isso o que quero — disse ela. — E foi para isso que assinaram comigo em primeiro lugar.

— Eu sei — disse Richard. — Mas acreditamos que há potencial para você ser uma estrela muito maior.

Holla levantou sua mão.

— Isso é o que minha filha quer. E devo lembrar a todos de que ela escreveu a música que está em primeiro lugar no país?

Os executivos trocaram mais olhares.

— Quero que seja música de verdade, com músicos de verdade e que todos nós gravemos juntos — disse Hudson.
— Sem estádios ou locais grandes. Quero que seja pequeno, com shows intimistas e que eu possa trabalhar do meu jeito. Sem aparições na TV, apenas shows ao vivo. Quero cantar minhas músicas do jeito que eu quiser cantá-las.

Richard limpou a garganta.

— Quando você pode voltar para o estúdio?
— Em junho — disse Hudson. — Para que eu possa terminar a escola antes.

Richard assentiu.

— Acho que está bom para nós. Planejaremos um lançamento no Natal se for o caso.
— Ótimo — disse Hudson. — Já escrevi mais algumas músicas também. Mas só tenho que pedir a vocês uma coisa. Uma coisa que gostaria que prometessem para mim.
— Claro — disse Richard, apoiando o queixo nas mãos.

Hudson respirou fundo e olhou para Holla.

— Mãe? Posso falar com eles em particular por um segundo?

Holla saiu de sua cadeira.

— Claro, querida — disse ela, sorrindo encorajadoramente. — Estarei aqui fora.

Hudson esperou até sua mãe ir embora. Assim que a porta fechou, houve um alívio palpável na sala. Um dos caras até afrouxou a gravata. Os executivos olharam para Hudson na expectativa.

— O que é, Hudson? — perguntou Richard.
— De agora em diante, quero que pensem em mim como Hudson Jones, não Holla. Nem mesmo sua filha. Somente eu. Apenas uma de suas artistas. E, se eu for bem, ótimo. Se não, podem me largar.

Os homens trocaram olhares pela sala mais uma vez. Richard brincou com a pulseira do relógio e engoliu em seco com força, como se estivesse de repente envergonhado de alguma coisa.

— Claro, Hudson — disse Richard. — Acho que podemos fazer isso.

— E tem só mais uma coisa.

Richard se sentou de volta em sua cadeira.

— Estamos ouvindo — disse ele.

— Existe alguma forma de fazermos um show no Joe's Pub? Alguma coisa nesse verão, talvez?

Richard olhou para os outros executivos.

— Verei o que posso fazer.

Quando Hudson saiu do escritório, Holla estava sentada no lobby lendo uma revista, com o Pequeno Jimmy de guarda, enquanto pessoas entravam e saíam do elevador boquiabertas por causa dela. Era a primeira vez que Hudson conseguia se lembrar de sua mãe esperando por ela num lugar público.

— Como foi? — perguntou ela, largando a revista. — Disse tudo que precisava?

— Sim — disse Hudson.

— Eles ouviram?

— Sim.

Holla sorriu.

— Estou orgulhosa de você. — Ela tirou um cabelo da testa de Hudson. — Querida, você já usou alguma vez delineador para os olhos? Um delineador roxo iria realmente valorizar seus olhos verdes...

— Mãe? — disse Hudson, pegando a mão dela.

Holla pressionou os lábios e sorriu.

— Desculpa. Então, o que acha de deixar o carro de lado e apenas caminhar na chuva?

— Está falando sério? — perguntou Hudson sem acreditar. — Não podemos fazer isso.

— Tenho óculos escuros, um guarda-chuva e *ele* — disse Holla, apontando seu dedão para o Pequeno Jimmy. — Acho que posso andar pela rua.

Hudson apertou o botão do elevador.

— Parece ótimo, mãe.

capítulo 34

Hudson se inclinou na direção do espelho e aplicou uma última mão de rímel nos cílios. Chegou para trás e abriu e fechou as pálpebras várias vezes. Não estava usando delineador roxo, mas seus olhos verdes da cor do mar brilhavam de qualquer forma. Sua mãe ficaria orgulhosa.

Ela passou suas mãos pelo cabelo ondulado e pouco produzido. O vestido de seda preto com alças ainda vestia perfeitamente. Usá-lo novamente poderia ter sido uma ideia ruim, mas ela estava feliz de tê-lo escolhido. Não importa o que acontecesse, hoje seria uma experiência melhor do que o *Silver Snowflake Ball*. Ela sabia disso agora.

Fechou o zíper da bolsa de maquiagem e foi em direção à porta do banheiro. Uma placa ao lado da porta dizia JOE'S PUB — CALENDÁRIO DE EVENTOS. Lá, abaixo da data de hoje, 10 de junho, estava O HUDSON JONES TRIO, 20H. Ela teve que ler algumas vezes para realmente absorver: *O Hudson Jones Trio*. Soava bem. E ela não podia ter tido um jeito melhor de celebrar o último dia do nono ano.

Ela saiu do banheiro e voltou para o camarim. Ben e Ricardo, o baterista, estavam sentados juntos sobre um tabuleiro de xadrez em miniatura.

— Xeque-mate — disse Ben enquanto tirava a rainha de Ricardo do quadrado. — Lamento.

— Você está aniquilando meu baterista? — perguntou Hudson a ele.

— Ei, não estou sendo aniquilado — disse Ricardo. — E chegou isso para você. — Ele apontou para um arranjo de flores num vaso de vidro numa cômoda.

Hudson andou em direção às flores. O cartão estava em um envelope minúsculo sobre a cômoda. Hudson o abriu e o leu:

Para Hudson
Boa sorte hoje à noite. Sentimos sua falta na turnê. Londres não é a mesma coisa sem você.
Com amor, Mamãe

Hudson dobrou o cartão e o deslizou para dentro de sua bolsa. Ela não esperava, mas realmente sentia falta de sua mãe. Sua primeira apresentação no Joe's Pub não seria a mesma coisa sem Holla por lá.

Houve uma batida na porta do camarim, e então uma voz perguntou:

— É estranho se eu ficar aqui?

Hudson se virou e viu Hillary na soleira. Ela estava usando sua calça jeans escuro lavado, mas seu conjunto de blusa e suéter rosa tinha corações bordados por toda a sua frente e seu cabelo havia retornado ao rabo de cavalo bagunçado de costume, levemente domesticado por suas presilhas de plástico.

— Eu só queria lhe desejar sorte — disse ela com sua voz pequena e rápida. — Ou lhe dizer para quebrar a perna e cair por alguns degraus. Tanto faz.

— Obrigada, Hil — disse Hudson. — E eu tenho que te dizer, você está ótima.

— Sério? — disse Hillary olhando para sua roupa. — Definitivamente demorou muito menos tempo para ficar pronta. Você estava certa sobre aquelas roupas, aliás. Não eram eu. E também não iam fazer que um cara gostasse de mim.

— Um cara que não vale seu tempo — acrescentou Hudson. — Espero que se lembre dessa parte.

Hillary revirou os olhos.

— Sim, bem, qualquer um está sujeito a gostar de alguém que não vale, certo?

— Ei, nerd — gritou Ben. Ele se levantou e checou seu relógio preto grande. — Legal da sua parte passar aqui, mas acho que precisamos começar.

— Não envergonhe minha família — disse Hillary, dando um soco no braço dele. — Vejo vocês lá fora. — Ela foi embora e voltou para o restaurante.

Hudson se virou para se olhar no espelho uma última vez.

— Então, como estou?

— Bem bonita — disse Ben envergonhado.

— Obrigada — disse Hudson, virando-se para olhar para Ben. — Estou pronta se vocês estiverem.

— Vamos — disse Ricardo.

Enquanto ela, Ben e Ricardo andavam pelo corredor em direção ao palco, ela pôde sentir o antigo frio na barriga. Mas ela deixou acontecer. Sabia que não podia machucá-la.

— Consegue acreditar que estamos aqui? —sussurrou Ben na orelha dela.

Hudson sacudiu a cabeça.

— Não. Nem um pouco.

— Senhoras e senhores, sem mais — disse o locutor. —, apresentamos o Hudson Jones Trio!

Os três entraram no salão e subiram no palco. Lá, nas mesas perto deles, tão perto que ela podia praticamente tocá-los, estavam todos os seus amigos: Lizzie, Katia e Bernard; Carina, o Jurg e Alex; Ellie Kim e sua mãe; a Sra. Geyer e Hillary. Todo mundo bateu palmas e alguém gritou "Hudson!"

Ela foi até o piano, rezando para que não tropeçasse. Quando olhou para o salão, depois do palco, pôde ver pessoas nas mesas do segundo andar. Em uma delas estava Richard Wu, sentado com um colega. Ele fez um pequeno aceno para ela e Hudson sorriu para ele. Isso não tinha nada a ver com a escuridão assustadora do salão do Pierre Hotel. Ela tinha amigos aqui, pessoas que estavam torcendo por ela. E, quanto às pessoas que não conhecia, estavam aqui provavelmente pelas duas apresentações que vinham depois da sua banda. Nesse caso, Hudson não iria se preocupar com o que pensavam.

— Oi, pessoal — disse no microfone. — Muito obrigada por virem. Somos o Hudson Jones Trio e vamos começar com uma música que escrevi chamada "Por Você".

Ela sentiu seu coração palpitar e a adrenalina disparou por seus braços. Mas hoje à noite sabia que ficaria bem. Ela olhou para Ben. Ele sorriu e assentiu para dizer que estava pronto quando ela tivesse.

Ela sorriu de volta, respirou fundo e começou a cantar.